The
Women
of
Troy

特洛伊女人

派特・巴克

呂玉嬋——譯

Pat Barker

謹以此書獻給Jack、Maggie與Hobbles先生
以及緬懷Ben

1

馬腹中——悶熱，黑暗，汗水，恐懼。比肩隨踵，像陶罐中的橄欖一樣擁擠。他厭惡和其他肉體接觸，始終厭惡，即使是潔淨香甜的人類肌膚，也令他泛惡欲吐，更何況是這群臭烘烘的男人。他們若是安靜不動，也許好一些，只是每個人都動來蠕去，想用肩膀多擠出方寸空間，反倒通通纏結在一塊，好像馬糞裡的蠕蟲。

紅蟲。

這兩個字把他拉進了記憶，一路回到祖父的家。他當時還是個孩子——有些人似乎認為他現在也還是個孩子——天天早上都要到馬廄去。他沿著小路奔跑，呼出的氣息在空氣中凝結，兩側是高大的樹籬，每一根光禿禿的樹枝都在微紅色的光芒中閃耀。轉過彎，就會看到可憐的老魯弗斯，牠站在第一座小圍場的大門旁——說是站著，其實是靠著大門。他學騎馬時，騎的就是魯弗斯，幾乎人人都是，因為魯弗斯是一匹非常穩定的馬，於是有一個笑話是這麼說的：如果你快要墜馬，牠會伸出蹄子把你頂上去。學騎馬的記憶充滿快樂，所以他給魯弗斯好好撓了一撓，搔了一遍牠自己搆不著的地方，然後對著牠的鼻孔吹了一口氣。人和馬的呼吸交混，產生一種噗嗤噗嗤的溫暖聲音。安全的聲音。

天哪，他好愛那匹馬——愛得超過了他的母親，甚至超過了他的奶娘，無論如何，奶娘在他七歲時就被打發走了。就連名字也有緣分可言，魯弗斯和皮洛士都具有「紅色」的意思，而他們一個是紅髮，一個是紅毛。然而不可否認，魯弗斯的毛色更接近栗子色，而非紅棕色，當牠還是一匹小馬時，皮毛會像秋天初落的松果一樣閃閃發光。當然，牠現在老了，也病了，早在去年冬天，一位馬夫就說了：「牠瘦到連肋骨都看見了。」自此以後，牠一個月比一個月消瘦，骨盆逐漸突出，肩膀越來越尖，瘦骨嶙峋，即使夏天豐茂的牧草也沒能讓牠長胖。一天，皮洛士看到一個馬夫鏟起一堆鬆散的糞便，問道：「為什麼會這樣？」

那人說：「因為紅蟲，可憐的老傢伙全身都是紅蟲。」

紅蟲。

這兩個字又把他送回到人間煉獄。

他們一開始獲准使用燈心草點燈，但有一個嚴厲的警告，一旦馬開始移動，就必須馬上滅了。燈火幽暗，明滅不定，但若完全無光，黑暗和恐懼會令他窒息。哦，沒錯，恐懼，可以的話，他會否認自己心懷恐懼，只是他的口乾舌燥，他的腸蠕胃喧，就是確鑿無疑的證據。他試圖祈禱，但沒有神回應，於是他閉上眼睛，想著「父親」。這兩個字感覺很彆扭，就像手指還沒習慣新劍的劍柄。他見過他的父親嗎？就算見過，當時還在襁褓之中，年紀尚幼，記不住這一生中最重要的一次相遇。他改以阿基里斯代替父親二字——用軍隊裡任何人都能用的名字，反而更容易自在。

他注視著對面的一排人，每個人的臉龐都從下方照亮，眼睛裡閃動著微小的火焰，他們都曾與他的父親並肩作戰。奧德修斯，黝黑瘦削，像雪貂一樣，策劃了這整起艱險的任務。他設計了木馬，又俘虜一名特洛伊王子加以嚴刑拷問，問出了該城的防禦細節，最後編了一個故事，據說可以讓他們順利通過城門。倘若失敗，希臘軍隊所有主要戰士將在一夜之間就義成仁，這樣的責任如何擔待得起呢？然而奧德修斯似乎一點也不以為意。偶然中，皮洛士對上了奧德修斯的目光，奧德修斯對他微微一笑。哦，沒錯，他笑了，看起來很友善，但心裡究竟在想什麼？他是不是希望在這裡的是阿基里斯，而不是他的兒子，那個沒用的小矮子？就算奧德修斯確實抱著這樣的希望，那也是對的，阿基里斯應該在這裡，他就不會害怕了。

沿著這一排人往前看，他看到阿爾西穆斯和奧特米登並排而坐，他們是阿基里斯的左右手，現在名義上在輔佐他，但其實從他抵達的那一刻起，主控權都在他們的手中——扶持一個沒有經驗的指揮官，掩飾他的錯誤，總是設法讓他在士兵心中留下好印象。好，就在今天，確切地說就在今晚，一切都會改變。今晚之後，當他注視那些曾與阿基里斯共赴沙場的人，他們眼中將會只有愛戴，他在特洛伊取得的戰績會令他們肅然起敬。他絕對不會吹噓，可能連提都不會提，不會，因為他不必說，大家也都會知道，他們總是會知道。有時他撞見這些人以懷疑的眼神看他，好，今晚之後再也不會有這種情形了……今晚他將——

糟糕，他突然想解手。他筆直坐著，努力忽略腹部絞痛。爬進木馬身子時，大夥還一直在開玩笑，嚷著該把便桶放在哪裡。奧德修斯說：「放馬屁股，不然還能放哪裡呢？」眾人聞言，開始嘲笑坐在後面的人。至今還無人使用過桶子，而他一點也不想成為第一個使用者，他們會捏住鼻子，做出搧風的動作，不公平，這太不公平了。他應該來想想一些重要的事，比如今晚戰爭將在榮光中落幕——對他來說。為了此役，他接受多年的訓練，從能舉劍就開始了，甚至在那之前，五六歲時，就開始拿削尖的樹幹打架，沒有一刻不打架，就連奶娘要他安靜下來，他也對她大打出手。現在這一切發生了，終於真的發生了，而他滿腦子想的竟然是：要是我拉在褲子上怎麼辦？

腹痛似乎減緩了些，也許不會有事。

外面變得無比安靜，連日來，搬貨上船的喧鬧聲、男人的歌聲、鼓聲、風吼板的嘯音、祭司的吟唱聲不絕於耳——為了讓特洛伊人聽到，一切都要儘量地大聲。他們必須相信希臘人真的要走了，小屋內什麼都不能留下，因為他們做的第一件事，就是派偵察隊到海灘，查看營地是否真的廢棄了。只運送人員武器是不夠的，婦女、馬匹、傢俱、牲畜——通通都得離開。

現在，在木馬內部，不安的低聲呢喃逐漸變多，他們不喜歡這種安靜，感覺像是他們被拋棄了。皮洛士在長凳上轉過身，瞇起眼睛，從兩塊木板之間的縫隙往外看，但什麼也看不見。有人問：「這他媽是怎麼回事？」奧德修斯說：「別擔心，他們會回來的。」果然，才過了幾分鐘，他們便聽到海灘上有腳步聲向他們走來，緊接著有人喊道：「你們裡面都還好嗎？」一陣嘈雜的回應。然後，似乎過了數小時——儘管實際上可能只有幾分鐘——木馬猝然向前移動了。奧德修斯立刻舉起手，燈一個接一個地熄滅了。

皮洛士閉上眼睛，想像男人滿頭大汗，俯身把這頭巨獸拖過車轍交錯的地面，朝著特洛伊的方向前進。他們利用了滾軸達到省力的效果，但依舊十分費勁，畢竟狼煙十載，這片土地已經坑坑窪窪，滿目瘡痍。當祭司開始吟唱頌歌，讚美城邦守護神雅典娜時，他們知道他們即將到了，城邦守護神？在開玩笑吧？但願她別守護這座城邦。終於，顛簸停止了，馬肚中的男人轉身面面廝覷，在幽光下，他們的臉不過是蒼白模糊的影子。是這裡嗎？他們到了嗎？又是一首獻給雅典娜的頌歌，接著，向女神致上最後三聲歡呼，把木馬拖到特洛伊城門的男人離開了。

吟唱頌歌和祈禱的聲音漸漸歸於寂靜，有個人輕聲說：「現在怎麼辦？」奧德修斯說：「等吧。」

一只裝滿稀釋葡萄酒的山羊皮袋，由一隻手傳遞到另一隻手，但他們不敢多喝，只是潤潤嘴唇。便桶已經逾三分之二滿，奧德修斯說得沒錯，一匹會撒尿的木馬可能引起懷疑。裡頭相當躁熱，瀰漫著新伐松木的樹脂味。這時，一件非常奇怪的事情發生了，皮洛士好像嘗到了樹脂，聞到了熱氣，鼻腔內部彷彿燒焦一樣。痛苦的不止他一個人，馬查恩滿頭大汗，畢竟他比那些瘦得像野狗的年輕人沉重許多。說到野狗，牠們現在一定還在空蕩蕩的小屋門前嗅來嗅去，不知道人都去了哪裡。皮洛士想像著軍營的荒涼情景。父親死後十天，他第一次走進大廳，坐上阿基里斯的椅子，雙手擱在山獅雕像的頭上，彎曲手指，指尖伸入咆哮的獅口中，效仿阿基里斯夜復一夜的姿態。但他始終覺得自己是個冒牌貨，像是一個獲准熬夜的小男孩，如果低頭瞧瞧，他會看到雙腿離地面還有一大截。

也許明天早上他已經不在人世，但想著這種事沒意義，一個人命中注定的那一天會在它到來的時候到來，你無法把那一刻往後推延。他左顧右望，看到自己的緊張反映在每個人的臉上，就連奧德修斯也開始咬起指甲。特洛伊人現在一定知道船隊啟航了，希臘人確實撤離了紮營地，但也許他們並不相信？普萊厄姆統治特洛伊城五十年，老狐狸一個，不會被這樣的把戲給騙了。這匹馬是一個陷阱，一個聰明的陷阱——沒錯，但誰在裡面？

奧德修斯抬起頭傾聽，一秒後他們都聽到了：特洛伊人竊竊私語，又好奇，又緊張。這是什麼？為什麼有這個？希臘人真的放棄回家了，留下這個不得了的大禮嗎？有人說：「沒半點用的東西。」「你都不知道它有什麼用途，怎麼能說它沒用呢？」「我們可能不知道它的用途，但我們知道一件事：不要相信該死的希臘人。」一片附和聲響起。「不管怎樣，我們怎麼知道裡面是空的？我們怎麼知道裡面沒有人？」聲音逐漸從懷疑轉為恐慌。「燒了它吧。」「對，來吧，燒了這玩意，馬上就知道裡面有沒有人。」這個想法得到了回應，隨即人人都在高呼：「燒掉它！燒掉它！燒掉它！」皮洛士環顧四周，發現每個人的臉上都寫著擔憂，不對，不止是擔憂而已——而是驚恐。這些男人勇猛無懼，是希臘軍隊的精兵，但如果有人告訴你他不怕火，那他不是騙子就是傻瓜。

燒掉它！燒掉它！燒掉它！

一個塞滿了人的木箱子，燒起會如同一個澆了豬油的火葬堆，當特洛伊人聽到尖叫聲時，他們會做什麼？跑去打水？怎麼可能，他們鐵定站在一旁哈哈大笑。當希臘大軍返回時，只會發現燒焦的木頭和燒死的屍首，死者高舉拳頭，表現出死於戰火的戰鬥姿態。而上方的城牆上，特洛伊人正等著他們。他不是懦夫，真的不是，他進入這該死的木馬，已經有了赴死的心理準備，但他絕不要死得像一頭烤豬。不如立刻出去戰鬥。

他微微欠起身子，對面兩個人的腦袋中間，突然冒出一個長矛尖，他看到他們臉上露出驚愕的表情。瞬間，每個人都開始往木馬的中央挪動，儘量遠離兩側。外面，一個女人聲嘶力竭地喊道：「這是個陷阱，你們難道看不出來嗎？」然後另一個聲音，一個男人的聲音，蒼老但不軟弱，充滿威嚴，一定是普萊厄姆。他說：「卡珊德拉，快回家，回家去吧。」

木馬內，大家紛紛轉頭，以責怪的眼神看著奧德修斯，因為這是他的計畫，但他只是聳聳肩，雙手一攤。

又一陣喧嘩。守衛發現有人在城門外鬼鬼祟祟，把他拖到普萊厄姆面前，強迫他跪下。經過漫長的等待，西農終於開口說話了，聲音起初有些顫抖，但隨著故事的展開，逐漸變得堅定起來。皮洛士瞥了奧德修斯一眼，看到他的嘴唇隨著西農的故事蠕動。這三星期來，奧德修斯不停在訓練西農，兩人在競技場來回走動，一走就是幾個小時，排練說詞，推測特洛伊人可能會問的每一個問題。

每一個細節都得逼真入微：希臘人認為眾神已經拋棄了他們——尤其是雅典娜，他們嚴重觸犯了她。這匹馬是祭品，必須立即送往她的神廟。但重要的並非細節，一切的關鍵在於奧德修斯對於普萊厄姆的性格的解讀。普萊厄姆小時候，還不到七歲，曾在一場戰爭中淪為俘虜，被勒索贖金。他孑然無依，被迫在異國他鄉生活。他向諸神尋求安慰，尤其是命令凡人要善待陌生人的「外地人保護神」宙斯。因此，在普萊厄姆的統治下，特洛伊一直樂於接納與自己同胞反目的外人。奧德修斯所編的故事，目的就是要吸引普萊厄姆，每一個細節都利用了他的信仰，把他的信仰變成弱點。計畫若是不奏效，肯定不是西農的錯，因為他已經傾盡全力，哀號響徹天空。「求求你。」他不停地說：「求求你，求求你，可憐可憐我吧，我不敢回家，回家一定沒命的。」

普萊厄姆說：「放開他吧。」然後大概是直接對西農說：「歡迎來到特洛伊。」

不久之後，馬脖上的繩索發出嘩嘩的響聲，馬開始動了起來，但只走了一小段路，就顫顫巍巍停了下來，過了難熬的幾分鐘，才再度蹣跚向前。皮洛士從木板縫隙往外看——夜晚的空氣吹到眼皮上，出奇地涼爽——卻只看到一堵石牆，但這足以告訴他，他們正從斯開亞城門進入特洛伊。他們睜大眼睛看著彼此，保持沉默。城外，特洛伊人，不分男女老幼，一邊唱著讚美城邦守護神雅典娜的頌歌，一邊把木馬拖進城門，「幫」爸爸拉繩索的小男孩，興奮地嘰嘰喳喳。

同時，皮洛士身上發生了一些奇怪的事情，也許只是渴了，也許是太熱了——現在又比剛才更熱了——但他居然好像能從外面看著木馬。他看到木馬被緩緩拉過街道，馬頭與宮殿神廟的屋頂一樣高。好奇妙的感覺，明明困在黑暗中，卻看到了寬闊的街道和開放的廣場，興奮的特洛伊人在馬腳邊轉來轉去，到處是黑壓壓的人群。他們好像螞蟻，找到了一個大到足以餵養幼蟲幾個星期的蟲蛹，正得意洋洋要把蛹拖回蟻丘，殊不知當堅硬閃亮的蛹裂開時，所有人都將喪命。

好不容易，顛簸搖晃終於停止了，木馬內的每個人皆昏昏欲吐。祈禱和頌歌再次響起，特洛伊人擠進了雅典娜神廟，感謝女神讓他們奏凱而歸。接著宴會開始了，歌唱、跳舞、喝酒，喝了再喝。戰士聽著，等待著。皮洛士想找個空間伸伸腿，在狹窄的空間久坐，加上脫水，他的右小腿抽筋了。此時，他們處於更深沉的黑暗，沒有月光從木馬側面的裂縫照入——這次的襲擊選了一個無月之夜。不時有一群醉醺醺的狂歡者踉踉蹌蹌走過，熊熊的火把往木馬內待機而動的人臉上投下虎紋般的影子，頭盔、胸甲和出鞘的劍刃閃爍微光。他們卻繼續等待。在遠方的黑暗中，當希臘艦隊折返時，鉤形黑船將在波濤洶湧的灰色海面上犁開白色的溝壑，皮洛士想像船隻駛入海灣，收帆，槳手接手，奮力向陸地划去，龍骨在礁石上發出摩擦聲。

漸漸地，歌聲叫喊聲都消失了，最後一批醉漢不是爬回家，就是昏倒在陰溝中。普萊厄姆的侍衛呢？戰爭結束，他們自認贏了，少了戰鬥的對手，他們還會保持清醒嗎？

最後，在奧德修斯的點頭示意下，最後方的四名戰士拉開螺栓，兩邊各拆下一段。涼爽的夜風撲面而來，汗液蒸發，皮洛士感到皮膚一陣麻。然後，一個接一個，源源不斷順著繩梯爬下來，在地面圍成了一圈。前面有些推擠，因為每個人都想爭取第一個出去的榮譽。皮洛士不在乎這些，只要是第一批人就夠了。雙腳著地時，他感覺脊椎從上到下都在震動，原來每個人都在跺腳，讓血液恢復循環，因為他們隨時都得開始衝刺。他從神廟牆上的燈臺抓起一支火把，在刺眼的紅光中轉身，看著最後一批戰士撲通落地——木馬如同拉屎，拉出了一個個的男人。都出來後，他們轉身互相凝視，每張臉都有同樣半睡半醒的表情。他們進來了。慢慢地，慢慢地，他意識到這是一股阻攔不了的浪潮。此刻，他正站在他的父親從未踏過的地方——特洛伊的城牆之內。此刻，沒有恐懼，一切都變得輕盈，一切都變得清晰。在那邊，在黑暗之中，是他們必須打開讓軍隊進來的城門。皮洛士握緊劍柄，撒腿狂奔。

2

一個小時後，他站在宮殿的階梯上，置身於苦戰之中。他從一個垂死的人手中奪下一把斧頭，開始劈門而入。戰士在他身後的臺階推來擠去，使他難以揮動斧頭。他喊著要他們讓開，給他空間，又劈了四五下，終於劈出了足以穿越的裂縫——之後就容易了，一切都容易了。沿著長廊飛奔而下，他感覺到父親的血液在他的血管中奔流，不禁發出勝利的歡呼。

在王座大廳的入口，特洛伊侍衛形成一堵堅固的牆，已有希臘戰士與他們展開了搏鬥。但他轉向右邊，尋找赫克特的房子，赫克特的遺孀安卓瑪姬獨自帶著兒子住在那裡，那間屋子有一條通往普萊厄姆私人住所的祕密通道，這是奧德修斯從被俘王子口中拷問出來的情報。牆上有扇以屏風虛掩的門，門後是一條向下延伸的通道，通道昏暗陡峭，散發著發黴閒置的陰冷氣味。接著他拾階而上，進入敞亮的王座大廳，普萊厄姆就站在祭壇前，一動不動，滿懷期待，彷彿這一生都在為這一刻做準備。這裡只有他們兩人，希臘人和特洛伊人的廝殺聲似乎在牆的另一側漸漸淡去。

他們不出聲地注視著對方。普萊厄姆不止老了，而且老得嚇人，虛弱得連鎧甲都要壓得他喘不過氣來。皮洛士清清嗓子，在茫茫的寂靜中，發出一種奇怪的抱歉聲音。時間彷彿停止，他不知道如何讓它重新轉動。他走向祭壇臺階，報上自己的名號，這是戰鬥前必做的事：「我是皮洛士，阿基里斯之子。」普萊厄姆居然微微一笑，搖了搖頭——太不可思議，也太不可原諒了，皮洛士生氣了，一隻腳踏上最底層的臺階，看著普萊厄姆做好戰鬥的準備——但老人終於扔出長矛時，長矛並沒有穿透盾牌，只是懸在空中片刻，抖了幾下，就「噹」一聲掉在地上。皮洛士縱聲大笑，這一笑釋放了他。他跳上臺階，一把揪住普萊厄姆的頭髮，將他的頭往後拉，露出那瘦弱的喉嚨，接著——

接著什麼也沒有……

在過去的一個小時裡，他陷入一種近乎狂熱的狀態，雙腳幾乎碰不到地，力量從天而降，注入他的體內——而就在最需要這份狂熱的時刻，他卻感到狂熱正從四肢百骸中流失。他舉起手臂，但劍沉重不已。普萊厄姆察覺到了他的軟弱，掙脫開他的手，想要逃跑，卻被絆倒，一頭栽下了臺階。皮洛士立刻追上去，抓住他的銀色長髮，沒錯，沒錯，就是現在，就是現在，但普萊厄姆的頭髮出奇地柔軟，簡直像女人的頭髮，這個無足輕重的小細節竟然令他不知所措。他一劍揮向老人的喉嚨，沒砍中——笨，真笨——他就像一個十歲的小男孩，第一次殺豬，亂劈亂砍，卻沒有一劍足以致命。普萊厄姆頭髮花白，皮膚蒼白，看上去好像一滴血也沒有，哦，他不但有，而且還是如注成渠的血。他在地板上滑來滑去，好不容易抓住了這個老傢伙，跪在他瘦骨嶙峋的胸膛上，但即便如此，還是無法下手。他絕望地發出呻吟：「阿基里斯！父親！」令人難以置信的是，普萊厄姆轉身看著他，笑著說：「阿基里斯的兒子？你？你一點也不像他。」

一陣憤怒的紅色迷霧給予皮洛士再次出手的力量，這次直接砍向頸部，沒有失誤，普萊厄姆的熱血噴到他緊握的拳頭上。結束了，他任由屍體滑落到地上。不遠處傳來女人的尖叫，他茫然四顧，見到一群婦女，蹲在祭壇的另一側，有些抱著嬰兒。他陶醉在勝利和解脫的喜悅之中，張開雙臂跑向她們，衝著她們的臉大喊一聲「嚇」，女人畏畏縮縮地躲開了，他不禁哈哈大笑。

但一個女孩卻站起來瞪著他——眼珠瞪大，臉像一隻青蛙。她竟然敢看著他？有一瞬間，他很想打她，但又及時縮了回去。打死女人並不光彩，況且他也累了，他這一輩子沒這麼累過。他的右臂從肩上垂下，像鐵鍬一樣毫無生氣。普萊厄姆的血液在他的皮膚上凝固，發出惡臭，一種腥臭的鐵味。他站了一會兒，低頭看著那具屍體，一時衝動，往屍體旁邊踢了一腳。他決定了，不給普萊厄姆下葬，沒有榮譽，沒有葬禮，沒有死亡尊嚴，他的父親怎麼對待赫克特，他就怎麼對待普萊厄姆，他要把老人骨瘦如柴的腳踝綁在戰車車軸上，將屍體拖回軍營。但首先他必須遠離這些尖叫啜泣，所以他跌跌撞撞，不加思索走進右邊的門。

裡頭很暗，涼爽而安靜，女人的哭聲聽起來更遠了。眼睛逐漸適應昏暗後，他看到一架子的禮袍，旁邊還有一把椅子，椅背上披著祭司的法衣。這一定是普萊厄姆的更衣室。他站在門內傾聽，房間感覺跟女人一樣逐漸遠離他。寂靜無聲，空無一人。但突然他察覺遠處角落裡有動靜，有誰躲在陰影裡，但他只能看到一個輪廓。一個女人？不，從他瞥見的那一眼來看，幾乎可以肯定是個男人。他把衣架推到一邊，小心翼翼地前進，接著不止鬆了一口氣，還高興得差點笑出聲來，因為阿基里斯就站在他的正前方。不可能是別人：閃動的盔甲，飄逸的長髮——這是一個徵兆，一個他終於被接納的徵兆。他凝視著黑暗，滿懷信心地向前走去，見到阿基里斯也向著他走來。阿基里斯渾身浴血，從頭上的羽飾頭盔到穿著涼鞋的雙腳，都是紅色。頭髮也是紅色的，不是橘子色，不是紅蘿蔔色，都不是，而是像血或火一樣的紅。在最後一刻，他們面對面了，他伸出手，黏糊糊的手指觸及一件又硬又冷的東西。

現在很近了，近到幾乎可以接吻了。他喊了一聲：「父親。」呼吸模糊了鏡子閃亮的青銅。「父親。」然後不再那麼有自信地喊了一聲：「父親？」

3

走　囉
走　囉
我們回家去囉！

這幾天來，我記不清聽過多少次這首歌——如果這可以稱之為歌的話。男人成群結隊，在軍營中跌跌撞撞，喝得爛醉如泥，張著嘴巴，直著眼睛，吼著這幾句簡單的話，直到聲音嘶啞為止。軍紀渙散至此，軍營各處的國王們都在竭力恢復對部屬的控制。

一天早上，我穿過競技場，聽到奧德修斯喊道：「如果你們他媽的不把東西裝上船，你們哪兒也去不了！」他從他的營區大廳出來，站在廊下臺階上，面對著一群二三十人。即使是在他自己的營區，他也帶著一支長矛——這反映出當時的集體情緒。大多數唱歌的男人開始悄悄退開，但人群中突然響起一個聲音，「是啊，那你呢，你這個狡詐的混蛋？沒怎麼看到你搬東西啊。」

一定是忒耳西忒斯，不然還能是誰呢？他其實並沒有站出來，而是其他人後退了。奧德修斯立刻向他撲去，高舉長矛，以矛柄當棍棒，往忒耳西忒斯的手臂和肩膀一陣亂打，當忒耳西忒斯縮在地上呻吟時，又敲了他的肋骨幾下，最後不忘在他的胯下補上一腳。

忒耳西忒斯緊緊抓住自己的睪丸，左右扭動，其他人圍上來捧腹大笑。大家都知道，他是一個討厭鬼，不止愛挑撥是非，分配工作時，總是排在隊伍的最後面。沒錯，他們可能會從他對權威的挑戰中獲得共鳴，但他們不喜歡他，也不尊重他，因此把他丟在那裡，溜達著走了，可能是去搬東西上船，但更可能是去尋找新的酒精來源，因為他們肩上的山羊皮袋似乎已經空了。走了幾步，他們又開始唱歌，不過每重複一次，歌聲聽起來就更像是哀歌。

走囉
走囉
我們回家去囉！

事實呢？沒有人能回家，沒有人要去任何地方，就在四天前，在啟程的前一小時——包括奧德修斯在內的一些國王已經上了船——風向卻猝然改變，海上刮起了近乎狂風的大風。只有瘋了才會在那種情況下離開海灣的庇護。每個人都說：「哦，別擔心，很快就會過去。」但沒有過去，一天又一天，一個小時又一個小時，怪風持續呼呼吹來，所以他們都還在這裡，打了勝仗的希臘戰士困住在這裡——當然，還有被俘虜的特洛伊女人。

還有忒耳西忒斯。我彎下腰，努力不被他張開的口中噴出的臭氣熏得後退。我不願輕視一個剛剛當著奧德修斯的面罵他是狡詐混蛋的人，但忒耳西忒斯確實沒什麼討人喜歡的地方。儘管如此，他現在受傷了，而我正好要去醫務所，所以還是把手放在他的胳膊下，攙扶他站起來。他雙手放在膝蓋上，弓身站了一會兒，才慢慢抬起頭。他說：「我認得你，布莉塞伊絲，對吧？」他用手背擦了擦流血的鼻子。「阿基里斯的妓女。」

「阿爾西穆斯大人的妻子。」

「是啊，但你肚子裡那個孩子呢？阿爾西穆斯大人怎麼想？養別人的私生子？」

我轉身背對他，走開的時候才發現阿米娜一直跟在我後面。她知道我的婚姻故事嗎？如果以前不知道，現在肯定知道了。

阿基里斯陣亡的前幾天，把我給了阿爾西穆斯，說阿爾西穆斯發誓會照顧我肚子裡的孩子，而我直到當日早上才知情。我從阿基里斯的床上被拖了出來——肩上裹著一條沾滿精液的床單，頭髮上沾著麵包屑，覺得噁心想吐，渾身散發著性事的味道——就這樣嫁給了阿爾西穆斯。一場奇怪的婚禮，但完全合法，不止有祭司祈禱，他還用紅帶子把我們的手綁在一起。而且該稱讚的還是要稱讚，阿爾西穆斯確實信守他的承諾，就在今天早上，他還堅持說，只要我離開營區，都必須有一個女人陪著。他說：「一個人不安全，你得帶個人。」

所以才有了阿米娜這個女孩子。

我們組成一支可笑的小隊伍，我是一位體面的已婚婦女，戴著厚厚的面紗，阿米娜在後面幾步小跑著。當然，多此一舉。保護我不被軍營四處結黨遊蕩的醉漢騷擾的，並非一個跟在後頭的十幾歲少女，五個月前，阿基里斯執劍的手臂庇護我，如今執劍的換成了阿爾西穆斯。在這個軍營中，勢力是唯一重要的東西——而這最終代表著殺人的權力。

平時我覺得沿著海邊散步很是愜意，但今天覺得不太舒服，風像一隻濕熱的手把我從海邊推開，對我說：不，你不能去那裡。我說「濕」，但是至今一滴雨也沒有下過，唯有一朵鐵砧狀的雲高聳在海灣上方的天空，夜裡可以看到雲層深處閃著閃電。一切都暗示著暴風雨即將來臨，但這場雨始終沒有來。而光是一種奇特的紅褐色，把暴露在外的皮膚染成了銅色，男人的手和臉看起來似乎和手中的劍一樣，都是由堅硬無比的金屬鍛造而成。

在飲酒啖肉朝歌暮樂的慶祝活動中，我嗅到了一股不安的氣息。風開始折磨每一個人的神經，像一個嬰兒，吵吵鬧鬧，就是不肯入睡。即使在晚上，所有門窗都緊閉上鎖，也還是無法逃開，狂風鑽入每個縫隙，掀開地毯，吹滅蠟燭，沿著走廊追著你進入臥室，甚至追進了你的夢鄉。夜深人靜，你發現自己躺在床上，盯著天花板，白天設法忽略的所有問題，都圍繞在你的床邊。

阿爾西穆斯大人怎麼想？養別人的私生子？

我懷孕的事，如今已是公開的消息，這個變化似乎是在不知不覺中發生，就像夜幕降臨一樣，一個又一個傍晚過去，你看不出有什麼不同，直到空氣中突然漫著寒意，才察覺已經入秋。隨著我的肚子隆起，旁人對我的態度也變得不同，反而使我對於自己未出世的孩子的感情更加複雜。墨米頓人說它是阿基里斯的兒子，好像能夠看穿我的子宮。有時，我有一種感覺，我懷的根本不是一個嬰兒，而是阿基里斯本人，他縮小了，縮到一個胎兒的大小，但仍然看得出是阿基里斯，而且全副武裝。

靠近阿伽門農營區的大門時，我低下頭，堅定地跟隨雙腳的移動——進，出，進，出——雙腳從我的長衫下擺出現又消失。我在這個地方很不開心，總是害怕回來，但我提醒自己，在阿伽門農的小屋，在阿伽門農的床上做奴隸的恥辱，已經是過去，現在我是一個自由的女人。於是，一進大門，我就抬頭環顧四周。

我們在營區的主廣場上。我住在那裡的時候，這裡是閱兵場，男人出征前在這裡集合。現在這裡設了一間醫務所，醫務所的帳篷原本在海灘上風吹日曬，搬過來之後，看起來比原先還要破爛，帆布布滿綠色汙漬，也因為一度長時間收在船艙之中而散發著惡臭。在戰爭最初幾個月裡，希臘人住在帳篷中，當時心態相當高傲，以為攻下特洛伊是易如反掌。但在帆布底下熬過第一個悲慘的冬天之後，他們開始起造小屋，砍伐了一整片森林。

我彎身穿過打開的帳篷門簾，停了一會兒，讓眼睛適應綠色的陰暗。我以為我已經聽過風能發出的所有聲音，但帆布劈啪作響的咆哮聲還是頭一回聽到。然而，氣味還是沒變，一籃子用過的紗布，散發出陳舊的血腥味。還有新鮮香草的味道：百里香、迷迭香、薰衣草、月桂。我在那裡工作時，帳篷裡人滿為患，必須跨過一個病人，才能走到下一個病人身邊。現在帳篷空了一半，只有兩排牛皮床，一排五六張，床上的人大都在睡覺，只有最裡面的兩個人在玩骰子。這些人在對特洛伊的最後一場進擊中負了傷，除了前排最後一個人看起來情況不妙，似乎無人身受重傷。不知道為什麼我還要費心評估他們的傷勢，現在這都與我無關了。

麗特塔站在遠處的工作檯旁，正用腰間的粗布圍裙擦手，我走過去時，她露出了笑容，但我注意到她沒有像以前那樣跑過來迎接我。

我走到她跟前，她說：「哎呀，看看你。」

我想知道我是哪裡不同了，是我的孕肚開始明顯了？還是我袍子上華麗的刺繡？但兩者皆非新鮮事。接著我明白到她說的一定是阿米娜，她跟著我進來，在我身後不遠處徘徊。

「誰？你的侍女？」

「不是。」這一點必須要說清楚。「只是阿爾西穆斯不希望我獨自在軍營中走動。」

「他是對的，我沒見過這麼多酒鬼。過來，坐……」

她拿起一壺酒，倒了三杯。阿米娜遲疑了，朝我的方向看了一眼，才接過杯子。真討厭，她的舉止完全像個侍女。

我在工作檯旁坐下，轉向麗特塔。「你好嗎？」

「累啊。」

她看上去確實很累，甚至是憔悴。我不明白為什麼，因為這些男人，除了前排的頭部受傷，都只有輕傷。

「我睡在卡珊德拉的小屋。」

這就說得通了。我還記得，當特洛伊女人等著被國王們瓜分時，卡珊德拉瘋得失去了控制——她拿著火把在頭頂旋轉，跺著腳，喊著要大家到她的婚禮上跳舞……她甚至想拉起她的母親，逼迫她跺步跳舞。

「她好些了嗎？」

麗特塔做了個鬼臉。「時好時壞——早上還好，晚上就真的太可怕了……她對火很著迷，真不知道她是怎麼弄到火的，不過她就是能夠弄到——每次都是我有麻煩，我的錯。我很驚訝她居然還沒把這鬼地方給燒了。我睡都不敢睡——然後又得整天在這裡工作。這不是人過的日子。」

「你需要個人來幫你。」

「嗯，有個女孩子在幫忙——不過她很沒用，我不能把卡珊德拉交給她照顧。」

「我可以陪她——讓你睡一下。」

「不知道馬查恩會怎麼說。」

「我們可以問問，我可以問問。」

她搖了搖頭。馬查恩是希臘軍隊的主治大夫，更重要的是，也是麗特塔的主人。

為了打破沉默，我說：「酒不錯。」

「沒錯，確實不差。」

她正要再為我們倒一杯時，突然吹來一陣大風，掀起了頭頂上的帆布。我嚇了一跳，抬頭往上看。「你不擔心嗎？我好怕它會垮。」

「我倒希望真的垮下來。」

我看著她，但她只是又聳聳肩，繼續磨草藥。你或許覺得奇怪，但我很羨慕她的手掌可以摸到冰冰涼涼的杵棒。和她一起在這張工作檯工作，是很久以前的事情了，卻是我在軍營中最快樂的時光。

我仍然能分辨她面前擺放的每一種成分——全都有鎮靜的作用，摻上了烈酒，一口就足以迷倒一頭公牛。「是給卡珊德拉的？」

她瞥了一眼阿米娜，不出聲地說：「阿伽門農，似乎睡不著。」

「啊，可憐啊。」

我們交換了一個微笑，然後她猛然朝著阿米娜點了點頭，「她很安靜。」

「深藏不露。」

「真的？」

「我不知道，不過你說得對，她話不多。」

「她是你的侍女嗎？」

「不是，她是皮洛士大人的奴隸，我們配在一起剛好，我需要有人陪我出門，而她需要出門走走。」

一切都好尷尬。我自幼就認識麗特塔，那個時候，她是一個受人尊敬的醫女和助產士，具有一定地位，也是我母親最好的朋友，母親去世後，她盡了最大努力照顧我。幾年後，阿基里斯攻佔我們的城邦呂耳涅索斯，放火燒城，我們淪為奴隸，一起被帶到這個營地。她給了我很大的幫助，也竭力幫助了許多女人，但現在我恢復了自由之身，是阿爾西穆斯大人的妻子，而麗特塔仍舊是奴隸。地位和財富的變化不應影響友誼，哎，說起來容易，但我們都知道它們終究影響到了友誼。但這份友誼不能受到影響，我已經失去了很多我所愛的人，我決心不要失去麗特塔。

所以我本能地回憶起我們在呂耳涅索斯的生活，想藉由昔日快樂時光的共同回憶拉近和她的距離，那時阿基里斯尚未摧毀一切，我們尚未第一次聽到他恐怖的殺喊聲響徹四周的城牆。即使聊起了往事，對話仍舊斷斷續續，如同即將熄滅的蠟燭搖曳不定——倒是我注意到阿米娜全神貫注地聽著。又一次停頓之後，我說：「啊，我想我應該回去了。」

麗特塔立刻點了點頭，把臼推到一邊。親吻時，我們都猶豫了，應該朝彼此的方向啄幾下卻不成，最後只好尷尬地碰了碰鼻子。阿米娜在一旁都看到了。我們離開時，她又一次故意落在後面，我退後一步，想走到她的身邊，但只要放慢腳步，她也跟著放慢，所以我們之間的距離始終保持不變。我歎了口氣，奮力逆風而行。這個女孩子讓我良心不安，但我厭惡我的良心不安，因為我覺得自己已經盡了力。回想自己剛到軍營的日子，其他女人給了我許許多多的幫助，所以我在探訪女營時也試著向她伸出援手，但迄今為止，她拒絕了我的每一次示好。當然，我也努力支持其他女孩，但我特別想要支持阿米娜，可能是因為她讓我想起了我自己——她觀察、傾聽和等待的方式跟我很像。友誼往往建立在相似的基礎之上，發現共同的立場，找出共同的熱情，但阿米娜和我之間的相似之處並沒有產生這種效果，真要說有什麼影響，也只是徒增我的自我懷疑。不過我還是想認識她，因此不斷回頭看她，她卻低著頭走路，巧妙地避開了我的目光。

競技場裡聚了一群人，把一個豬脬子踢來踢去。至少，我希望那是豬脬子。特洛伊淪陷的第二天，我遇到一些戰士拿人頭當足球踢。這群人看起來沒有惡意，但我不想冒任何風險，所以轉身把手搭在阿米娜的胳膊上，朝海灘方向點了點頭。我開始覺得阿爾西穆斯是對的，離開營區實在是太危險了。海灘上空無一人，只有兩個披著阿波羅神猩紅色長幡的祭司，在頭頂上旋轉著風吼板，也許以為發出驚天巨響，風就會屈服。正當我看著的時候，一陣狂風吹得一名祭司失去了平衡，毫不客氣地把他拋到濕沙上。之後，他們放棄了，垂頭喪氣，往阿伽門農營區的方向走去。軍營到處都是這樣的祭司，他們想方設法要改變天氣：檢查獻祭動物的內臟，觀察鳥類的飛行，解讀夢境……但風兀自呼呼吹著。

祭司走後，整片廣闊的海灘就只剩下我們了，但我們要用面紗遮住臉才能呼吸，交談則是不可能的。我們都無法獨自承受狂風，只好互相依靠——比起我主動伸出的友誼之手，這幾分鐘的共同奮鬥，更能打破我們之間的障礙。我們踉踉蹌蹌，不自禁地咯咯笑，阿米娜的臉頰發紅，我想她可能覺得驚奇，原來自己還是能笑的。

我們起初沿著海灘的邊緣走，固定在支架上的船提供了一些保護，但我永遠無法抗拒大海的吸引力——我告訴自己，無論如何，水邊的濕沙更結實，更容易站穩，所以我們沿著混著沙粒和碎石的斜坡往下走，最後迎上一堵狀似要吞噬陸地的黃灰色水牆。海岸線上有成堆的墨角藻，臭不可當，上頭布滿數以千計的死去生物，比我以前見過的還要多：灰綠色的小螃蟹、海星，幾隻碩大的水母，中心呈現暗紅色，好像體內有什麼東西爆炸了，還有一些我不知道名稱的東西——全死了。大海正在謀殺它的孩子。

阿米娜轉過身，望著仍在悶燒的特洛伊塔樓，表情驀地變得既緊張又悽楚。我覺得我幫不了她，其他人——更年長、更有經驗的人，也許是麗特塔——更有機會觸及她的內心，所以我們默默走著，一直走到皮洛士的營區。我知道一進大門我們就安全了，但我們終究尚未進去。一陣刺耳的笑聲傳來，我小心翼翼走過去，藏身在陰影裡，想先弄清前面有什麼。當時天還沒黑，但在那段日子裡，天空經常烏雲密布，即使正午也沒有什麼光。大門外有一大片空地，那是墨米頓人過去出征前的集合場所，現在又聚了一群戰士，但在這場混亂的中心是一個女孩子。她被蒙上了眼睛，男人們圍著她轉圈，輪流把她推到下一個人的懷中。她沒有尖叫，也沒有呼救，也許是已經知道不會有人來了。阿米娜絕對不能看到。我抓住她的手臂，指向我們來的方向，但她只是呆立不動，我只好硬拉著她離開。她七跌八撞，跟著我沿著牆走，但仍舊回頭望著那個旋轉的女孩，以及那一圈嬉笑的男人。

我到軍營的頭幾個星期，大海既是一種安慰，也是一種誘惑——我說「誘惑」，因為我時常想不回頭地走進海浪中——所以我探索過海灘的每一寸土地，現在這份知識派上了用場，我知道有一條小徑穿過沙丘，通向馬廄另一個入口，所以我徑直朝那裡走去。到了第一個可以避開風的地方，我跌坐在沙地上，整理凌亂的思緒，阿米娜猶豫了一會兒，也在我旁邊坐下，躺下凝視著天空。

儘管鋒利的濱草在頭頂上方瘋狂地翻動，我們就這麼躺著，躲開了強風。我閉上眼睛，把手臂橫放在臉上，怕阿米娜想談談剛才目睹的事件，但我不知道該對她說什麼。我想，就說實話吧——但實話很難說出口。我到軍營的第二個晚上，就睡在了阿基里斯的床上，而不到兩天前，我才親眼目睹他殺死了我的丈夫和兄弟。他最後壓著我的身子睡著了——我以為再也不會有更可憐的事情發生在我身上，或是在任何女人身上，我以為這就是地獄。但後來我在軍營裡到處走動，開始注意到那些平民婦女，她們在灶火旁撿拾殘羹剩飯，為養活孩子忍饑挨餓，夜裡鑽到小屋底下睡覺。我很快就明白，有很多人的命運比我更悲慘，阿米娜需要知道這一點，她需要理解在這個軍營中生活的現實，但我狠不下心來告訴她。不管怎樣，我告訴自己，她很快就會知道了。

睜開眼睛時，我看到她正瞧著幾隻在一百碼左右遠處盤旋的烏鴉，表情有些困惑。過了一會兒，她站了起來，把手放在眼睛上方，以便看得更清楚。她的黑袍在風中飄揚，她自己看起來就像一隻烏鴉。我不情不願地站了起來，思忖著如何能帶她走過那個地方，因為我知道——更確切地說是懷疑——那裡有什麼。皮洛士在特洛伊立下大功，凱旋歸來時，車輪後頭拖著一袋血泥碎骨——普萊厄姆。這個行徑駭人耳目，但也在意料之中。阿基里斯將赫克特的屍體拖在他的戰車後面，看來皮洛士也覺得得對普萊厄姆加諸相同的命運。我還記得那天阿基里斯回到軍營，闊步走進大廳，把頭和肩膀浸入一缸清水中，一分鐘後抬起頭，渾身濕漉漉，雙目模糊。那一天，天空也有烏鴉盤旋。

「來。」我努力讓自己的聲音充滿活力，「我們走吧。」

裹緊了面紗，我開始往前走。空氣中飄著一股腐敗的氣味，阿米娜似乎對一切都很警覺，但我仍舊期盼她沒有聞到。沿著鬆軟的沙坡滑下，我們來到一片空地上，它——他——就在那裡。不知道這個地方是刻意挑選的，還是普萊厄姆的屍體就恰好被丟在皮洛士狂飆的終點。但是，不管是偶然還是故意，他靠著一個小斜坡立著，彷彿正半起身來迎接我們，沒來由地讓一切變得更無法忍受。他的臉已經殘缺不全，眼睛和鼻尖都不見了。烏鴉總是先啄眼睛，因為眼睛好啄，而且牠們必須動作快，許多飢餓的烏鴉不過是多待了一秒鐘，就落入了狐狸的嘴中。

無法繞過屍體，就只好走過去了。靠近時，惡臭成了必須克服的有形障礙。我以口呼吸，垂著眼睛，儘量不看任何東西，但我沒料到蒼蠅的聲音，嗡嗡嗡嗡，成千上萬的蒼蠅，如模糊的黑色短毛覆蓋著屍體。我的影子落在蒼蠅上，蒼蠅飛了起來，只是我一過去，牠們又停了下來。滿腦子的嗡嗡聲，搞得我的腦子像要裂開一樣。多年後的今日，我偶爾也會坐在戶外享受溫暖的夏夜，但聽到蜜蜂在花叢中探索的嗡嗡聲，還有無數的昆蟲在綠蔭中騷動，我依然覺得無法忍受。「你去哪裡？」別人問。我說——很隨意，因為我練習了很多次，哦，相信我，很多很多次——「外面太熱了，你不覺得嗎？不如進去吧？」

那一天，我無處可逃。我試著把注意力放在瑣碎的事情上——晚餐吃什麼，女僕是否會記得為阿爾西穆斯準備好洗澡的熱水，雖然我不知道他什麼時候回家，也不知道他是否會回家。我想了很多，就是不想眼前的那樣東西——一個偉大國王的可憐殘骸。

阿米娜落後了幾步，我轉身想叫她加快腳步，卻發現自己說不出話來。她被惡臭熏得難受，拉起面紗遮住鼻子，但她盯著屍體。別的什麼都認不出來了，但那一頭染了鮮血的銀髮足以讓她說：「普萊厄姆？」

我點了點頭，示意她往前走，她卻一動不動站在那裡，目不轉睛地看著，眼睛睜得如此之大，彷彿把其餘的五官都吞沒了。然後她轉頭側著身子，大口大口地嘔吐起來，吐到全身都在抽搐。過了一會兒，她小心翼翼用頭紗邊緣輕輕擦拭嘴巴。

「你還好吧？」

沒有回答。好吧，笨問題。她用涼鞋刮了一些土蓋住嘔吐物，慢條斯理，像貓一樣謹慎。當她終於轉身面對我時，我嚇了一跳，我不知道我原本期望什麼，厭惡嗎？沒錯，震驚嗎？沒錯，甚至可能是徹底的歇斯底里。但我看到了冷靜沉著，甚至是充滿城府的眼神。我很緊張。「來吧，我送你回家。」

「家？」

來不及選擇另一個詞了，反正不管她願不願意，女營現在就是她的家。我繼續往前走，希望她跟上來，但她沒有跟來。我轉頭一看，發現她還在盯著看——只是不是盯著普萊厄姆，而是她掩埋嘔吐物的小土堆。她抬起頭來。「土很鬆，很好挖。」

我一開始沒聽懂，然後趕緊說：「不，不行！」

「我們不能就這樣丟下他不管。」

「我們什麼也做不了。」

「有，有辦法，我們可以把他埋了。」然後，好像一個孩子在重複她要死記硬背的功課：「人死了，如果沒有好好安葬，就注定要在人間遊蕩，不能進入屬於他們的死後世界。」

「你真的相信？相信普萊厄姆會因為皮洛士不讓任何人埋葬他而受到懲罰？這樣諸神不就不仁不慈了？」每一字都是違心之論，在我的一生中，沒有一件事能讓我相信神是仁慈的。「重點是，皮洛士不想讓他下葬，皮洛士的話就是法律。」

「世上有比皮洛士更高的力量。」

「沒錯。」我故意扭曲她的話。「阿伽門農，你想他會在乎普萊厄姆是否入土為安嗎？」

「我在乎。」

「你是個女孩，阿米娜，你不能對抗國王。」

「我不想對抗誰，不管怎樣，我都不會對抗他們——我只是在做女人一直以來在做的事。」

當然，她說得沒錯。就像分娩和照顧新生兒一樣，入殮也是女人的工作，由女人負責把關。在正常情況下，普萊厄姆家的女眷會整理他的遺體，做好安葬的準備，但現在情況不同了，阿米娜似乎不知道自己的生活發生了劇變。

「聽我說，阿米娜，如果你想活下去，就得開始活在現實的世界中。特洛伊已經不存在了。在這個軍營裡，皮洛士想要怎麼做，他就可以怎麼做。」我真正想說的是：你是個奴隸，學著像奴隸一樣思考吧。但我說不出口，她那麼年輕、那麼勇敢，而我，我想我只是一個膽小鬼，隨便吧，但願她能自己體會到現實，不用我反覆強調。「送你回小屋吧，去吃點東西。」

她不情願地點了點頭。我開始往前走，在沙丘後方這片掩蔽的土地上，雜草長得幾乎齊腰高，通行不易，但我還是儘量邁開步伐。前頭有一條煤渣路，連接馬廄和岬角上的牧場，一個馬夫牽著一匹黑色駿馬向我們走來，受到大風的干擾，馬頻頻擺頭，不時側身而行，我們幾乎看不見走在牠旁邊的馬夫。我認出了這匹馬，是烏檀，牠是皮洛士戰車隊的一員。我停在小路邊緣，掀起面紗，發現阿米娜挺直著背站在我身旁。一開始我專心看著烏檀不停地抬起前肢迴旋，沒有看到這個「馬夫」是誰，但隨後瞥見了一縷被風吹起的紅髮，與光滑的黑色馬頸形成了鮮明對比。皮洛士。

他究竟在做什麼，他有十幾個馬夫可以幫他幹活，卻親自把馬從牧場牽回來？但隨後我又想到，在阿基里斯去世的十天後，皮洛士初次抵達軍營，阿爾西穆斯不止一次提到，皮洛士經常待在馬廄裡。他說：「對馬很有一套。」那語氣暗示皮洛士與人相處可能不大行，「奇怪的小子。」我知道他起了疑心，而這是他最接近說出猜疑的一次。有時，我不禁懷疑，既然皮洛士在特洛伊戰功彪炳，阿爾西穆斯最初的疑慮是否依然存在。（「在特洛伊表現出色」、「打了一場漂亮的仗」……不絕於耳的稱讚，聽得我耳朵都長繭了。）

於是，我們站在那裡，小心翼翼地蒙著面紗，等待一人一馬經過。也許烏檀嗅到死亡的氣息，也許只是不喜歡仍然在頭頂盤旋的黑色大鳥，牠們稜角分明的銳利陰影劃破牠腳下的土地。牠拽著牽引繩，直立起來，連續弓背躍起三四次，甚至發出了一連串的響屁。皮洛士牢牢抓住繩索控制牠，的的確確靠著雙手與馬搏鬥。但他保持冷靜，輕聲安撫，直到大汗淋漓的馬終於穩定下來，然後挪到馬的另一側，轉頭不去看那些令人生畏的鳥。

牠們確實令人生畏，即使在我這個沒有理由害怕牠們的人眼中也一樣，在逐漸消失的光線中啞啞叫著，飛行時，張開的翅膀如同伸出的手指向黑夜招手。直到遠離普萊厄姆的屍體，皮洛士才鬆開繩子，讓烏檀再次自由地活動頭部。

舒了一口氣之後，我才發現自己剛剛屏住了呼吸。等到皮洛士走遠了，我才踏上小路，刻意面無表情看了一眼阿米娜，然後開始往軍營走去，一路都感覺到她不情不願跟在後頭。

4

從馬廄院子走進營區，我發現特洛伊女人已經獲准離開小屋了。她們穿著黑色長袍，在廊下階梯上坐成兩排，有點像即將遷徙的燕子，在飛走的前幾天，排列在窗臺和護欄上。只是燕子嘰嘰喳喳，這些女人卻沉默不語。我說「女人」，但其實只是女孩，沒有一個超過十七歲，有幾個遠比十七歲還小。她們緊緊相依相偎，怕得甚至不敢低聲說話，只是望著特洛伊的方向，那裡不時有紅色和橙色火焰噴出，穿過城樓上空嫋嫋升起的黑煙。

阿米娜跑去加入她們，她們在臺階上挪了挪，給她騰出了位置，但沒有向她打招呼。

我繼續往阿爾西穆斯的小屋走去，拉起門閂時，一陣新捲起的狂風把門吹得撞到了牆上。進屋後，我費力關上門，靜靜站了一會兒，環顧現在成為我的家的一切。一張桌子、四把椅子、一張靠牆的床、幾塊地毯，角落有一個雕花箱子，裝著阿爾西穆斯的衣物。這是一個舒適的房間，椅子擺著靠墊，牆壁懸著掛毯，有燈，有蠟燭——但沒有一件東西讓我覺得屬於我的。阿基里斯死後的第二天，我來到這個小屋，那時阿爾西穆斯痛不欲生，整座軍營陷入混亂。五個月過去了，房間卻仍然感到陌生，我強迫自己動一動，做什麼都好，最後決定出去看看晚餐準備得怎麼樣了。

生火做飯的地方在小屋後方，那裡有一小塊圍起來擋住風的空間。我現在有女僕——奴隸——幫我，俗話說，奴隸最糟糕的主人就是一個曾經是奴隸的人，我起碼努力不當這樣的人，阿爾西穆斯的奴隸有安全的地方睡覺，也一定可以吃得飽。

確定晚餐已經開始準備後，我返回屋內，拿起一筐灰黑色的生羊毛，纖維中還夾雜著糞塊。我相信沒有人喜歡梳理羊毛，我自然也不喜歡，沒過幾分鐘，雙手就沾滿了油脂。單調重複的工作把我拉入一條無形的恐懼隧道，我又聽到阿米娜的聲音：很好挖。我挪了挪身子，舒展一下酸痛的背部。她絕對不是真心這麼想，她不可能瘋到做出那麼危險的事——況且女營晚上有人看守。不，沒什麼好擔心的。

然後，我看到普萊厄姆的手浮現在我和羊毛中間，他老是戴著的那枚金扳指，在陽光下閃閃發光。往回走，往回走，我無助地被拖回到遙遠的過去。十二歲那年，母親去世不久，父親把我送到特洛伊，跟著出嫁的姐姐一起生活。姐姐長得矮矮胖胖，卻是海倫最好的朋友，而海倫也莫名其妙對我很有好感，這事每個人都注意到了，說我是「海倫的小朋友」。海倫常常帶我去城樓，幾乎天天去。她俯身在護牆上，熱切看著遠方的激戰——那目不轉睛的眼神叫人有些不舒服。第一次去的時候，普萊厄姆也在那裡，當時他煩天惱地——戰事不順，兒子鬩牆，金庫空虛，一代的年輕人正在死去——卻仍舊撥空向我表達善意。他拿出一枚銀幣放在掌上，念了幾句咒語，然後另一隻手掌從上方掠過，硬幣就這麼消失了。我盯著他空空如也的手掌，想維持我十二歲的尊嚴——我長大了，戲法騙不了我——但還是看得入迷，因為我瞧不出他的手法。普萊厄姆拍拍周身上下，假裝往袍子裡尋找。「去哪裡了？哦，但願沒有搞丟，在你那裡嗎？」我使勁地搖搖頭。然後——當然——他伸手到我耳後，

「發現」了硬幣。儘管如此，我還是噗哧一聲笑了。他彬彬有禮鞠了一躬，把硬幣給了我。我記得，他接著又轉身觀戰，臉上浮現一慣的悲傷神情。

多年後的今日，我回想起當時的那隻手，眼前也看到同樣的那一隻手，躺在骯髒的地面，失去了尊嚴。我把頭靠在椅子上，手指緊緊按著眼睛，想趕走那個畫面。我心灰意冷，決定不梳羊毛了，只是緊閉著雙眼，靜靜坐著聆聽風聲。

阿爾西穆斯終於回家時，帶了奧特米登一塊回來，這也沒什麼，他們本來就經常一起用餐。但緊跟著進來了第三個人——皮洛士。我深深鞠了一躬，拿來了杯子和酒，我知道他們的期待，所以選了最好的酒，不加一滴水稀釋，只附上麵包和橄欖。他們圍桌而坐，談天說地，皮洛士喝一口，阿爾西穆斯就跟著喝一口，只是頭腦仍舊清醒，說話也只是略顯含糊。奧特米登和他們喝得一樣多，也是神智清醒，只有皮洛士分明醉了。我又拿來一壺，放在阿爾西穆斯旁邊的桌子上，然後退到床邊的陰影裡。沒人看我一眼。

他們正在規劃運動會，這是阿爾西穆斯的計畫，他說得給男人找點事做，否則閑散無事只會滋生不滿的情緒，軍營謠言四起，說氣候反常，肯定是阿伽門農或其他國王得罪了眾神，部落和派系之間也開始出現糾紛，非常危險。希臘各國的邊界爭端由來已久，血海深仇世代相傳，向來衝突連連，如今打敗了特洛伊人，原先交戰的部落已經沒有了團結的理由，因此這支得勝的聯盟正在瓦解，每個王國都想爭奪地位。阿伽門農和梅涅勞斯這對兄弟國王，聯手率軍遠征，卻因為梅涅勞斯不顧榮譽、規矩和常識，把海倫那個賤人又帶回自己的床上，兄弟二人反目成仇，畢竟是犧牲了成千上萬的年輕人，梅涅勞斯才能重拾與淫婦的淫亂生活。因此，阿爾西穆斯繼續說，他們必須想個法子控制局勢，讓分裂的派系團結起來。皮洛士說「沒錯」，又說「不對」，喝了幾口酒，表示這些男人真正需要的是一些娛樂。阿爾西穆斯堅持球賽就是娛樂，奧特米登說：「他們為了比賽結果開始打打殺殺就不是了。」

他們喝到了第二壺酒，我仍不知道皮洛士會不會留下來吃晚餐。他喝得酩酊大醉，開始聊起——其實是吹噓——他在特洛伊淪陷一役中的表現。墨米頓人曾是——現在還是——一種體格粗壯的種族，黑髮黑皮膚，像他們的山地山羊那樣敏捷，深具懷疑精神，不輕易信任他人，而且沉默寡言到了極點。皮洛士口齒不清，但滔滔不絕，阿爾西穆斯和奧特米登一臉的不自在，尤其是奧特米登，盯著自己的杯子，長著鷹勾鼻的蠟黃臉龐毫無表情。我聽了也不太開心，我不想老想著特洛伊發生的事，更絕對不想聽到阿爾西穆斯做了什麼，畢竟我要與這個男人共度餘生，如果不知道，日子比較容易過。幸虧我不必擔心這一點，因為皮洛士只提到了他自己。

他描述——重溫——他劈進普萊厄姆宮殿大門的那一刻。我從不覺得皮洛士口才好，說到這個話題上，他卻口若懸河，我被迫透過他的眼睛看到了一切：長長的走廊，兩側敞開的門，瞥見了地毯、掛毯、金燈——特洛伊的傳奇財富——但他只瞧了一眼，確定沒有戰士藏著，就繼續奔跑，朝著遠處那扇門而去——他說，他感覺到阿基里斯的血液在他的血管中流動——發現那裡戒備森嚴，便轉向尋找連接赫克特家和普萊厄姆住所的祕密通道。普萊厄姆的兒子赫勒諾斯受拷問時透露的關鍵情報之一，就是這個通道。找沒兩下，皮洛士找到了，此時已把其他希臘戰士遠遠甩在後面，所以當他終於衝進王座大廳，看到普萊厄姆全副武裝站在祭壇臺階上時，他們兩人是單獨在一起的。

雖然與我自己不由自主的想像沒有什麼不同，他所描述的一切讓我痛苦不已，我不想繼續聽，但也只能莫可奈何聽下去。他說到他驕傲地宣布自己的身分：阿基里斯之子皮洛士。光聽到這個名字，普萊厄姆就嚇得臉色煞白。他躍上祭壇的臺階，把老人的頭往後拽，乾淨俐落，輕輕鬆鬆，割斷了他的喉嚨。他說，只需一刀，跟殺豬一樣。

我看著他，心裡想著：你在說謊。我不知道我怎麼知道，但我就是知道，普萊厄姆不是那樣死的。沒有人能反駁皮洛士的說法，因為當時沒有其他人在場。他最後陷入了沉默，凝視著杯子，好像不記得它的用途。我看著他，也許是在尋找與阿基里斯的相似之處。阿基里斯那難以平息的怒火，導致了數以百計、甚至數以千計的死亡。大家總是告訴皮洛士，他和他父親是同一個模子刻出來的，但我看不出來，在我眼中，他就像一位能幹但平庸的雕刻家用粗糙紅土塑成的阿基里斯肖像，所以呢？很像，但是完全沒有阿基里斯的氣魄。

皮洛士好像被我的目光弄得很不自在，直起身子，看了看四下，說道：「你知道我真正後悔的是什麼嗎？把赫克特的盾牌給了那個可惡的女人，你——」他指著奧特米登的眼睛，「應該制止我的。」

「這是慷慨之舉。」奧特米登板著臉說。

「蠢死了。」

阿爾西穆斯說：「頭盔在你手上，其他的也都是你的。」

「這不是重點吧？我父親殺死赫克特後，立刻從他的屍體扒下了那套盔甲，我應該擁有整套——一件都不能少。」

突然間，他身子一傾，站了起來。阿爾西穆斯伸出一隻手扶他，但皮洛士不理他，抓住桌邊，然後向門口衝去。阿爾西穆斯跟著他走到門廊，他們的話被一陣陣的風打斷，但我還是聽到了。幾分鐘後，阿爾西穆斯回到桌前，皮膚帶回了涼爽的夜晚空氣。他拉開椅子坐下。

他「唉」了一聲。

奧特米登聳聳肩。這兩個人長年埋伏等待，一個耳語就可能暴露他們的位置，所以多年來彼此之間建立起一套幾乎不依賴語言的溝通方式。我感覺到，在過去一個小時，他們雖然沒有交談，但持續以這種特殊的方式對話。

阿爾西穆斯說：「他年紀還小。」

「不小了。」

不小了，所以醉酒自誇情有可原？

「他只是想證明自己和阿基里斯一樣了不起，只是證明不了。」阿爾西穆斯向我方向瞥了一眼。「沒人能。」

一陣令人不安的沉默。我從來沒有告訴過任何人，我們還沒有圓房完婚，就連麗特塔也不知道。直到那一刻，我還一直想當然地認為，阿爾西穆斯也不會跟誰提起這件事。現在，我突然覺得奧特米登知情——更可能是猜到了。

「還要酒嗎？」我問。

阿爾西穆斯說：「我看別了，其實我想我們該走了。」

我點點頭，為又一頓沒人吃的晚餐感到遺憾。在門口，他猶豫了一下。「我不知道什麼時候會回來。」

我認為他並不樂於履行家庭生活的義務，而那不過是一個小小的義務，這正是我所有不安的根源。我知道——我以為我知道——阿爾西穆斯愛過我，至少迷戀過我，每回我們共處一室，我都注意到他看我的眼神。當然，他從未說過什麼，身為阿基里斯的榮譽獎，我如同女神一般遙不可及。但或許他更喜歡這樣？說不定他真正愛的是阿基里斯。

5

身為阿爾西穆斯的妻子，我的生活比身為阿基里斯榮譽獎更加孤立，更受限制。我不再到大廳為男人倒酒，軍營的無秩序狀態令我更難見到朋友一面，我幾乎沒有獨處的時間，阿爾西穆斯來來去去，忙於管理營區，我們幾乎不說話。晚上我總是一個人，坐在那裡紡羊毛，讓毛線帶著我走入記憶的迷宮。我發現自己常常想起我的姐姐艾安希，她是我父親第一任妻子的女兒，當我出生時，她已經是一個即將步入婚姻殿堂的女人，因此我的童年記憶中並沒有她的身影。直到後來，母親去世了，我被送到特洛伊與她一起生活，才認識了她。此刻我想起了她，因為我感受到自從抵達軍營後最為孤寂的一刻，而她是我唯一在世的親人——如果她還活著的話。

特洛伊淪陷後，女性俘虜被趕進了競技場，我曾經跑去找過她。她嫁給普萊厄姆的兒子，所以我先到王室女眷中尋找她，她們被安置在競技場外圍一個擁擠的小屋裡，等待著被分配給各個國王作為榮譽獎。幾個婦女走出小屋，在骯髒的沙地上或坐或躺，頭髮都是汗水，臉龐傷痕累累，眼睛布滿血絲，外衣破爛不堪，有幾個可能連自己的家人都認不出來了。我穿過人群，仔細盯著每一張臉，但艾安希不在那裡。

後來，我到平民婦人中尋找她。我曾看到她們被迫從泥濘小徑進入軍營，步履蹣跚，像被趕去屠宰場的牛，偶爾有一兩個摔倒在地，希臘男人就以長矛柄敲打她們，「鼓勵」她們重新站起來。我注意到當中沒有孕婦，雖然有些婦女牽著小女孩，卻沒有一個小男孩。我再次從一張張驚恐的面孔中尋找，但恐懼讓她們看起來都一樣，我花了很長時間才確定姐姐不在那裡。後來我才知道，有幾百個女人從城樓跳下去，一聽到這個消息，我就相信艾安希是其中一人，她有這樣的勇氣——而我沒有。

在接下來的日子裡，我逐漸接受了她已經去世的事實，但我不能確定，而現在我比以往任何時候都更需要確定這件事。我唯一能問的人是海倫，她是艾安希的朋友——雖然這種友誼沒有什麼人能理解。於是，一天清晨，我起了個大早，穿上顏色最暗的衣服出門，悄悄穿過小屋，不引人注意，又緊張又孤獨。我不能帶阿米娜一起去，因為她會告訴其他女孩，而我並不想讓別人知道我去找海倫。我不確定我能不能接近海倫，眾所周知，她被重兵把守，但是營區門口的哨兵揮揮手就讓我進去了——女性不被視為威脅。

我沒來過梅涅勞斯的營區，所以不知道該敲哪扇門，稍微看了看四周，發現有個小女孩坐在小屋臺階上磨穀物。她瘦得皮包骨頭，眼睛下面有黑影，嘴角上有一塊裂開的瘡——她是在灶火旁勉強餬口的那種女人。我向她問路，她指著一間小屋說：「你要找海倫？」說完這個名字後，還吐了口唾沫清潔嘴巴。

我爬上臺階，等了一會兒——真希望我沒有來——然後敲了敲門。我的手還舉著，正張嘴要問侍女能否見她的女主人時，就發現沒有必要了。因為她就在那裡，我察覺不到她有什麼變化，完全沒有。她有一個到了談婚論嫁的年紀的女兒，看上去卻和我一般大，甚至更年輕點。她的頭髮散亂著，沒有紮起來，我想她一定才匆匆忙忙起床。

「對不起，把你吵醒了。」

「沒有，我已經在工作了。」

我注意到遠處角落裡有一架織布機，周圍點著燈。海倫和她的織布。我想起了小時候聽過的一個殘酷故事：人們相信──或者至少假裝相信──每當她剪斷一根羊毛線，就有一個男人戰死沙場。我現在很好奇她是否知道這個傳言，知道的話，是否受到了應有的驚嚇。戰爭中每一個人的死亡都歸咎於海倫。

她盯著我看，沒有讓開讓我進屋，我發現原來她沒認出我，於是揭開臉上的面紗。「布莉塞伊絲。」

瞬間充滿喜悅。「瞧瞧你！」她抓住我的手。「都和我一樣高了。」她在我們頭頂之間的空氣比了幾下。「而且這麼漂亮，我就知道你長大會很漂亮。」

「就只有你一個人這麼想，每個人都對我說，我是一隻醜小鴨。」

她搖了搖頭。「眼睛、顴骨──你不需要別的了。」

一個什麼都有的女人說這種話。她把我拉到椅子旁，坐在我對面。她的臉頰泛起兩抹的紅暈，她熱情友好，非常興奮，歡迎之情誠摯無疑。

「你一點都沒變。」

我只是想表達讚美，或者不過是說出一個簡單的觀察心得。從來沒有人真正稱讚過海倫的外貌——稱讚又有什麼意義呢？但這句話停在空中，聽起來有點指責的意味。的確，如果有一抹悲傷或懊悔的影子，或是一些明顯的表面痕跡，我覺得會更好——也許眼睛和嘴角有幾道淡淡的皺紋？這樣的要求過分嗎？但是沒有，什麼都沒有。

就算我的聲音夾了點怨，海倫似乎也沒有注意到。她正忙著調酒，倒入杯中，遞了一杯給我。她說：「懷孕對你是好的，阿基里斯的孩子？」

我點點頭。

「一個非常了不起的男人，梅涅勞斯總是對他讚不絕口。」

我不知道該怎麼回答。顯然過去的事已經一筆勾銷，海倫又變回了希臘人，不再是特洛伊的海倫——一切劃下句點，結束了，她又是阿爾戈斯的海倫，阿爾戈斯王后。而那麼多的人……

我打斷了思緒。「不曉得你知不知道我姐姐怎樣了？」

海倫的表情登時一變。「那天我見到她了——她來了，我們坐在院子裡的樹蔭下，喝了一杯酒。我想她當時很開心——或者像平常那樣開心，然後突然間一片譁然，街上到處都是喊叫聲，我不知道發生了什麼事——奴隸跑來跑去，嘰嘰喳喳說什麼有一匹馬，於是我們跑到外面看。我知道那是一個陷阱。我知道放馬後炮很容易，但我真的知道，我感覺裡頭有東西在動，除了是人，還能是什麼呢？卡珊德拉也來了，當然是尖叫個不停：別讓他們進來！直到普萊厄姆叫她閉嘴回家。天黑之後，我又去了，我一面唱著希臘歌曲，一面繞著它走了一圈。」

情歌。我聽說過這個故事，但故事有些奇怪，有些男人根本沒聽到她唱歌，奧特米登沒聽見，皮洛士也沒聽見。而她唱了什麼歌，即使是那些記得她唱歌的人，也是眾說紛紜，好像每個人都聽到對自己最有意義的那首歌。

「為什麼？」

「我為什麼唱歌？哦，我不知道，我想這是一種——溝通的方式？」

「你不是想讓他們形跡敗露？」

「不是。」她使勁地搖著頭，彷彿想趕走纏在髮絲中的一隻黃蜂。「我想回家。」她的聲音哽咽了。她舉起手，輕輕擦拭那對絕美眼眸的眼角。

「海倫——你其實隨時都可以離開。」

「我能嗎？你根本不知道有多難。」

姐姐不知不覺已經從對話中消失了，這就是海倫。在那一刻，我領悟了一件以前從未意識到的事：你無法想像出比海倫更有女人味的女人，也無法想像比阿基里斯更有男子氣概的男人，在每個重要的層面，他們都很相似——任何事都要與他們有關。

我堅定地說：「艾安希。」

「啊，對對，有人告訴我——我不知道是不是真的——她投井自盡了，似乎很多女人都投井了。她跟一群女人——寡婦，你知道的——常常在阿提米絲神廟聚會……丈夫遇害後，她確實變得非常虔誠。我想，她沒有孩子，沒有什麼可以依靠的……恐怕過得也有點貧寒了……」海倫看著我，「我剛說過，我也不確定。」

「嗯，總比奴隸市場好吧。」

因為那是唯一的另一種可能。姐姐比我大很多，臨近生育年齡尾聲的婦女通常會被送到奴隸市場——從很多方面來說，這是一種更悽慘的命運。花點小錢，選個年長的女人，讓她累死累活幹到死，有什麼不好呢？反正永遠可以再買一個。那一刻，我下定決心，相信艾安希已經死了。

此行的目的已經達到，但我依舊流連忘返。我們沉默了一會兒，但氣氛並不尷尬。我很驚訝，我們又恢復了往日的親密關係。

她說：「你真是個古怪的小東西。」

「我不是很開心。」

「我看得出來。」

我們之間曾經有過真摯的情誼。可憐的女人，她必須到處尋找友誼。普萊厄姆和赫克特是她真正的朋友，他們向來對她很好，但想必她也很少見到他們，像所有的女人一樣，她的生活基本上和男人分開。而特洛伊的每個女人都討厭她（除了我姐姐），她也討厭她們。在公共場合，她總是恭恭敬敬，私底下就不同了，安卓瑪姬是「小媳婦」，卡珊德拉是「瘋女人」，赫庫芭是……她是怎麼說赫庫芭的？我不記得了，也許赫庫芭被放過一馬。我可以想像，在女眷住處的圍牆內，赫庫芭會是一個可怕的對手，甚至連海倫都不敢輕易挑戰她。我們再度陷入沉默，任由記憶的潮水沖刷著我們。

最後，聽到屋外的說話聲——營區開始有了動靜——我動了一下，「可以看看你織的東西嗎？」

她眼睛一亮，「當然好。」

她跳起來，抓住我的胳膊，幾乎是用拖的把我帶到房間的另一頭。海倫的編織與眾不同，大多數女人使用文化中常見的圖案，通常是唯美的花卉葉子，或是諸神的生活故事，但海倫的設計舉世無匹。吟遊詩人用文字音樂吟唱故事，而海倫曾用羊毛絲線編織出一部戰爭史，我猜她還在編織那個故事，果然沒錯，一匹巨大的木馬正在她的織布機上成形，木馬腹部有兩長排蜷縮著的胎兒，彷彿躺在子宮內的男嬰。

我站著欣賞，我的沉默或許勝過任何口頭讚美。

「我想這是要放在梅涅勞斯的宮殿吧？」

「誰知道呢？」

她的語氣讓我不禁轉頭看她。紡織用的燈照著她的整張臉，但我注意到的不是那熟悉的完美外貌，而是她脖子上那一圈圓形的瘀傷。我還注意瘀傷深淺不一——我恐怕是這方面的行家——從憤怒的紅色手印到藍色和黑色都有，還有斑斑駁駁的黃色和紫色的舊傷。全在脖子和喉嚨上，他不碰她的臉。他操她時掐著她的脖子——要你也會這麼做吧。

出於本能，她拉緊了脖子上的藍色披肩，但隨即又鬆開了手，用那種我以前和以後見過很多次的眼神與我對視——過於沉穩，而且冷漠無感。她感到羞愧，雖然她知道她沒有理由感到羞愧。她想把瘀傷藏起來，但同時又想讓我看到。

「哦，海倫。」

「嗯，你知道的，他喝醉了，然後……就一長串的名字。」

「名字？」

「死了的人，帕特羅克洛斯、阿基里斯、埃傑克斯——」

「但那是自殺。」

「沒差，他還是怪在我頭上。內斯特的兒子——叫什麼名字？安提洛科斯，阿伽門農——」

「阿伽門農？我上次見到他時，他還活得好好的。」

「還活著沒錯，但他們之間的關係變得非常糟糕，他說他失去了他的哥哥——他們為什麼吵架？因為我。」

可憐的海倫，那樣的美麗，那樣的優雅，實際上只是一根任由野狗爭搶的腐敗老骨頭。

「我知道，只是悲傷的緣故，這很自然的，但終究是——無情。當然，都是我的錯，所有的一切，每一個人的死，都是我的錯。特洛伊陷落後，我剛被送回他身邊時，他說要殺了我，有時我真希望他當時動手了。」她笑著笑著就哽咽了。「當然我現在不希望他那麼做。」

「你不要太難過。」

「我需要弄到一些植物。」

「不是毒藥吧？」

「不是——我不可能躲過檢查，但有一些藥物可以讓人遺忘，即使是他們愛的人死了，他們也不會有感覺，不會哭，不會傷心……他們不會生氣。一切都——」她的手來回掃了掃，「被抹平了。」

「我不知道你要從哪裡弄到這種東西。」

「馬查恩？」

「嗯，你可以問問，他肯定會給你一帖安眠劑。」

「不，不行，他會立刻識破，我需要他清醒，但要冷靜。」她猶豫了一下。「特洛伊有很多東西，在那邊的芳草園裡。」

我知道她在問什麼。「路途遙遠，我認為你最好還是找馬查恩吧。」

我不怪海倫想給梅涅勞斯下藥。當我看著她時，看到的不是故事和流言中那個引發滔天大禍的惡婦，而是一個掙扎求生的女人。

她說：「他會要我的命。」

我搖搖頭，「他要那麼做的話，他早就做了。」

「所以你不肯幫我？」

「去問問馬查恩吧。」

就這樣了，該做的都做了，該說的也都說了，我們望著彼此，然後她輕輕碰了碰我的手臂，帶領我走向門口。她打開門時，光照出了全部的瘀血瘀斑，一路延伸到她的胸口，嚇得我往後一縮。我覺得她希望我帶著那一幕的記憶離開。

「你不能怪我想活下去。」她說著把門關上，只留下一條門縫。「據我所知，你也非常擅長求生存。」

6

那天晚上，我又是一個人吃飯。飯後，我沒有等阿爾西穆斯，直接回了自己的房間。這是小屋中最小的一間，只夠放一張床，以及一個最近從特洛伊奪來的搖籃。搖籃雕刻得如此精細，用象牙金飾裝飾得如此華美，只可能屬於某個貴族或王室。躺在床上，我盯著屋頂的橫梁，而我肚子裡的孩子——不安分了一整天——慢慢進入了自己的睡眠狀態。

平躺就不必看到搖籃了。阿爾西穆斯得意洋洋把搖籃送給我，我知道我不能丟掉，甚至不能提議把它搬到庫房。但我討厭它。我情不自禁地想起安卓瑪姬的兒子，那個被皮洛士從特洛伊城垛扔下去摔死的小男孩，我沒有合理的理由相信這是他的搖籃，但我知道它就是。我感覺到他的小鬼魂在這個房間裡。

這個想法在腦海中縈繞，我輾轉難眠，但終究還是睡著了。大約過了幾個小時，但似乎才睡了幾分鐘，我就被一陣敲門聲驚醒。由於起身太快，我一陣頭暈目眩，腳步踉蹌，勉強沿著通道走過去。敲門聲停了，但接著又開始了。

「來了！」在黑暗中，我看到一個女孩站在那裡，但看不清是誰，直到她向前走了一步。「阿米娜，怎麼了？」

「他派人叫安卓瑪姬過去。」

她不需要再多說。我拿了斗篷，跨出門檻，淅淅瀝瀝的細雨立刻打濕了皮膚和頭髮。我們沿著牆往前走，在兩棟小屋之間的縫隙中蹣跚前行，那裡的風從海上吹來，猛烈無比。阿米娜敲門，一個女孩讓我們進去，我還不大認識她們，只叫得出三四個的名字，其他的連名字都不知道，況且還有好幾個仍然不肯說話。白天她們把睡鋪收在小屋底下，現在已經拿出來，在屋子中間擺成了幾排。每一個女孩的枕邊都有一盞小燈，她們轉頭看我時，蒼白的火焰從下方照亮了她們的臉龐——她們看起來很像自己的幽靈。一個叫海勒的女孩說：「你來得太晚，她已經走了。」她的語氣充滿怨恨和嬌憨，像一個小孩埋怨母親沒有好好保護她。

我說：「沒關係，我知道去哪裡找她。」

我確實知道。從女營到大廳的一小段路，我與六個過去的自己擦肩而過。

快走到時，我聽到有人唱歌，有人用拳頭敲桌子，還有年輕人放聲大笑，他們縱情飲酒，為了慶祝，或者為了設法遺忘。皮洛士的聲音比其他人響亮。我沿著走廊，走到通向他私人住處的側門，那裡沒有什麼遮蔽物，所以一開門，風就把我吹進了房間。我環顧四周，爐火熊熊燃燒，但木頭是生的，竄著濃煙，刺痛了我的眼睛。壁爐前方有兩把椅子，互相對著，我對面的那一把曾是帕特羅克洛斯的專屬位置。我眼前浮現他的模樣，一如往常，有兩條狗——兩條獵犬——睡在他的腳邊，抽搐嗚咽，夢見了在田野上追逐想像中的兔子，其中一隻叫了起來，爪子在地上亂扒，逗得帕特羅克洛斯笑了。坐在另一把椅子上的那個人，從他的七弦琴上抬起頭來，也笑了——但我看不到他的臉。一時間，我忘了在小房間等待的安卓瑪姬，忘了在大廳裡喝得酩酊大醉的皮洛士，只是呆呆望著那兩把空椅子——在我的腦海裡，椅子不是空的。逝者是多麼的強大。

大廳又傳來一陣叫喊聲，男人繼續唱歌，伴隨著跺腳聲，唱得更加嘹亮。壓住他，你們這些希臘戰士！壓住他，你們這些希臘首領！首領！首領！首領！首領！

壓住他？根據我對皮洛士的認識，應該是把他扶起來吧。

我知道安卓瑪姬會在這個房間中的另一個房間——我以前管它叫壁櫥。我輕輕地敲門，「安卓瑪姬？是我——布莉塞伊絲。」

推開門，我看到了她的臉，蒼白，空洞，漂浮在黑暗中，如同水面上的月影。

「你怎麼知道我在這兒？」

「阿米娜告訴我的。」話還沒說完，我就意識到自己答錯了問題。「哦，別擔心，我對這個房間很熟悉。」

我到軍營的第一個晚上，帕特羅克洛斯給我倒了一杯酒，我無法理解——如此有權有勢的一個人，阿基里斯的左右手，竟然伺候一個奴隸。自此以後，那個簡單的善意行為就一直困擾著我。我轉身走到門左邊的桌子前，找出兩個最大的杯子斟滿，遞了一杯給她。

她面露焦慮，「你想我們可以喝嗎？」

「我覺得沒問題，這是普萊厄姆的酒，我想他不會吝嗇分我們一杯的。」

她遲疑地把杯子舉到唇邊。

「你吃過東西了嗎？」

她搖了搖頭，於是我回到另一個房間，拿了一籃子乳酪和麵包放在她身邊。我沒有指望她會吃，但至少現在她如果想吃就能吃。我擠到她旁邊的床上，我們靜靜地坐了一會兒，聽著大廳裡的歌聲。

「你會沒事的。」這句話聽起來毫無說服力，但面對這個情況說什麼都沒用。「很快就會結束，你就可以回到自己的床上。」

「你知道他殺了我的孩子嗎？」

有時只能無言以對。我摟住她的肩膀，她瘦得像隻小鳥，我幾乎能感覺到她的心臟在肋骨跳動。起初，她沒有反應，每根肌肉都繃得緊緊的，但忽然她蜷縮在我身邊，把頭靠在我的頸窩裡，我的嘴唇貼著她的髮絲。我們就這樣坐了很久。我空閒的手放在被子上，樹葉花卉的圖案是如此熟悉，我不需要親眼看到，就能憑著記憶描繪出來。我想起我的朋友艾菲思，她經常陪我一起在這個房間等候。我在阿基里斯的床上度過第一夜後，回到女營時，她已經為我準備好了洗澡的熱水，她明白你是多麼需要潔淨的感覺，多麼需要沉浸在那無邊無際的溫暖中。我當下做了一個決定，無論他什麼時候放安卓瑪姬走，我一定要讓她立刻洗一個熱水澡。

大廳的喧鬧聲逐漸消失，只剩下低沉的聲音，夾雜著蕩漾的笑聲。噢，這些希臘人，慶祝著特洛伊的毀滅，多麼自鳴得意。他們的肚子塞滿了搶來的牛肉，喝足了奪來的美酒，他們的聲音蓋過風的咆哮，輕易就忘了自己受困在海灘上，他們的黑船無望揚帆出海。只是現在夜晚快結束了，風將整夜繞著他們的小屋呼嘯。忽然間，他們唱起了最後一首歌。這首歌我耳熟能詳，當我坐在這個房間裡等待時，聽他們唱過許多次。這是一首歌頌友誼的歌，讚美著熱情和生命，但也帶著哀愁——在一個美好夜晚結束時，朋友們各自分開。當最後一個音符消失在寂靜中時，他們將酒糟倒在草蓆上，作為對眾神的最後祭奠。

我捏了捏安卓瑪姬的肩膀。「我得走了。」

她點點頭，強打起精神，知道下一次開門的一定是皮洛士。而在那一刻，我在過去幾個月培養起來保護自己的麻木消失了，我又回到了這個房間，坐在她坐的地方，等待著阿基里斯的到來——我再次體驗，當門打開時，他那巨大的影子遮住光線時，我所感受到的恐懼。

7

我回來時，小屋空無一人，不知道阿爾西穆斯身在何處，也不知道他是否會回家。也許不回來了。當他徹夜不歸時，我不知道他睡在哪裡，也無權過問。當然，他有別的女人——所有男人都有——但我不知道有哪個特別的女人。

現在梳理羊毛太晚了，但我知道我肯定睡不著，便在屋裡走來走去，只是胎兒在體內翻騰，我學會壓抑的記憶也不停冒出來。與安卓瑪姬和女孩子相處，讓我不得不再次經歷剛到軍營的日子。回想起那段時光，我覺得自己當時一定瀕臨精神錯亂，外表正常冷靜，面帶微笑——總是微笑——但我的手腳動起來就像木偶一樣沒有感情。一整天過去，快到傍晚的時候，我卻想不起來發生過的任何事情。不過，也不盡然。我記得——現在仍然記得——我收到無數有幫助的善意，我無法報答艾菲思，但我可以把她的好意傳遞下去——安卓瑪姬會洗個澡。

但那是早上的事，我還是得熬過這一夜。雖然擔心副作用，但喝一小杯阿爾西穆斯放在床邊的安眠藥或許無妨吧。阿爾西穆斯常做惡夢，那種睜開眼睛也停不下來的惡夢，我偶爾聽到他在睡夢中呻吟。不過，我告訴自己，只喝幾口沒關係。我一口氣喝下去，咬牙忍住苦澀的味道，然後走到走廊盡頭的小房間，意識到這個房間就相當於阿基里斯住處的「壁櫃」——女人坐等召見的房間。我很好奇，在阿爾西穆斯被迫成婚前的那些年，是誰在那裡等著他。

我的床鋪很硬，即使從皮洛士的大廳走回來的路很短，我的骨頭也凍壞了。悶熱的夏夜早已遠去，這一年開始走向黑暗。我閉上眼睛，一直閉著，但始終意識到床腳有個空搖籃。

你知道他殺了我的孩子嗎？

我知道，只是我最近才知道。我起初以為奧德修斯殺了安卓瑪姬的兒子，只是因為我曾聽他面紅耳赤地爭辯說，每一個特洛伊男丁都得死，連腹中的胎兒也不能放過。每一個男丁，他非常堅持，尤其是普萊厄姆的血脈親族，不能留下任何一個活著繼承特洛伊的王位，也不能留下任何一個成為反抗和復仇的理由。直到無意間聽到了阿爾西穆斯和其他戰士的對話，我才發現了真相，他們選擇讓皮洛士殺死那個嬰兒，獎勵他在攻陷特洛伊一役中所立下的大功。他的壯舉口口相傳，在相傳的過程中無疑也加油添醋，我甚至聽過他用普萊厄姆小孫子的屍體把普萊厄姆砸死的謠言。這不是真的，起碼我希望不是真的，不過關於普萊厄姆的死，他撒了謊——我非常確信。城邦淪陷後，發生了太多可怕的事情，很難排除任何的可能。

肚子裡的孩子又踢了起來，我張開手指放在肚皮上。我不知道孕婦應該有什麼感覺，除了麗特塔，我沒有人可以問——如果你問她，她回答時總是自然流露出經驗老道的接生婆的愉悅態度。那麼，我對這個孩子是什麼感覺？他的父親殺了我的丈夫和兄弟，還燒毀了我的城邦？我覺得這孩子不是我的。有時，與其說是懷孕，更像是被寄生蟲侵擾，占據我，利用我達到一己之目的——他們的目的：殺掉所有的男人男孩，讓女人懷孕，如此一來，再也沒有特洛伊人了。他們不止是想屠殺個人，他們打算滅絕整個民族。

懷這個孩子不是我的選擇，我並不想要它，但我知道它救了我，否則我早就被送走，成為阿基里斯葬禮運動會的頭獎。我非但沒被送走，還有了婚姻，有了安全感，甚至得到一定的尊重，肚子開始大起來後，我立刻注意到明顯的變化。前幾天，一個我幾乎不認識的男人把手放在我的肚子上，不是性騷擾，而是為了表示他對阿基里斯血脈的忠誠，因為我是裝著皇冠寶石的匣子——至少墨米頓人似乎是這麼看我的。身為一個人，我一點也不重要，如果他們曾經想過我的感受——雖然我非常確定他們不曾想過——他們可能認為我因為懷了阿基里斯的兒子而感到驕傲，懷上了那個時代——也許是有史以來——最偉大的戰士的孩子，一個女人還能奢求什麼呢？

我聆聽風的嗚咽。入夜後，整日欺凌威脅我的吼聲有時會減弱，只剩下無法安撫的啜泣，如同一個被遺棄的孩子乞求讓他進屋。如今我已經熟悉小屋的每一個罅隙，門底的縫隙會讓沙子吹進來，所以不管掃多少次，地板總有沙子。燈必須小心地放在遠離風口的地方，因為如果不慎被風吹倒，火會延燒到其他地方。蠟燭比較安全，可能在墜落時就滅了。你總有一種感覺，好像風從每個縫隙把黑暗吹進來。我本以為現在我已經熟知暴風的每一個伎倆了，但就在閉著眼睛躺在那裡即將入睡之際，我聽到一種新的聲音，一種我以前沒有注意到的敲擊聲。我掙扎著醒來，睜開眼睛，看到搖籃已經開始搖晃起來了，沒有人的手碰過它，但它就在那裡吱吱作響，移動位置——在地上慢慢地挪動。我絞盡腦汁尋找一個解釋，當我擺脫了睡意，答案就很明顯了。牆壁靠地板的地方有一個縫，一進入房間，腳踝就能感覺到氣流。由於地板從外牆向房門傾斜，搖籃確實很容易移動，因此才不是什麼靈異現象，只是我後頸上仍舊起了雞皮疙瘩。我看著搖籃搖晃，感到一種快要窒息的恐懼感，過了大半天才沉沉入睡。

第二天一醒來，我就走去女營，由於喝了安眠藥，人還有些昏昏沉沉的。我打算等待安卓瑪姬回來，但是開門的海勒卻告訴我，她早回來了。「她只去了幾個小時。」

這有點奇怪。通常情況下，如果你被召去，就會整夜待在那裡——但那是阿基里斯，皮洛士怎樣，我並不知道。我沿著通道，直接走到安卓瑪姬的房間，房間的大小格局和我的如出一轍。她蜷縮在毯子下面，淚流滿面，一言不發。不過當我在床尾坐下時，她翻了個身，開始用手背擦眼淚。

她說：「好了，結束了，我很高興結束了。」

我給了她一塊麻布擤鼻子，她從揉成一團的麻布中抬起頭來，抽了抽鼻子，眼睛又濕又紅，但比我預期的冷靜得多。她把頭扭向門口，「她們一直問我是什麼感覺……」

很自然，她們一定都認為很快就輪到自己了。我想到艾菲思以前從不問問題，那對當時的我來說是多麼重要。「聽著，你不如跟我一起回去呢？你可以洗個澡，我那邊有很多熱水……」

她無助地環視了一下房間，彷彿光是下床就是一項艱巨的任務，她根本不敢去想。但隨後她把雙腿挪到床邊，站了起來。她的頭髮凌亂，上衣也髒了。我先她一步回到小屋，叫人給她準備熱水洗澡，並把食物擺上桌：昨天晚餐剩餘的冷肉片、熱麵包、熟透的杏子和鬆軟的白乳酪。我不能說她吃得很盡興，但我也不確定她是否曾經盡情吃過東西，不過她勉強喝下一杯酒，讓臉頰有了些血色。

當她吃好時，洗澡水也準備好了，我把她帶到小屋後方，在那裡洗澡不會受到打擾。蒸氣裊裊，芳香的香草浮在水面，白毛巾在炊火邊的晾衣架上溫著……她看到這一幕，眼神確實發亮了。她脫下外衣，我看到她脖子上戴著一個銀鏈戒指，不禁好奇她怎麼能夠保住，通常情況下，婦女被俘後，首飾珠寶全都會被奪走，許多女孩到軍營時耳垂受了傷，就是因為耳環被扯掉了。我看得出那是一個男人的板指，但我不想看得太仔細，她非常需要隱私。我知道她當時一定非常疼痛，像被剝了皮一樣，身體的每一寸肌膚都痛。

我轉過身去，開始整理毛巾，再次回過頭看時，她已經閉上眼睛躺在浴缸中，飄過的雲朵在她的臉龐輕輕投下了影子。我想讓她盡情地洗澡，所以先回到小屋，從我的衣服中挑了一件外衣給她穿。足足過了二十分鐘，我才聽到她呼喚我的名字。她已經走出浴缸，裹著溫暖的毛巾，我幫她穿上乾淨的外衣，接著坐到臺階上，幫她梳頭編辮子。對於梳頭和被梳頭的人來說，梳頭都有一種舒緩的作用。我不斷努力回憶我在特洛伊時她的樣子，那時我只有十二歲，所以把她當作一個大人，不過現在回想起來，她當時一定還非常年輕——她嫁給赫克特時還不到十五歲，確實是年輕得不尋常，尤其據說她還是一個備受寵愛的獨生女。不過她的父親希望她平安成婚，因為他懷疑他的城邦是阿基里斯的下一個目標——懷疑得沒錯。

我能想像她做新嫁娘的日子有多麼不容易，赫克特一心想著打仗，拖到三十多歲才成婚，到了那個年齡，可能已經有了好幾個妾室，至少在餐桌旁玩耍的孩子中有幾個是他的。但這也是意料之中的事，一個年輕的妻子如果因為丈夫的小妾而自怨自艾，那她就是個傻瓜。不，真正的麻煩是海倫。赫克特也被她迷得神魂顛倒，只是他為人光明磊落，不會在言語或行動中表現出對弟媳的迷戀。至於海倫，她則是肆無忌憚地和他調情，幾乎懶得掩飾覺得自己嫁錯了人，所以她對「小媳婦」安卓瑪姬完全不屑一顧。在海倫的面前，所有女人都要黯然失色，但安卓瑪姬乾癟平胸，非常靦腆，比大多數女人更加黯然。赫克特極少和妻子連袂出現在公共場合，但若是不得不一同出現時，赫克特總是非常尊重他的妻子，只是在這種場合上，他的眼睛也不時飄向海倫……嗯，屋裡的其他男人也一樣。

海倫非常清楚自己的影響力。我特別記得有一天晚上，她像往常一樣鬧著玩，稱讚特洛伊人嚴格監護未婚女孩。海倫來自阿爾戈斯，那裡的風土民情和這裡截然不同。她說：「你們知道嗎，我長到談婚論嫁的年齡時，還會光著上身在沙灘上和我的兄弟賽跑。我是要說啊——」她天真地看了一圈桌子，「你們能想像嗎？」哦，他們能，他們能，他們能，他們絕對能想像。普萊厄姆一兩個年長的幕僚軍師露出匪夷所思的表情，女人家嘀嘀咕咕，交換著不贊同的眼神，在桌首的普萊厄姆則露出了覺得好笑的神色，看著海倫的眼睛，輕輕地搖了搖頭。

一面為安卓瑪姬編髮，一面回想那段往事，我忍不住笑了，不過我從來沒有恨過海倫——對特洛伊女人來說，我是少數中的少數。我在最後一根辮子上繫上絲帶，已經陷入近似恍惚狀態的安卓瑪姬睜開眼睛，四處張望。

她說：「謝謝，我覺得我在裡面一分鐘都受不了，她們不停地問問題，但我根本不想談。」

我說：「絕對不想。」我拿來一壺酒，放在我們腳邊的地上，東聊西扯，但沒有什麼能吸引她的注意力。過了一會兒，她開始告訴我皮洛士的事——她來我這裡之後，其實一直想講他的事。

「他醉得一塌糊塗——我這輩子沒見過有人醉成這樣。

「他不停地把東西碰倒，說了一些話，然後忘記自己說過，又說了一遍。我要說的是，赫克特也會喝酒——嗯，男人都一樣，不是嗎？——但沒有像他這樣的。」她停了一會兒，盯著腳邊稀疏的草地。「我想這樣多多少少對我更好，因為我知道他不會記住任何事——那麼我也不需要記得。沒錯，我知道，瘋了——我只是說我當時的感覺。」她抬起頭來。「我當時坐在那個房間裡，你應該知道吧，你走了以後，我以為他就會走進來，然後直接……撲上來。結果完全不是那樣，他叫我坐下，然後只是……盯著我，我無法呼吸，無法說話……過了一會兒，他給我倒了一杯酒，大部分都灑出來了——然後跳起來，從桌子上拿了個盒子，把所有東西倒出來，說：『來，選一個。』主要是首飾，項鍊、胸針什麼的，我猜應該是從特洛伊搶來的吧，如果我頭腦清醒，也許可以認出很多東西。他不停地說：『來，選一個。』哎，我知道我最不想做的事，就是為他挑一樣讓自己看起來漂亮的東西，所以我選了這個。」

她把手伸進上衣領口裡，掏出我之前注意到的那枚戒指，金子打的，上面鑲嵌著一大塊綠寶石——不是翡翠——淡淡的乳綠色，平靜大海的顏色。我看著戒指，一個男人的手從昔日的黑暗中浮現，掌心上閃爍著一枚銀幣。

「普萊厄姆的戒指？」

「對，我不想讓他得到。」

「可他沒問你為什麼要一個男人的戒指嗎？你永遠都不會戴上。」

「我會戴，他沒問，我猜他當時正在努力不讓自己嘔吐。」她猶豫了一下。「我還是不知道他……你知道嗎，他一直必須這樣做……」她突然攥緊拳頭，不停地上下晃動，嚇了我一跳。「做個不停。」她做了一個要笑不笑的表情。「然後把我趕了出去。」

「如果他進去了，你一定知道。」

有那麼一瞬間，我以為她不會回答。然後她說：「知道，他進來了。」

她又變蒼白了，我看著她，似乎每一滴生命都在流逝。我們安靜地坐著，聆聽風聲，然後在所有其他更熟悉的聲音中，我聽到了弧形椅腳摩擦木頭地板的聲音。我希望她沒聽到，但她聽到了，而且立刻跳了起來，跌跌撞撞跑進門，像是三更半夜聽到了孩子的哭聲。一進小屋，聲音更為響亮，她開始跑了起來，當她跑到我臥室門口時，我追上了她，從她的肩膀上方看到搖籃正在搖晃。她衝去跪在搖籃旁，探頭看著篷子底下，底下什麼也沒有。

「我會還給你。」我結結巴巴地說，急於阻止她再受到更多的傷害。「現在我不能還，因為這是阿爾西穆斯給我的，但別擔心，我一有機會就會還給你……」

她緊緊抓住搖籃的一側，讓搖籃停止搖動。我們站在突然降臨的寂靜中呼吸，她抬起頭看著我說：「我為什麼要把它要回來？我只會不得不把他的孩子放進去。」她的目光從我的臉上滑到我的肚子上。「我們該怎麼愛他們的孩子呢？」

她盯著我看，好像以為我可能有答案。我忽然覺得噁心欲吐，連忙捂住嘴，轉過身去。

8

他連在枕頭上轉頭都覺得疼。口乾舌燥，一定是整晚都像魚一樣打呼嚕——不過這個說法非常愚蠢，有誰聽過魚打呼嚕？他緊閉著眼睛，張開手臂，卻發現另一邊空無一人。所以她已經走了，她什麼時候走的？他依稀記得把她踢下床，沒有，沒踢，他不會那麼做的，畢竟她是赫克特的遺孀——像他的頭盔盾牌一樣，是一個重要的戰利品。只是他沒有盾牌，奧特米登該阻止……他睜開了眼睛，但光像酸一樣會灼人，他情願再閉上眼。有什麼東西一直在困擾著他……戒指，噢，該死，沒錯，戒指。他給她項鏈、手鍊、胸針挑選——她卻挑了一枚男人的戒指。為什麼？因為那是赫克特的戒指，因為她認出來了？他應該阻止她拿走戒指，要不是因為同情她的話，一定阻止了。要不是他當時努力不讓自己嘔吐。

他不知道他們是怎麼做愛的，但他們做了，他身下潮濕的床單就是證明。他不太記得，但他做到了，對吧？當然。雖然不值得回憶，他現在記起來了，就像把老二插入一袋油膩膩的雞骨頭裡。他不該讓她拿走戒指，問題是他太慷慨了——別人都把他當傻瓜，她絕對當他是傻瓜。不過這麼想對她也沒什麼幫助吧？重點是，結束了，下一次就容易多了，然後下下一次，下下下一次……媽的，簡直是無期徒刑——如果他讓她懷孕了，那便可以休息，否則……他不能再這麼想了，重點是，他做了他該做的。特洛伊的城牆已經徹底攻破了。

瞬間迸發的自信讓他坐起身環顧四周，和往常一樣，房間似乎離他越來越遙遠，這些東西如此的鮮活，那把琴好像阿基里斯剛剛才放下一樣，那面鏡子曾經有他的影子，現在卻是一片漆黑，他的盾牌倚在牆邊。這些東西現在都是他的，感覺卻不像是他的。他不會彈琴，當然也不會讓別人彈。他可以擦亮盾牌，也確實擦亮了。鏡子則會作怪，有時他穿上阿基里斯的盔甲，站在鏡子前，但鏡子裡的倒影未必隨著他的移動而移動，他開始脫離了自己。

夠了。唯一的解決辦法就是離開。他穿上一件乾淨的外衣，把腳塞進涼鞋，匆匆走出小屋。風攫住了他的呼吸，砰地一聲關上他身後的門，彷彿把他鎖在了外面。去哪裡好呢？沒人醒著。在大廳喝酒喝到半夜，每個人都像他一樣呻吟連連，頭痛欲裂，除了幾個生火磨穀物的女人，營區空無一人。那就去海邊吧。他沿著小路穿過沙丘，每跨出一步都意識到自己正踏上偉大的阿基里斯踏過的地方，事實上，不管他站在海灘或軍營的哪個地方，他都知道阿基里斯曾經站在那裡過。他不能碰任何東西：桌子、杯子、餐盤……都不能碰。當然，有父親在身邊也是一種安慰，只是他根本不在。來到海灘上，皮洛士覺得那海天一色的浩瀚彷彿是一種缺席，叫人痛徹心扉，叫人難以承受。

游泳，學阿基里斯游泳，阿基里斯每天早晚都來游泳。但大海是一堵翻騰的褐色沙牆，光是跳進去的念頭都讓他覺得不舒服，但他必須這麼下水——別無選擇，從來就沒有別的選擇。所以他走進海中，冰冷的海水拍打著膝蓋，沙子從腳趾間溜走，下一個浪頭打進了他的鼠蹊處、胸口和嘴裡，他開始游了起來，頭和緊繃的脖子露出水面。他想把一隻腳踩下去，但腳下沒有地面，所以只好穿過泡沫，游到更遠更安靜的空間，但這裡也是白浪滔天，浪峰澎湃。他羞愧地又用狗爬式划了一小段，大浪威脅要把他捲走，越游動作越亂，他乾脆放棄上岸了。他半走半爬穿過淺灘，沒有一絲的成就感，不過是大海吞了他，然後又把他吐出來。

皮洛士一次又一次聽人說，阿基里斯游得像海豹一樣自在，彷彿大海才是他真正的家。有一次，他在水下待得太久，嚇得帕特羅克洛斯跳進海裡要救他，卻看到他在幾百碼外浮出水面，這一幕是他對父親最清晰的印象：一個男人向大海游去，另一個在岸邊焦急地等待。但他現在發現那一幕毫無意義，帕特羅克洛斯有什麼好擔心的？希臘軍隊中最強壯的游泳健將在平靜的大海中游泳？

有這麼多事他不明白。

他慢慢穿上濕漉漉的外衣，把腳伸進帶沙的涼鞋，轉身望向營區。小屋亮著一兩盞燈，但他不想回去，還是待在這裡比較好，讓風把他腦海裡那一夜粗俗的記憶都吹乾淨。不是她的錯，可憐的婆娘，完全不是她的錯。要是不那麼冷就好了，要是風停了就好了——就在這個念頭形成的瞬間，風驀地停了。

寂靜，什麼都不動，連一片草葉也不動。在暴風肆虐之下仍舊酣睡不醒的男人，現在即將醒來，面面相覷，真的嗎？風停了嗎？我們能回家了嗎？但還沒來得及開口，風就再次刮起來，起初不過有枯葉草尾像貓尾巴一樣輕搖，接著風勢越來越強勁，最後從海上席捲而來，威力和毒辣程度絲毫不亞於之前。

在狂風歇息的瞬間，啟航返家似乎有了一絲的希望，但這種難以預測的停歇，比最猛烈的大風更加消磨士氣。每當這種情況發生時，那種「風沒有任何意義」，風不過是——借用馬查恩的蔑稱——「氣象」的常識性觀點有點站不住腳，因為在風平浪靜的瞬間之後，他們確確實實感覺到神在玩弄他們，把希望放在張開的手掌上，卻又一把奪了回去。

皮洛士感覺濕漉漉的頭髮從頸後翹起，濕漉漉的外衣更加緊貼著身體輪廓。他艱難地往前走，洗個熱水澡？來一碗燉菜？那是昨晚的剩菜，但有時隔夜菜滋味更佳。還是去馬廄看看？瞧瞧烏檀，幫馬夫把馬群趕出去吃草。不，都不能，現在不是做這些事的時候。

正當他假裝想著熱水澡和食物的同時，雙腳卻帶著他前往他該去的地方。現在，他已經到了。他捏著鼻子，用嘴巴大聲呼吸，沿著小徑走到看得見骯髒沙地上那個東西的地方。他只消看一眼就好，他需要確認他已經知道的事實，這個事實就是，曾經說出那些話的舌頭——他不會重複那些話，不，即使在自己嗡嗡作響的空白腦袋中也不行——那舌頭正在一顆腐爛的頭骨中腐爛。他停下腳步凝視，細察每一微小的細節，注意每一個變化。

夠了。他不用再來了，可能幾天內都不會來，但他一定會再來，因為這是他證明他就是他自稱的那個人的證據：普萊厄姆國王的凶手，偉大的阿基里斯的兒子，特洛伊的英雄。

9

接下來的幾天裡，我經常想起普萊厄姆。看到他的戒指在安卓瑪姬的脖子上，一切又浮現在眼前。我沒有辦法阻止他的遺體蒙羞，但起碼可以去探望他的遺孀赫庫芭，也許能讓她的生活稍微舒適一點。於是，一天早晨，我帶著阿米娜去看她。我可以帶其他女孩去，但認為走一走也許有機會和阿米娜談談。我還是很擔心她，她無法接受現實，甚至不停地挑釁，非常危險。但前往競技場的路上根本無法和她說話，因為風太大了，我必須低頭拉著面紗，阿米娜則固執地跟在後面。

一群人正在耙平競技場的沙子，阿爾西穆斯舉辦比賽的想法獲得熱烈支持，許多活動將在這裡舉行。我停下來看他們耙沙，注意到神像腳下放著一小堆供品：水果、大束的紫色雛菊，以及其他更古怪的禮物：盾牌長矛模型，一雙新涼鞋，一個孩子的玩具馬。看了一圈，我發現有一些神的供品比其他的神更豐盛，尤其是雅典娜，看到這些供品，你就可以猜到希臘戰士的心思。為什麼我們會被囚困在這個可惡的海灘上？我們是冒犯了哪個神？答案——或至少最有可能的猜測是：雅典娜。為什麼是雅典娜呢？因為卡珊德拉在她的神廟遭到玷汙，而犯人小埃傑克斯並沒有受到應得的懲罰，因此阿伽門農和其他國王可以說是他的共犯。當然，讓他們煩惱的不是玷汙女人一事，而是對神廟的褻瀆。雅典娜很可能會報復這種侵犯。

阿米娜盯著成堆的祭品，眼睛從一尊神像飛掠到另一尊，我很好奇她的想法。在落成之初，神像鐵定非常壯觀，只是多年下來已經變得殘破不堪，基座腐爛，油漆也剝落了。動物女神暨狩獵女神阿提米絲的狀態尤其糟糕，五官少了一半，長袍幾乎已經沒有了油漆。

既然來了，我想我應該去看看荷克米蒂，她是內斯特的榮譽獎，也是我在營裡僅次於麗特塔最親密的朋友。我在大廳找到了她，她正在掃地，門邊有一摞新鮮的燈心草等著鋪設。我們擁抱後，她說大廳其實幾乎不用打掃，內斯特的小屋不辦慶功宴，因為他的么子安提洛科斯在攻打特洛伊的最後一役中喪命。安提洛科斯，那個崇拜阿基里斯的男孩子，他的死讓整個營區陷入悲痛之中，一踏入大廳的門檻，就能感受到一種悲痛欲絕的氣氛——一個年輕有為的生命就這麼逝去了。阿米娜在門邊徘徊，我坐在長凳上把腳抬高，讓荷克米蒂掃地，掃完地後，我幫她鋪草蓆。

我問：「內斯特還好嗎？」

她做了個鬼臉。「不大好。」

我無法相信內斯特真的病了。他就像一株古木，每次刮大風都會彎曲，你以為它隨時會倒下，但第二天早上，它仍然屹立不倒，倒是周圍有一大片在夜裡被連根拔起的健康樹苗。不過我明白為什麼這種病——不管是什麼病——會讓荷克米蒂心神不寧，如果內斯特死了，她的下場是什麼？如果幸運的話，他某個活著的兒子可能帶走她，不過兒子通常不會繼承父親的姬妾，更有可能的結局是，成為內斯特葬禮運動會中的獎品。如果阿基里斯當初沒有把我給了阿爾西穆斯，那就是我的收場。

我們鋪好草，坐在長凳上。房間裡瀰漫著糖和肉桂的焦香味，桌子的另一端放著兩盤小糕點，每個都只有一小口，但好吃極了。這種糕點俗稱「再來一塊糕」，因為從來沒人能吃一塊就停下來。

「如果他還能吃這些東西，就不會有太大的問題。」

「哦，不是給他的——是給赫庫芭的，我正打算送過去，你要一起去嗎？」

「當然好，反正我也是要去見她，只是忍不住先來看你。」

「太好了，我們一起去。我先去看看內斯特。」

據說他一直嚷著要坐在外面的門廊上，但我們探頭進門，卻發現他已經睡著了，鼾聲如雷，上唇隨著每一次呼吸翕動。即使隔著這個距離，我也能看到他的嘴鼻發青，荷克米蒂摸著自己的鼻尖說：「我不喜歡這樣，他們走之前，嘴鼻都會青得發黑。」

離開散發著沉痾氣味的房間，我鬆了一口氣，回到外頭大廳，趕緊深吸了幾口氣。荷克米蒂拿起一個托盤，我拿起另一盤，阿米娜像往常一樣落後幾步路，我們三人出發了。我們穿過競技場，眾神雕像投下長長的影子，斜斜落在剛耙過的沙地上。從亮處走到暗處，又從暗處走到亮處，我們走得眼花繚亂，接著頂著凜冽的寒風快步走了一小段路，低頭走進了赫庫芭陰暗的小屋。我心想，我從一間病房走到另一間病房，但相似之處只有這樣，內斯特睡在國王的床上，四周是象徵財富權力的裝飾，赫庫芭的小屋則像狗窩，不是人類的住所。但起碼她有一間獨立的小屋，在擁擠的營地中，這是難得的奢侈，奧德修斯似乎對她還不錯。當王室女眷被分配給國王們時，阿伽門農和幾個國王得到了普萊厄姆的處女女兒，皮洛士得到一個年輕健康的寡婦——如果她能稍微振作起來，會有許多人想選她——而奧德修斯卻只得到了一位孱弱的老婦人，很多人為此取笑他。奧德修斯只是聳聳肩，不理會這些訕笑，他知道他只會帶他妻子潘妮洛普唯一能接納的女人回家，倘若運氣好，也許能讓她相信，他過去十年裡都是一個人睡，除了偶爾和他的手下玩玩擲柱遊戲以外，沒有靠其他活動打發寂寥的夜晚。他很聰明，應該能讓妻子相信——而從各種描述來看，潘妮洛普也很聰明，假裝相信了。你去問每個人，沒有一個不稱讚潘妮洛普的機智與善良。我很容易想像，赫庫芭將坐在溫暖的房間，做些輕鬆的刺繡，不像許多老婦人，被迫擦洗石板地，同時為幹活不夠俐落而被人大聲訓斥。日子或許難受，充滿悲楚，但起碼她的身體是舒服的，無論她還能活幾週或幾個月。

不過這些想像都是可笑的，赫庫芭從目睹普萊厄姆被殺的那一刻起，就沒有想過要活下去。乍看之下，她骨瘦如柴，蜷縮在一條骯髒的毯子下，伸在被子外的那一隻手臂皺皺巴巴，褐班點點，看起來更像是動物的皮毛，而不是人類的皮膚。聽到我們的聲音，她動了一下，想坐起來，乍現的光讓她眨了眨眼睛。看到她變得如此虛弱，我嚇壞了，她才來軍營幾天，整個人似乎已經小了一圈，我都要懷疑她根本沒有進食。荷克米蒂摸了摸她的腳，把托盤裡的糕點遞給她，赫庫芭連聲道謝，但立刻放在一邊，抬起頭看著我。

荷克米蒂說：「她是布莉塞伊絲。」

我也跪下來摸赫庫芭的腳。我不指望她記得我，在特洛伊的兩年裡，我們見過很多次面，但那時我還是個孩子，過了那麼久，我的樣子肯定變得認不出來了。她的確有一瞬間看起來很困惑，但隨後伸出一隻瘦弱的手放在我的臉邊。「親愛的，我想謝謝你。」

「為什麼？糕點是荷克米蒂烤的。」

「普萊厄姆去找阿基里斯時，你對他很好，他還記得你，他記得海倫帶你去城樓，『海倫的小朋友』，你當時一定還小？」

「我那時十二歲。」

「他回來後提到了你，他說你人很善良。」

我說不出話，眼淚都快流下來。

「好了，好了。」赫庫芭拍拍我的手臂。「來吃塊糕吧。」她看向陰影處，阿米娜站在那裡，像往常一樣刻意地將自己隱藏起來。我發現赫庫芭的視力不太好。

我喊了一聲：「阿米娜？」

於是她走上前來，跪下來摸了摸赫庫芭的腳，赫庫芭居然說：「阿米娜，我可憐的孩子，你好嗎？」我聽了大吃一驚。

「我很好。」

「你分給了皮洛士，是嗎？」

「對——我沒得選擇……」

赫庫芭發出了一種奇怪的聲音，像是噴鼻息，又像是笑聲。「沒錯，呵，我想選擇已經是過去的事情了。」

我開始倒酒，荷克米蒂分發糕點，赫庫芭亢奮得吃不下，但我注意到她喝得很急，就讓她喝吧，換做是我，早就把大海喝乾了。沒幾分鐘，她的臉頰就浮現兩抹紅暈，與她灰白的皮膚和頭髮形成鮮明的對比。起初，她只顧著喝酒，但後來聊起了海倫。我們知道梅涅勞斯又和她同床共枕了嗎？她自己住一整幢的小屋——「不像這裡，只有三間房！」——還有女僕伺候，幫她打點一切。哦，還有一架織布機，海倫又在織布了，好像一隻蜘蛛，等待蜘蛛網震動，告訴她又有一隻蒼蠅落網了。又一個受害者被吸乾了……赫庫芭說這些事時，聲音裡充滿了恨。我不知道她是怎麼知道織布機的事，不過軍營流言蜚語滿天飛，況且海倫的女僕一定是特洛伊人，流言可能都出自她們口中。她們將耳朵貼在牆上，偷聽梅涅勞斯出力的喘息、海倫狂喜的呻吟……肯定呻吟連連吧，海倫可不是傻瓜呢。軍營上上下下都不滿梅涅勞斯把海倫帶回去，希臘戰士和特洛伊奴隸只有一件事是團結的，那就是對海倫的仇恨。梅涅勞斯曾多次發下重誓，只要一看到她，就會要了她的命！然後又改口說要把她帶回阿爾戈斯，讓女人用石頭砸死她——絕對不乏自願者，有那麼多的寡婦，有那麼多喪子的母親……而他竟然又和她回到床上。赫庫芭說：「搞了整整一夜，他想幹什麼——把她操死嗎？」

我覺得我被嚇到了——我當時對赫庫芭的了解還不像日後那麼深。

「哦，她還撒謊！說她被強暴——我兒子強暴她？根本是她對我兒子欲罷不能！還說什麼我們把她囚禁在特洛伊，沒有這回事，她隨時都可以回家，她以為有誰想把她留在那裡？就只有我的蠢兒子——沒別人了！如果她自己不敢一個人過去，我隨便一個女兒都可以帶她穿越戰場，我自己也可以帶她回去。」

看得出來，她確實什麼都不怕。在這段時間裡，她的嘴巴動個不停，甚至話已經講完了，還得捏住嘴巴，讓嘴唇別再動了。她像一隻虛弱憔悴的老鳥——也許是一隻鵪鶉——羽毛被狂風吹亂，但仍啼叫不止，仍在棲木上大聲挑釁。我不懂她，我每天看到安卓瑪姬痛不欲生，以為赫庫芭也是如此，甚至更加痛苦。但她不是那樣的人，對海倫的仇恨吞噬了她，也許她覺得那些國王太有勢力，太令人生畏，無法憎恨。又或者她總是責怪女人，寬恕男人——有些女人就是這樣，這讓我想要開口反駁。

我說：「你不能只怪海倫！殺死普萊厄姆的不是海倫，是皮洛士，是誰把赫克特的兒子扔下城垛？是皮洛士。是誰犧牲了波麗克西娜？不是海倫——是皮洛士。」

赫庫芭問：「那你打算怎麼辦呢？」

無言，我沒有答案。我知道我們動不了皮洛士，所以看著小屋的四壁，只想到外面去，用清新的空氣填滿我的胸膛——如果這種刮起沙粒的刺骨狂風能稱為「清新」的話。我想遠離她床上髒毯發出的黴味，最重要的是，我不想再聽那個喋喋不休疲憊不堪的聲音。然而，我又對她感到憐憫和某種的敬畏。

最後她總算是安靜了，吃了一塊糕點，用面紗的邊緣優雅地擦拭嘴角。她說：「真好吃。」同時揮手拒絕了再來一塊。她轉向我，「你知道嗎？我想我在特洛伊從來沒吃過這樣的糕點——普萊厄姆有天底下最好的廚子，不過我得說我還是最喜歡這種薑糕，味道真是濃郁。」

荷克米蒂面露憂色，「是不是味道太重了？」

「不，不，調得剛剛好，不太辣，也不太甜。」她又轉向我。「那你呢，我親愛的？」

我不太確定她的意思。「我會做糕點嗎？嗯，會一點點——但沒有荷克米蒂那麼拿手。」

「但我相信你還有別的才能，他們告訴我你很懂草藥？」

「不是很專精。」

「是這樣的——」她停頓了一下，環顧了一下這個小圈子。「我一直在思考我們能做什麼。」

聽著聽著，我開始覺得坐立難安，她似乎在要求荷克米蒂替海倫做糕點。糕點？給海倫？

然後她看著我說：「我知道哪裡可以找到那些植物。」

她怎麼會不知道？跟其他重要植物標本館一樣，特洛伊的花園也有一塊用柵欄圍起來的地，專門種植有毒植物，因為——說來矛盾——在仔細的監督下服用微量，有毒植物也可能是救命靈丹。天仙子、烏頭、毛地黃、黃香草木樨——聽起來很無害，不是嗎？黃香草木樨——蛇根草、蓖麻植物、馬錢子……

赫庫芭碰碰我的手臂，「你知道該選哪些嗎？」

我瞥了一眼荷克米蒂，發現她已經明白我們被要求做什麼，她伸手拉住赫庫芭的手。「為什麼不把她交給神處置？」

「因為交給神根本沒用！你該成熟點了，孩子。」

「只有神才能做出評判。」

「哼，你以為神會在乎正義嗎？發生在我身上的事有什麼正義可言嗎？」

她轉過身去，像雨中的老鷹聳著肩膀，一時間，所有人都沉默了。她接著說：「阿米娜懂的，對吧？」

阿米娜點點頭，「懂。」

我說：「還好，沒有我，阿米娜就無法離開女營。」

氣氛變得尷尬。我瞪大眼睛看著荷克米蒂，用眼神問：我們什麼時候能走？但隨後赫庫芭又轉過身面對我們，整個人的神態都變了，簡直就像是那個毒殺海倫的狠毒幻想——我懷疑那是她漫長失眠之夜的唯一伴侶——消失了，她頓時變得輕鬆起來。「知道嗎，我想我或許還能再吃一塊糕。」

就剩一塊了。吃完後，她潤了潤手指，從盤子捏起剩餘的碎屑。「我現在想出去走走。」

我們三人交換了一下眼色，都認為這個點子很荒唐，風會把她吹走的。我甚至幻想她像枯黃的秋葉，被風捲上了天空。但我還是點點頭，扶著赫庫芭站起來，她將瘦弱的手臂搭在荷克米蒂和我的肩上，我們三人像一頭六條腿的畸形小牛，笨拙地向門口移動。

一到了外頭門廊，赫庫芭就驟然停下腳步，我感覺她渾身一顫，在刺眼的光線下眨著眼睛，似乎被自己的冒失舉止嚇倒了。我以為她會改變心意，扭頭說改天再試試，沒想到她還是下定了決心。一兩個蹲在地上磨穀物的婦女抬起頭來，看著她危險地走下臺階，我很害怕她會跌倒，所以最後我們乾脆直接把她抬下去——她一點都不重。

「你想去哪裡？」我問。

她想了一想，「海邊吧，好幾年沒去過海邊了。」

於是我們出發了，儘量靠著小屋的避風處走，有好幾次不得不停下來，讓她把面紗纏在嘴上——風奪走了她的呼吸，也奪走了我們的呼吸，但她喘得更厲害。不過可能根本不用多此一舉，因為我們一離開小屋的遮蔽，面紗就飄到她的身後，她不得不放開我，以免面紗飛走。烏鴉在空中盤旋，雜亂的黑翅在白色天空中格外醒目。她說：「瞧瞧那些壞東西！比我們吃得還好。」還發出一種在其他情況下可能是笑聲的聲音。

緩慢地，極其緩慢地，我們把她帶到了海灘上，這時幾乎是手臂交叉在她的駝背上，半拖半抱。她搖搖晃晃走向大海，一度面紗真的飛走了，阿米娜追到沙灘另一頭撿回來，牢牢綁在赫庫芭的脖子上。我們在海岸線上停下來，看著海浪無情地衝擊陸地，每一次都失敗了，失敗後便向後退去，沖下卵石散落在斜坡上——然後是一聲悠長而刺耳的失敗歎息。然而，在浪花破碎的地方之外，海洋已經在舒展它那強而有力的肩膀，為下一次的攻擊做足準備。赫庫芭凝視黑船，黑船在海灘上一字排開，猶如猛禽一般，這或許是她第一次真正看清楚那些摧毀了她人生的力量。我很擔心她會朝海灘看過去，烏鴉海鷗還在那邊為普萊厄姆的屍體爭執不休，幸好她顫巍巍地吸了一口氣，就轉身面向內陸。

不遠處聚了一群婦女，她們是從奧德修斯的小屋裡跑出來的奴隸，想看看她們昔日的王后。但赫庫芭的目光越過她們的頭頂，望向那座傾毀的城。我順著她的目光，透過她的眼睛，看到了特洛伊焦黑殘破的塔樓，如同一隻半埋在地下的手指，指向天空，充滿了指責之意。我等著赫庫芭說話，但她什麼也沒說，面對此情此景，語言也許已經如同貶值的貨幣，她也懶得使用了。在她的喉嚨深處，一個無言的聲音正在形成——我沒有聽到，而是感覺到了，那個聲音從她的脖子肩膀一路傳到我的手臂。在我意識到發生了什麼之前，她已經從我手中滑落跪地，匍匐在堅硬的沙地上。悲傷猝然由內往外爆發，她仰面朝天，喊著普萊厄姆，又喊著赫克特和所有死去的兒子，接著又喊起普萊厄姆。普萊厄姆，普萊厄姆。她揪頭髮，抓臉頰，拍打地面，彷彿她的哭聲能在陰暗的冥府中被聽見，彷彿她能喚醒死者。

我跪在她身邊，一隻手摟住她的肩膀，口中發出一些毫無意義的安撫聲，急切地想讓她平靜下來——恐怕既是為了她，也是為了我自己，因為我承受不住。她把頭往後一仰，開始嚎叫，叫個不停——似乎沒有結束的一刻。旁觀的婦女圍了上來，繞著跪在骯髒沙地的她，陪著她一塊嚎天喊地——她們從女人變成了狼，無數的喉嚨發出同樣可怕的悲嚎。我也跟著喊了起來，我發出的聲音讓我自己感到恐懼，但停不下來。荷克米蒂嚎叫，阿米娜嚎叫，所有人都嚎叫起來，為我們失去的家園——為我們失去的父親、丈夫、兄弟、兒子，為我們愛過的每一個人。為所有被血潮捲走的男人。

如果說活人的聲音能夠穿透到死人的世界，那一刻肯定能，但沒有人回應我們。過了一會兒，奧德修斯從他的大廳走出來，看看是什麼事情引起了騷動。幾分鐘後，幾個守衛出現，粗魯地命令女人回去工作。

10

在海灘的某處，一群狗開始嚎叫。卡爾庫斯停下腳步，聽著嚎叫漸漸化為嗚咽，然後沉寂下來。

他環顧四下，意識到了變動，是什麼？天空仍舊是那可怕的紅，空氣仍舊有鐵的味道，海浪仍舊死氣沉沉地拍擊著海岸……他覺得自己的肺正在拚命跟上無盡的潮起潮落，胸口充盈著打旋的水流。他把手放在長滿瘤子的船舷上，試著深呼吸，但瞬間覺得頭暈目眩，視線模糊，不過慢慢地，慢慢地，海灘又變得清晰起來。一陣細沙形成的煙霧從堅硬的沙地上飄過，正當他觀察時，幾團乾草球滾了過去。

這些情景他看過多次，為什麼突然覺得很奇怪呢？他吮了吮食指，往上一舉。沒錯，原來如此，是風向變了。變化不大，還是從海上吹來，只是角度略有不同，也許讓走路變得更輕鬆，也許他會像那些乾草球一樣被推著走。離開船的避風處，他自信滿滿地出發了，不再是那個跪在普萊厄姆腳下呆頭呆腦的男孩，而是阿波羅的大祭司，希臘軍隊的首席預言家，享有眾國王的信任。當他轉身回望時，他在濕沙上留下的腳印卻是雜亂無章，一如螃蟹的腳印。儘管如此，他還是繼續趕路，決心在天黑之前回到自己的小屋。今晚他要來一杯烈酒，也許配上一小塊糕餅蘸著酒吃，人不能總是拒絕生活中的美好事物，犧牲已經把他磨得瘦弱不堪。他想起了馬查恩，心裡有些怨恨，那人毫無節制，卻能隨時見到阿伽門農——據說是天天——而他，這個忠心耿耿服務國王多年的人，卻從早到晚等待一個從未出現的召喚。

天色迅速暗了下來，但在地面上延伸的不是正常夜晚的藍色陰影，也不是那種悄然而至，讓火光和燈火突然變得更加明亮、更加誘人的暮色。不是，這些影子呈現一種病態的黃，像骨灰色的老人皮膚。他想起第一次在軍營中看到赫庫芭時她那皺巴巴的脖子，緊張地摸摸自己的脖子，即使像他這樣選擇獨身生活的男人，也能從女人的身體上體驗到自己的衰老。話說回來，他並沒有真正選擇了獨身生活，甚至也從未真正堅持過這樣的生活。他繼續往前走，但走著走著彷彿回到了特洛伊，回到了孩提時代——白色的房子，黑色的暗影，一個小男孩坐在門階上，瞇著眼睛望著太陽。他隱約意識到天空變暗了，自己瘦長的腳在淺灘上進進出出，只是他依舊沉浸在過去的記憶中……

當他再次抬頭時，阿伽門農就在眼前。

起初，他懷疑自己親眼所見的證據。阿伽門農從不離開他的大廳，自從風向變了，希臘船隊困在海灘後，他——常常辦宴會或出席其他國王的宴會的他——就沒在外面露過臉。但是他此刻現身了，裹著一件深藍色斗篷，戴著金色的頭帶，防止鐵灰色的頭髮被風吹到臉上。他沒有注意到卡爾庫斯——他凝視著大海。卡爾庫斯四下張望，沒有看到其他人，目前正是人們披上暖和的斗篷圍在爐火旁的時刻，也是開始痛飲的時刻。

所以，只有他們。風把鬆散的沙子吹成了蛇，沙蛇在海灘上扭曲前進。該怎麼辦？他不敢接近阿伽門農，因為阿伽門農顯然想一個人靜靜，所以才獨自出門，但他也不能就這麼走過去，對阿伽門農視若無睹。斜射的光線照到蚯蚓糞堆，一堆堆盤繞的沙粒，每一堆都有自己獨特的陰影。他假裝非常感興趣，甚至跪下來，像要更仔細地查看一樣。接下來，他又花了一些時間眺望大海，每一次浪濤撞擊懸崖的轟鳴聲都在強調——好像這還用強調一樣——船隻是不可能離開海灣的庇護。難道阿伽門農在這裡的目的，就是為了確認無望的情況，就像有人會去戳弄斷掉的牙齒，看看還疼不疼？

卡爾庫斯感覺到尖銳的沙粒刺痛了赤裸的腳踝，現在的風更冷了，他仍然不敢亂動。但隨後他聽到了一種新的聲音，介於呻吟和咆哮之間，似乎是從腳下的土地傳出來的。是沙子在唱歌。這是一種公認的現象，生活在沿海地區的人都很熟悉。「公認」和「熟悉」的說法讓人感到安慰，因為它們馴服這種經驗，讓它脫離不可思議的領域，成為正常生活的一部分。但這根本不是真正的「唱歌」，而是一種更具威脅性的聲音，彷彿來自大地深處，宛如死者終於找到自己的聲音——也許是恢復了曾經擁有的聲音。

阿伽門農四處凝視，最後跪了下來，雙手放在地上，像是需要藉由觸摸來確認耳朵告訴他的事情。此景此情的每一樣東西——昏暗的光線、咆哮的沙子、無所不能卻又束手無策的國王——結合在一起，在卡爾庫斯的心中激盪出一股恐懼，若有地方可逃，他一定會逃，但那吼聲無處不在。整座軍營都在大聲說話，所以火堆旁的人一定也聽到了，只是那裡聲音較為微弱，況且有其他人作伴，不那麼可怕，他們還會用笑話笑聲狠狠批評這個謎。但在這裡，兩個暴露在越來越黑的海灘上的男人轉身對望，誰也無法掩飾自己的恐懼。

這陣咆哮陡然響起，也戛然而止。阿伽門農直起身子，朝卡爾庫斯的方向看了幾眼，似乎想說話，但又猝然轉過身去，大步朝他的營區走去。

卡爾庫斯以較慢的速度跟在後面，口乾舌燥，心臟怦怦直跳，但在這一切的背後，他的心情充滿著喜悅，因為這件事阿伽門農不能置之不理，他是一個追求徵兆和預言的人，即使在最平凡的事件中，也能想像出神的行動。當然，他也認為任何來自神的訊息都是給他的。沒錯！他現在必須派人來叫我過去了。然而，經過片刻的進一步思考，卡爾庫斯又回到先前的焦慮狀態。沒錯，阿伽門農會派人來叫他過去，叫他解釋為什麼眾神禁止希臘人離開他們最偉大的勝利之地——而他完全不知道，完全不知道要說什麼。

11

狂風吹了一夜，我在桌上放了麵包、乳酪和一壺淡酒，以防阿爾西穆斯回家吃早點，然後就去了海邊。昨晚漲潮，到處都留下了殘骸，我已經習慣在海灘上發現大量的動物屍體，但從來沒有見過那日屍橫遍野的慘狀。沙灘上遍布著青灰色螃蟹、水母，大概還有一百隻發白的死海星——海星尤其令我悲傷，因為我非常喜愛海星。我四處尋找還活著的東西，但什麼也沒找到。我小心翼翼穿過這片瘡痍，好像置身在阿基里斯的怒火狂燒過的戰場。但這一切是大海造成的，大海將脆弱的小生命拋到如此遙遠的陸地，牠們在這裡毫無生存的機會。

我在水邊走來走去，大概走了十到十五分鐘，抬頭一瞥，在我前面二十碼左右的地方，站著一個又高又瘦的男人，他正凝視著大海。卡爾庫斯。在荒涼的海岸上，就只有我們兩人，這樣看著他，我覺得比以前更清楚地看到他。他長得非常高大——差不多六英尺五吧——不過你會選擇用「頎長」而不是「高大」來形容他。腳長、手長、指頭長，就連脖子也很長，喉結非常突出，在某些光線下甚至能夠投下清晰的影子。如同所有特洛伊祭司，他把臉塗成白色，在眼周描上黑色，如同戴上一張面具，你無法看穿他在面具之後的思想。加上他有輕微的語言障礙，任何以S開頭的詞，說出來都像在嘶嘶叫，你就能明白為什麼希臘人覺得他既可怕又可笑了。希臘人覺得他娘娘腔，因為不安，所以嘲笑他，但另一方面也畏懼他。

我現在離他只剩幾英尺遠了，他還是紋絲不動，好奇心驅使我停下腳步，眺望著海灣，想知道到底是什麼讓他看得如此入迷。沒多久，我看到了，是一隻碩大的黑鳥，高高翱翔在波濤之上——牠之所以看起來是黑色，或許只是因為與天空的銅色光輝形成對比。海灘上，海鷗聚集後，又四散開來，像一陣又一陣的水花，但這隻鳥卻飛行得有條不紊，目的明確，如同在草地上搜尋獵物的貓頭鷹。忽然間，牠俯衝而下，在最後一刻伸出粗糙的黃腳，嘩啦一聲，一道銀光閃現。牠奮力振翅，試圖擺脫海水的阻力往上飛，有那麼一瞬間，我以為牠會被吸進水中，但沒有——慢慢地，慢慢地，牠繼續賣力想要躍到空中，眼看就要成功了，這時，一陣風吹來，牠被吹偏了方向，摔在離我只有幾步路遠的濕沙上。看著牠苦苦掙扎喘不過氣來，我不禁感到一陣憐憫——現在幾乎沒有什麼能激起我的憐憫之心了。牠的肩膀全是緊繃的肌肉，鳥喙能從骨頭撕下還活著的肉，而眼睛——眼睛是淺金色，炯炯有神，專注熱切，那是阿伽門農的眼睛。

就在我觀察之際，牠重新集中力量，強而有力的翅膀開始拍打，最後終於順利飛了起來，而且爪子仍舊抓著那條撲騰的魚。不到一分鐘，牠成了紅色熔爐般天空中的一個黑點。

我興奮地轉向卡爾庫斯。「是不是很神奇？」

我說的不止是海鷹本身——牠的確很神奇——我指的是導致牠被風吹離了方向的那個錯誤，那一幕太令人震驚，如同看到阿基里斯投擲長矛卻失手一樣。

卡爾庫斯盯著我，我原以為他會和我一樣興奮，但我從他那雙描著黑色眼線的眼睛中只看到了算計。他是一個鳥類預言家，很自然大部分時間都花在觀察鳥類上，不過我懷疑他用更多的時間在觀察人類，目前誰勢力最大？誰在攀爬搖搖欲墜的梯子？誰需要安撫？誰被冷落也無妨？最重要的是，這個女人，在這個特定的時間，提出這個特定的問題，她想要聽見什麼？我看出他正在努力判斷我是誰，以及我是否值得他費心，別忘了，不久以前我還是個奴隸，像鼻涕蟲一樣不被他放在眼裡。經過漫長的停頓，他終於點了點頭，「是的，非比尋常。」僵硬、拘謹、自負——完全是這個男人的典型特徵。我當時對他看走了眼，錯得離譜，但我就是這麼想的。

「你想這代表什麼？」一個有點頑皮的問題。

「啊，解讀預兆需要長時間的思考和祈禱。」

再次僵住了——他怎麼可能對我們剛剛共同目睹的那一幕無動於衷？但我還是鞠了一躬，承認他的智慧過人，然後目送他往阿伽門農的營區走，注意到他在靠近大門時放慢腳步。傳言說他已經失寵，阿伽門農懶得再請教他，見他這樣磨磨蹭蹭，幾乎是拖著腳步，我毫不猶豫地相信傳言是真的。

自從特洛伊淪陷後，我度日如年，沒有精神，也沒有希望，現在陡然覺得自己又活過來了——不止是興奮，根本是雀躍。不知何故，與鷹的邂逅改變了一切，我與生命的主宰之一相逢，這個經歷讓我的心情豁然開朗——即使我留下的印象是純粹的野蠻。我一個女人在軍營中生活，無異於在一個複雜危險的世界中航行，但對於那隻鷹來說，牠所見的一切都理所當然地屬於牠，因為牠是完美的：每一根羽毛，鷹鉤嘴的每一道弧線，牠那被陽光照耀的眼睛中的每一抹閃光，完全是它們應該有的樣子。牠比眾神還要古老。有那麼一瞬間，就那麼一瞬間，我和牠一起翱翔於高空之中，凝視著皺波縱橫的大海和遠處苦幹的陸地生物。當牠俯瞰下方時，牠看到了……晚餐，沒有別的，沒有曲折，沒有困難，沒有可能構成威脅的事物——就只有晚餐。這種簡潔中蘊含著宏偉，我討厭卡爾庫斯用他那沾滿污垢的手指在上面塗塗抹抹，試圖榨取出一個「意義」。海鷹本身就是牠的意義。

那天晚上，我躺在床上睡不著，想著海倫和赫庫芭，想著我的姐姐，只希望她已經死了，還想到我死去的兄弟。每晚他們都縈繞在我心頭，但這一夜我終於入睡時，我夢見了那隻鷹，甚至在隨後的許多夜晚走入同樣的夢境。黎明前，我醒了過來，躺在黑暗中，聽著風聲，想到了卡爾庫斯。我確信他也醒著，凝視著同樣的黑暗，回憶著那隻鷹，拚命想弄明白這個「徵兆」，這個預言，這個「來自神的訊息」的可能意義。

12

看到鷹後，我內心充滿如火般的能量，開始設法改善這些俘虜少女的生活。因為有一段籬笆被風吹垮了，她們一直無法使用小屋後面的院子，在阿爾西穆斯的大力協助下，我把籬笆修好，地面清掃乾淨。這件事做起來並不容易，因為希臘人並不樂意花時間精力在隨時可能離開的小屋上，但真的修補起來，不到一小時就完工了。籬笆給女孩們提供了隱私，以及一些避風的地方。那天下午，我做了糕點，備了兩大盤甜食，放在一邊涼著。我厭倦了小屋的寂寞，非常期盼與其他女人共度一晚。

夜幕一降臨，三個女孩子就幫我把一盤盤的食物、一壺壺的酒搬到院子裡，擺在圍著火堆的毯子上。一開始，其他女孩子還懷著戒心，但她們就像從圍欄裡被放出來的動物，逐一從小屋裡出來，嗅著空氣，有一兩個甚至回頭看著小屋，好像在屋內感覺更安全，但大多數人似乎都很享受這種額外的自由。火苗忽燃忽滅，她們蹲在火堆周圍，吹著小樹枝，把一把把乾草扔進火裡，當最後一根大木頭開始燃燒時，她們不自禁發出了勝利的歡呼。

我希望安卓瑪姬加入我們，但她留在自己的房間沒出來，我敲了敲她房門，問她一切是否安好，卻只得到了一聲嘟噥的回答。回到外面，我看到火堆熊熊燃燒，火花冉冉飛舞，女孩們的臉龐忽明忽暗。空氣清新，但寒氣逼人，我們緊靠在火堆旁，腳趾離爐石只有咫尺之遠。我帶了鼓和笛子——阿爾西穆斯的小屋收藏了許多樂器——猜想有一兩個女孩可能會吹笛子，而其他人敲敲鼓、打打拍子也不難。我還帶了阿爾西穆斯的七弦琴——當然是徵詢了他的許可——不過我得小心使用，擦去任何留在上面的指紋，因為那是一把好琴，價值連城，比不上阿基里斯的琴，但比大多數琴都要好，謝謝他肯借我們。結果原來阿米娜會彈七弦琴，而且彈得相當好。但我們發現真正厲害的是海勒，能彈七弦琴，還會吹笛子。她原本是一個藝人，音樂、舞蹈、雜技樣樣精通，不難想像她的生活經歷坎坷，與其他女孩備受呵護的生活相去甚遠。她以前就是奴隸，因為這類表演者一般都是奴隸，不過佼佼者能在全城享有盛名。

終於準備就緒了。阿米娜和海勒點頭示意她們準備好了，我說：「別唱悲傷的。」女孩子紛紛喊出她們最喜歡的曲子，大多是輕快的歌，甚至是歡樂的歌，但是唱起來都很悲傷，或許在流亡時唱的歌都是悽愴的。不久，許多女孩都流下了淚水，梅爾——一個眉心相接的粗壯姑娘——簡直是啼天哭地，但是她們仍然繼續唱著，就連兩個完全無法開口說話的女孩也在唱。我很驚訝，直到那時我才知道，被嚇成啞巴的人，也還是能唱歌。

海勒一點也不同情她們。她難以置信地看著流淚的女孩，開始演奏一些節奏明快曲風激昂的曲子，其他女孩拍著手努力跟上，聲音急促含混，直到最後一聲鼓響，才無奈地笑起來。「再來！」我站起身，舉起雙臂鼓勵她們，她們於是一個接一個地站了起來。音樂再次響起，現在更伴隨著跺腳的節奏，火焰投射出我們的影子，影子越過圍困我們的牆壁，逃入了夜色中。

再次坐下後，我瞥了一眼阿米娜，但她正忙著調整琴弦，巧妙地避開我的目光。這已經成為一種模式，而且她非常擅長。她似乎從不刻意避開我，但不知何故，總是碰巧在房間的另一邊，以現在的情況來說，就是在火堆的另一側。我感到不安，但甩開這個念頭，不想讓任何事破壞今晚的氣氛。

調好琴弦後，她唱起一首情歌，嗓音高亢清亮，像還未變聲的男童聲音，這種音質在女人之中並不多見，聽了令人心碎。許多女孩又哭了起來，不知道有多少人被許配給屍體正在特洛伊城牆內腐爛的年輕男子，她們確實需要哀悼的空間。但過了一會兒，我覺得哭得也夠久了，眼光看向海勒，她做了個鬼臉，聳聳肩：你能拿她們怎麼辦？但片刻之後，她站起來跳舞，雙手在頭頂配合著她的步伐打拍子。我拾起一面鼓，幾個人也拿起了鼓，其他人則開始拍掌，旋即所有人都以不同的方式跟著節拍舞動起來。

我沒見過哪個女孩的舞跳得像海勒那晚那般出色。在婚禮和宗教節慶中，女孩子會跳舞沒錯，但總是很保守，飄逸的長袍從鎖骨遮到腳踝，小心翼翼不讓目光超越腳步的範圍。海勒穿著無袖束腰外衣，下擺遠高於膝蓋——基本上是一件男人的外衣了。她抹了油的肌膚在火光下閃閃發光，精心編織的髮辮在肩上擺動，跺腳和鼓掌節奏逐漸加快。

在所有的女孩中——除了阿米娜——海勒是最出眾的一個。在這個軍營中，年輕少女幾乎都失去了全部的男性親人，由於年長的婦女被送到奴隸市場，她們也失去了母親。只有海勒沒有流露出絲毫的悲傷，她親眼見到自己的主人被長矛刺穿喉嚨，如一條上了岸的魚在地面掙扎，在她的眼前嚥下最後一口氣。我試探性地說了幾句同情的話，她噗哧笑出了聲，說道：「哦，別擔心我，多年來我自己也很想這麼做。」

原來她很小就被買走了，不過六七歲吧，對奴隸市場那天之前的生活沒有任何記憶，所以她根本生來就活在充斥著肉體痛苦的生活中。她的主人挑選她時，把她的大拇指硬往後扳，直到拇指碰到她的手腕為止。接著要她平躺，把她的兩條腿折來折去。主人最後把她訓練成雜技演員、歌手、舞者和樂師，她成了劇團中的大明星，常常在普萊厄姆的宮廷中登臺演出。當然，她的主人也讓她提供其他服務，但僅限於最有聲望的客戶，而且價格不菲。可憐的海勒。在某些方面，她是所有女孩中最可憐的一個——雖然她肯定不會這麼說！——沒錯，沒有悲傷，但這只是因為她之前的生活中沒有愛。

鼓聲和掌聲加快，跟上了海勒的舞步節奏。我不明白，海勒總是鄙夷其他的女孩子，現在又何必要費這麼大的勁，為一票純女性觀眾表演。也許純粹是為了快樂？她的舞蹈變成了與火焰的調情，她貼近火堆，引來女孩的聲聲驚歎，稍一退後，又立刻像飛蛾撲火般飛回來。火光照著她纖細但結實的雙手雙腿，她看起來像個男孩——優雅，甚至美麗——但仍然是個男孩。這是戰士的舞蹈。

在光圈之外，她的影子始終陪著她，沿著圍籬閃閃爍爍。火光照亮觀舞的女孩子的臉龐，她們全然陶醉在音樂中，有一兩個人甚至站了起來開始跺腳，但反而令海勒的優雅和力量更加鮮明。我看了一圈，注意海勒舞動的影子，並察覺視野邊緣好像有什麼東西。起初想不出那是什麼，但小屋內的動靜引起了我的注意，我希望是安卓瑪姬，希望她最後終究決定加入我們——但一秒鐘後，我凝視著黑暗，認出了皮洛士。他在屋內合情合理，因為他擁有小屋，也擁有裡面的每一個人。除了我。我懷著這個念頭，將它緊緊摟在懷裡，抵禦著黑暗的侵襲。除了我。

此時鼓聲大作，我看到海勒正在評估火堆的高度，想大喊「不要！」她卻已經跑了起來。我還沒來得及說什麼，她便高高躍起，輕盈地在另一邊落下。火焰在她經過的風中打著旋兒，宛如要把她捲入其中，但她只是站在那裡，哈哈大笑，往空中揮拳，一如男人贏得比賽後的動作。「你沒事吧？」我問。她的回答是向我伸出了一條美麗的腿，起初我什麼也看不到，但後來注意到腳踝上方有一塊發亮的紅斑。

「火吻。」我看起來一定很擔心，因為她又笑了。「不會疼的。」

她的目光滑向小屋的門口，但皮洛士已經退到陰影中。所以她早就知道他在那裡，一直都知道。

她在喝采聲中坐下來，收下一杯酒，髮辮飄出一股煙味。只有阿米娜看起來無動於衷，甚至相當不以為然。海勒直勾勾地盯著她，舉起杯子，做了個乾杯的嘲諷動作。我感覺她們兩個互相仇視，這很可惜，因為她們兩人性格堅強，皆屬於天生的領袖，兩人合作大有可為，但都不願意承擔本應屬於安卓瑪姬的角色。阿米娜不願意，因為她追求的是宗教般的純潔正道；海勒不願意，因為她只在乎自己的生存；而其他女孩完全迷失了方向，所有人都迷失了。所以，我想，這事就落在我身上了。我知道她們尊敬我，信任我——只因為失去家園和家人，她們淪落至此，而我卻在這個噩夢般的地方活了下來。

沒過多久，皮洛士就派人來找海勒，事實上幾乎是立刻，我們都還坐在院子裡，他也還沒回到大廳。「遵命！」海勒大喊，雙手舉過頭頂。

我以為那會是天亮前我們最後一次見到她，但當我們終於依依不捨離開火堆時，發現她蜷縮在她的睡鋪上，毯子拉到下巴。

「發生了什麼事？」我問。

「沒事，他只是想讓我看他手淫。」

女孩子面面相覷，我知道她們沒有一個人知道這是什麼意思。

很奇怪，這不是我第一次意識到這種奇怪。皮洛士是一個年輕人，還沒有完全長大，但他對這些女孩卻興趣不大。直到他叫海勒去之前，他是一點興趣也沒有，而且似乎認為和安卓瑪姬上床是一種懲罰，不是享受。阿爾西穆斯對此隻字未提，也許他只是還沒有發現，然而我不禁懷疑這是他和奧特米登之間無聲對話的一部分。

半小時後，我安全地躺在自己溫暖的床鋪上，回想今晚，我覺得非常成功。當然，安卓瑪姬如果也來了，一定更棒，但即使沒有她，女孩們也以一種前所未有的方式團結在一起。我好開心，我不停地告訴自己我有多開心，因為我意識到一種越來越強烈的不安，但又說不出是什麼事。是因為海勒被皮洛士召去了嗎？不，不是那件事，叫她總比叫其他女孩好，況且她迫不及待地想走進大廳，毫不掩飾她的野心。不行，想不出來，我無法確定自己為什麼會覺得不對勁，但也不想擔心到失眠。

吹滅蠟燭，我拉上被子，凝視著黑暗，火煙熏得我眼睛發澀，皮膚頭髮上都還有煙味。明天一早，我要洗個澡。但我的大腦始終不由自主回想著晚上發生的事情，到底是什麼呢？總覺得有哪裡不對勁。然後，即將入睡之際，我想到了：就在最後的那一刻，女孩圍在海勒的床邊，臉上充滿了好奇與恐懼，我環視了一圈，發現她們非常茫然，非常無知。現在，我閉上眼睛，試圖回想那個場景，因為我需要確定一件事。一張一張的面孔慢慢浮現在我的眼前，甚至是我還不知道名字的那兩個啞巴女孩。除了阿米娜，阿米娜不在那裡。

我告訴自己沒關係，她可能只是留在院子裡，收拾杯子，把火澆滅。那才像她，她總是在擁擠的小屋裡收拾亂七八糟的東西，其他女孩們不保持整潔，她就變得暴躁沮喪。不過，我還是有點擔心，甚至在想是否應該起來看看她好不好。但她們現在都已經睡了，不，等到早上再說吧。我在床上翻來覆去，孩子則像往常一樣，在我心煩意亂時動來動去。最後，我終於找到了一個適合我們兩個的姿勢，但即便如此，也是過了很長的時間才睡著。

13

卡爾庫斯正在做夢，他現在常常夢見自己在特洛伊的童年，那是他成為祭司之前的日子，當時他還在父親的鐵鋪子裡當學徒——起碼在名義上。他是一個瘦骨嶙峋、臉色蠟黃的孩子，笨手笨腳，對父親嘶吼的命令反應遲鈍，甚至連閃避拳頭的速度都不夠快。他喜歡溜回屋子，母親在廚房烤麵包，屋裡瀰漫著熱麵包和肉桂的香氣。母親從烤箱中取出麵包時，熱氣撲面而來，她伸出下唇，吹走她紅撲撲臉龐上的髮絲。當他飛奔而入，把腫脹的臉頰貼在母親熱烘烘的身旁，母親會暫時停下來，但不敢說太多，她比他更加膽懼他的父親。卡爾庫斯動了動，醒來片刻，記起了他的母親。曾經是他整個世界的她，如今在他眼中不過是一個老鼠般的小女人，老在祈禱，每逢節日都要去神廟，也許有點愛慕祭司？身上總有哪裡瘀青了，她丈夫絕對有權對她拳打腳踢，所以她沒有怨言，只是希望他別對兒子這麼嚴厲。然後，有一天，顯而易見的解決辦法出現了。卡爾庫斯記得那天他們閉門談話，父親不停發出低吼，然後是祭司的聲音，尖細卻帶著權威，蓋過了他們的談話。突然間，他僅有的幾件私物被捆在一起，他恭恭敬敬跟在祭司身後三步遠的地方，穿過狹窄蜿蜒的小巷，走過擁擠不堪的街道——他當時只認識這些地方——走到堡壘附近，廣場陽光普照，神廟宏偉壯麗，連味道也不一樣：鮮花、香火、祭品的血腥味。還有肉，總是肉，大量的肉。他即將離開皮革廠、膠水廠和屠宰場的難聞氣味，但這些氣味在他的皮膚上揮之不去，直到他按照儀式淨了身子，這些氣味才徹底消失，但烤麵包和肉桂的香味也一併沒有了。

他獲准每月返家一趟，起先他渴望那一天的到來，甚至用一塊白堊石在地上記日子，但每次回去就越來越覺得自己不屬於那個街坊，甚至不屬於自己的家——好像他在一艘快速遠離的船上，母親只是一個在岸邊揮手的渺小身影。

迷迷糊糊做了一夜的夢後，他口乾舌燥地醒來，眼皮黏在一起。他不常喝烈酒，但昨晚喝了，現在頭痛欲裂。他日日夜夜等待阿伽門農的召喚，知道召喚很快就會到來，但終於有人敲門時，他看到的卻不是國王傳令官的威嚴身影，而是內斯特大王的女奴，希臘人所說的「榮譽獎」。他依稀記得這個女孩，在內斯特的大廳用餐時見過，但花了幾秒鐘才想起她的名字。荷克米蒂，就是她。他的第一個念頭是內斯特去世了——自從他的么兒遇害後，關於他健康狀況的謠言就滿天飛——卡爾庫斯努力計算內斯特的逝世對軍營本已脆弱的勢力平衡意味著什麼，想到大腦都要脹破了。但片刻之後，他意識到這是不可能的——國王駕崩的消息由傳令官宣告，而非奴隸來傳達。他掙扎著醒來，想要甩開最後的一絲睡意，這時女孩終於開口說話了，語氣非常甜美謙遜，她說：「赫庫芭想見你。」

「赫庫芭？」

他瞬間勃然大怒，他的地位真的已經貶到被一個奴隸召去見一個奴隸了嗎？赫庫芭曾貴為王后，如今不過是一個奴隸啊。但他開始回想她過去的模樣。在阿波羅神特別神聖的日子，她——當然還有普萊厄姆——總會上神廟。他第一次見到赫庫芭時，應該是……十四、五歲吧？或許再大一點。他跪在地上，向普萊厄姆獻上從祭品切下的第一塊肉，斜眼瞟了她一眼，她穿著繡金長袍，髮上閃爍著鑽石光芒。她當時多大年紀？不年輕了，即使是那麼久以前的事，她也不可能年輕。她並不漂亮，不像普萊厄姆眾多妃嬪那般美麗動人，但她的嗓音確實非同一般，比一般女性低沉，帶有一種可能會讓人覺得不舒服的沙啞，但其實並不難聽。那天，他躺在睡鋪準備就寢，腦中回蕩著節慶的景象和聲響，不禁想起了赫庫芭，她的聲音讓他聯想到女人的指甲刮過男人的後背，從頸背一直刮到臀溝——但動作極輕，非常輕柔，只在皮膚上留下幾乎不可見的痕跡。他當時十六歲，滿腦子都是性的年齡。

「找我什麼事？」

「祭司，我不知道，她沒說。」

「那麼告訴她——」他忍住沒說出口的話，那個女孩站著，輕輕地呼吸。

「告訴她我有空就來。」

阿伽門農的營區沒有什麼事情拖著他，他卻捨不得離開。他在小屋裡等了一整天，仍然沒有接到召喚，於是在傍晚時分動身前往奧德修斯的住所，走在海灘上，影子遠遠地往前延伸。沒錯，他心情沮喪，想鬧脾氣，但也很好奇。他驚訝地意識到，他們之間仍然有一絲的吸引力——只是她現在是個老嫗，太老了，不能再喚起那種感覺。

他發現她躺在一張簡陋的小床上，頭枕著兩個枕頭，身上的毯子不怎麼乾淨，但顯然還是有人費了心思讓她舒適些。她把毯子推到一邊，毯子散發出一股病態陳舊的氣息。他真希望自己記得帶著那半顆塞了丁香的檸檬，每當他不得不去軍營較臭的地方時，他總是隨身帶著檸檬。

「赫庫芭。」沒有頭銜，假裝又有什麼用？

她抬頭看著他。「天啊，你這傢伙，坐下，老瘦得像一道尿柱。」

依舊是那溫暖但陰沉嘶啞的嗓音，嚇得他從預設的反應中清醒過來。他環顧了一下簡陋如狗舍的小屋，像一隻困惑的狗舔了舔嘴唇——然後，出乎意料地，不由自主坐了下來。他自己都感到驚訝，但赫庫芭不覺得意外，把他的順從視為理所當然。他看著赫庫芭，看到她皺紋交錯的脖子和老人斑，都看到了，但不打緊。轉過頭，他又變回了那個小男孩，跪在普萊厄姆的腳邊，斜眼看著她。

她伸手去拿酒壺。「自己倒一杯吧，雖然是垃圾，但如果我能喝，我相信你也能喝。」

「不用了，謝謝，現在不用。」

他聽到了自己的聲音：僵硬、拘謹、壓抑。他的目光落在她床邊盤子裡的糕餅上。

「來吧，隨便吃，我吃不完。」她把盤子推給他。「是荷克米蒂做的，你在其他地方可找不到比這更好吃的。」

「我今天早上見到她了。」

「嗯，你當然看到了，是我派她去的。」

她專橫如故。他記得第一次見到她時的樣子：身材瘦小，棕色皮膚，顴骨很高，有一個奇怪的習慣，喜歡噘著自己的臉頰，好像剛剛嘗到了什麼出乎意料的酸味。也許，到了晚年，女人不要太漂亮反而比較好？在五十年的婚姻生活中，赫庫芭始終維持著普萊厄姆對她的興趣，讓他開心、氣惱、沮喪，徹底被迷住。天曉得她是如何做到的——談不上有什麼奶子，而且她真的可惡，說的話有夠難聽，瘦得像一道尿柱？能聽嗎？這是王后該說的話嗎？她在特洛伊也同樣直言不諱，他還清楚地記得普萊厄姆雙手抱著頭大喊：「赫庫芭！」想不起是什麼場合了——某次招待外國使臣的宴會吧。

「他們待你好嗎？」他用食指挖了一坨奶油放進嘴裡。

「哼，很好哇，我什麼都不缺。」

不清楚她是什麼意思，與特洛伊的宮殿相比，這個……破屋子——不叫破屋子還能叫什麼呢——顯然缺乏很多東西。

「我有食物，我有酒——難喝死了，但是……。」她聳聳肩。「奧德修斯要我活著，他想把我當成回家禮物送給他的妻子。」

「潘妮洛普的名聲的確很好。」天哪，他聽起來太自負了，他是怎麼變成這種人的？「我相信她會對你很好。」

「哦，是的，我知道，我知道，堅貞的潘妮洛普，忠實的潘妮洛普，有智慧的潘妮洛普……我也曾是那樣的人，看看我現在的下場。」

堅貞，沒錯；忠實，也是。有智慧？他忽然迫不及待想要離開，回到自己的小屋，等待那個真正重要的召喚，但她似乎藉著強大的意志力扣住他。他厭倦了，他厭倦了這些人的傲慢，他們自以為是天生的統治者，當命運與他們作對時，他們不能——或者不願——適應。她穿著破爛的髒衣躺在奴隸的床上，在她自己的心目中，她仍然是一個王后。以前他可能會覺得這種行為值得欽佩，但現在不會了，有智慧的人會隨著風向調整風帆，不會孤意逆風而行。他想起身走了，但又看了她一眼，在她尖銳的顴骨和凹陷的鬢角中看到一種與眾不同的威嚴。他知道她來日無多，看得出她自己也知道，給予她力量正是這個體悟，而非妄想自己仍然貴為王后。他看出她誰也不怕，因為她反正已一無所有，就連自己的命也就要沒了。

「唔，你一定吃了很喜歡吧。」

他低頭看一眼盤子，驚恐地發現糕餅沒了，全沒了。

赫庫芭虔誠地說：「凡事都要適度，要注意，你從來就不擅長節制，不是嗎？」

他覺得自己的臉在脂粉底下變紅了。他很清楚她指的是什麼——一個相當遺憾的特殊事件。她為什麼要提起那件事？重點來了，她到現在還沒說出她要什麼，他懷疑她是不是學會了勒索，嗯，如果她打算用這事來勒索他，也沒什麼用，都是很久以前的事了，沒有人在意——況且誰會去聽一個奴隸的話呢？他的大腦飛速轉動，自動計算風險和機率，計劃下一步的行動……現在也不用講情分了，他承受不起情分的代價。隨後他再次看向赫庫芭，光灑在她的臉龐，他的思緒又回到了特洛伊，回到那段歲月。多年的密謀，多年的掩飾，然後在他違背信仰的行徑曝光後，他保持著沉默，那些日子都已經抹去了，只剩下他像失殼的寄居蟹一般赤裸無助。

赫庫芭說：「但我們確實有過開心的時光，不是嗎？偶爾。」

「哦，得了吧，你明知道我們很開心。」

的確很開心，開心極了。他還記得在普萊厄姆果園裡炎熱的夏夜，沒有月亮的夜晚，幾乎看不見你撞到的人。好景不長，他在宮廷中的地位越來越岌岌可危。那起遺憾的事件發生後不久，有人委婉地建議他，也許遵守獨身生活的神職並非他真正的使命。他領會了這個暗示，收拾好行李，告訴自己他欣然樂意換個環境，但實際上他已經深深地受到傷害了。也許他們是對的，他想。二十年過去了，他仍是一名祭司，但無可否認現在更加嚴格遵守獨身生活紀律。

赫庫芭問：「阿伽門農怎麼樣了？」

「你怎麼會認為我知道？我最後一次見到他是——」

「是你主持我女兒的葬禮的時候。」

「不光我一個，而是——」

我們所有人。營中每個祭司都在場，皮洛士舉起劍時，他閉上了眼睛，直到一切結束才睜開。純粹是懦弱，即便如此，想保全自己的企圖還是失敗了。夜裡，在夢中，他仍能聽到刀落時的闃靜和人群的驚呼。

「她勇敢地面對死亡。」他咽了咽口水，以消除喉嚨裡的哽塞。「你知道嗎，有人去她的墳上獻花？」

「希臘人？」

「對，她很勇敢，他們尊敬她，而且你得記住，那是很快的事，幾秒鐘而已，她還沒落地就死了。」

「我想我還得為這件事謝謝皮洛士，嗯，應該吧——他本來可能搞得烏七八糟，天知道，他就把普萊厄姆搞得烏七八糟，宰條狗也不可能那麼狼狽。」

「你在場？」

「對，我都看見了。」

她把頭往後一仰，露出皺巴巴的脖子和喉嚨，嘴裡發出一種新的聲音，嗚嗚咽咽，好像一隻即將嚎叫的狗。他無法忍受，只好把目光移開。當他回頭時，她已經用手指捂住了嘴——實際上是用手指捏住雙唇，不讓那可怕的聲音傳出來。他等著她恢復控制，她最後挺直了身子。

「波麗克西娜是個好女孩，她本來會照顧我。」一陣顫抖的呼吸。「我們本會互相照顧。」

「他們說他瘋了。」

「阿伽門農？」

「對——據說每晚都叫馬查恩過去，睡不著，喝下一整杯馬查恩調製的安眠藥，還是睡不著。你應該知道吧，安眠藥不該跟著烈酒一起服用——我很想告訴阿伽門農，但沒機會講！據說他開始看到幻影。」

「什麼樣的幻影？」

「阿基里斯。」

「哦，那件事我知道，這就是為什麼波麗克西娜不得不死的原因，給他一個女孩子，他也許就會乖乖待在地底下。」

「他對梅涅勞斯大發雷霆，兩人顯然不說話了，梅涅勞斯又和海倫睡在一起了嗎？」

「對——我一點也不驚訝。我警告過他……我說：不要讓她靠近你，讓她坐另一艘船回家。我就知道，她會慢慢地巴結，慢慢地貼回去——我早就知道了。好吧，又來這套，只要抓住男人的雞巴，就可以左右男人了。」

對於這種似乎過於低估他性別的言論，他有點想要反駁，畢竟她曾是普萊厄姆的妻子——她有什麼可抱怨的呢？不像他可憐的母親，被綁在一個吝嗇錢財、卻慷慨以拳頭示人的男人身上。

赫庫芭問：「他有沒有叫卡珊德拉過去？」

「那個我不行告訴你。」

「是沒辦法——還是不願意？」

「嗯，她是預言了他的死亡沒錯……」

「哼，他們以為她會放火把床燒了嗎？畢竟她確實燒過一次床。」她的聲音聲音變柔和了。「她好不好？」

「比較冷靜了——人家是這麼告訴我的，我沒見過她。」

「你一定可以要求見她吧？」

「不行，我不知道阿伽門農最近聽誰的，但肯定不是我。」

「你認為是為什麼？」

「我不知道。」

「哦，得了吧，像你這樣聰明的人怎麼會不知道？」

「他與阿基里斯吵過一次架——而我在跨國大會上提出與他相悖的意見。」

「你支持了錯誤的一方，不是嗎？」

他僵硬地說：「我說的是實話。」

「我想見我的卡珊德拉，我已經失去了一個女兒，我不想也失去她。」

赫庫芭突然看起來筋疲力盡，臉上的血色消失得驚人地快，連嘴唇也發白了。

「我幫不上忙。」

這是事實，但他還是不樂意說出來。阿伽門農的女人受到嚴密監管，而他在那個營區的影響力幾乎為零。

「那好吧。」赫庫芭把酒壺放到一邊。「你走吧。」

可以離開了，他站起來，鞠了一躬，接著出於習慣開始退下，但又突然提醒自己，她可能會對自己的地位產生錯覺。不過他沒有理由說破，轉身直接出了門，儘量不去聽那跟著他走下臺階的笑聲。

14

下次我去探望赫庫芭時，競技場正在準備一場射箭比賽，我留步片刻，觀看他們設置的靶子：那是從戰爭期間留下來的訓練靶，上頭粗糙畫著特洛伊戰士的臉。由於競技場相較之下較能避風，所以活動儘量在這裡舉行，有些比賽——包括射箭和擲矛——不可能在岬角上的訓練場進行，那裡的風比這裡刮得還要猛烈。我轉過身，準備穿過人群外圍，向赫庫芭的小屋走去，這時小屋的門開了，走出來的人是卡爾庫斯，我們互相行禮。我很驚訝，他似乎總是顧著培養跟權勢之人的關係，居然會費心來探望赫庫芭。有一瞬間，他好像要停下來談談，但想想還是算了，邁開大步走遠了。

一進入小屋，我發現赫庫芭看起來更有精神，毯子疊得整整齊齊放在床腳，人在小屋裡走來走去，只是步伐有些不太穩。

我說：「哇，你看起來氣色很好。」

她居然笑了。「不過我很願意坐下來。」

我把她扶回床上。我不想空手而來，所以帶了無花果、葡萄和白乳酪，見到赫庫芭勉強吃了幾口，覺得很高興。她身邊的地上已經有一壺酒，她是喝慣了普萊厄姆宮廷中的美酒，但我再次注意到這種粗劣的農家酒也挺容易下喉，她喝得臉頰微微泛紅。

「卡爾庫斯來做什麼？」

「啊，他來還會是做什麼？你未必總是猜得出來，對吧？」她似乎在考慮是否要再說下去。「他已經來第二趟了，我們笑得很開心——至少我是。你可能不會相信，但他年輕時真的很漂亮，你應該知道，不止是有點好看，而是非常迷人。」她嘆了口氣。「唉，我覺得有些人還不如早死的好。」

她這張尖酸刻薄的嘴讓我非常震驚，我完全跟不上她喜怒無常的情緒，今天她在海灘上為普萊厄姆嚎啕，明天她又隨口提到了他，好像他只是先她一步走進隔壁房間。那年我十九歲，什麼都還不懂，直到過了將近五十年後，才能夠說：我懂赫庫芭。

但我看得出她現在很享受：閒聊、喝酒，吃乳酪……

「每個人都在追著他跑——男人和女人，倒不是說他跑得很快。」她的聲音低得像耳語。「有一天晚上，我和普萊厄姆從晚宴回來，普萊厄姆發現前頭有一個他不想見到的人——一個幕僚——哦，名字我不記得了，不要緊，反正是個不錯的人，但我的天哪，他說起話來停不下來！所以我們放棄近路，穿過一間間的臥室，你知道那些臥室怎麼相通的吧？推開一扇門後，哎呀，撞見卡爾庫斯匍匐在兩個大臣中間……」她咯咯笑了起來。「兩頭都被堵住了。」

「那你怎麼反應？」

「有人很鎮定地把門砰地關上，普萊厄姆一笑置之，不過這件事確實有點過頭了。我的意思是，卡爾庫斯不是該獨身禁欲嗎？老天，他真是麻煩……但你現在看看他，有沒有見過瘦得像竹竿的人？」

她喜孜孜地告訴我特洛伊宮廷的八卦。特洛伊舊名依里昂，由於神廟林立，曾享有「神聖的依里昂」之美名——但它確實有著另一面，當我還是小女孩時，就隱約有所察覺。赫庫芭和我一邊吃喝，一邊談笑，但我始終覺得還有別的事情，她還有沒說出口的事。我們一度陷入沉默，然後她說：「我想見見卡珊德拉。」

也許是因為我自幼失恃，始終無法忍受他人母女分離。我小心翼翼地說：「好，但不容易，我猜她不許離開她的小屋。」

沒有回答。赫庫芭把頭歪向一邊，悶悶不樂地坐著，又像是進入了狩獵模式的換毛猛禽。我想起卡珊德拉對她與阿伽門農的婚姻的預言——這場婚姻會直接導致他的死亡，阿特柔斯王室的覆滅，以及毀滅特洛伊之王國的毀滅。

「你相信她嗎？我是說阿伽門農會被殺害的預言？」

赫庫芭聳聳肩。「她控制不了自己，大家都說她信神信到瘋了，但我看不出來，我覺得她只為了自己胡說八道。」

你訓練女兒上廁所，晚上唱歌哄她入睡，你很難相信這個小女孩長大後具有預言的能力。

「不過她的預言也太明確了吧？她說，阿伽門農洗澡時，他的妻子會在他身上撒一張網，用斧頭將他砍成碎片。她為什麼要這樣做？」

「阿伽門農為了得到前往特洛伊的順風，犧牲了他們的女兒。當時他們無法出發，坐困愁城，開始吵來吵去，就像現在一樣，眼看情況就要失控……所以，他犧牲了女兒。」她發呆了一陣子，突然轉過身來直視著我。「要我就殺了那個混蛋，難道你不會嗎？」

「卡珊德拉說她也會死。」

「我知道她說了什麼。」她的表情變得柔和。「她小時候總是害怕網狀的東西，我們以前晚上會給孩子的床掛上蚊帳，防止蟲子咬他們，但她從不讓我在她的床上掛蚊帳，老是尖叫著扯下來。最後我放棄了。當然，她被咬了滿身的包，第二天抓個不停。我只是說『活該』，甚至要她坐下來，數一數被咬了多少個包——四十七個，四十七個，但沒用，她還是不肯掛蚊帳。」

她的臉龐湧現各種情感：遺憾、母愛、內疚、惱怒……我知道，母女之間難免有摩擦，不過我母親在我長到那個尷尬的年齡之前就去世了，對她，我只有美好的回憶。

「我要見她。」

我還能說什麼呢？「好，我會盡力想辦法。」

射箭比賽進行得如火如荼，我們的談話不時被外面男人的怒吼與抱怨給打斷。

我離開時，遇上一排堅實如牆的背影。選手瞄準時，場邊又緊張又安靜，砰，正中目標，觀眾便爆出一陣喧嘩。透過一行行的背影，我看到立成一排的目標，特洛伊戰士的彩繪臉龐千瘡百孔，仇恨如此強烈，我想必定已經滲入了我們腳下的大地吧。

我轉身繼續往前走。

15

在穿過軍營的路上，我向自己保證，我不會把我的難題加諸在麗特塔的身上，但當我彎身穿過門簾，站在綠色的昏暗中眨眼時，不禁想起上次來這裡的時候，我帶著阿米娜——我又感到那股縈繞在心頭的不安，而帳篷並不是一個溫馨的地方，仍舊讓我有一種在病變的肺裡中掙扎呼吸的感覺。幸好，擁抱麗特塔之後，在工作檯與她並肩而坐，我開始感覺舒服一些了。

「今天沒有侍女嗎？」

我說：「她忙著呢，而且她也不是我的侍女。」

「只是問問而已。」

我伸手拿起了杵和研缽，開始研磨她放在她面前的一些草藥。她什麼也沒說，我們默默地工作了幾分鐘。

「其實，我在想，不知道我能不能見一見卡珊德拉？」

「應該沒問題，不過或許晚一點，我走的時候，她還在睡覺。」

我環顧了一下帳篷，「有些忙？」

「唉，這些傻呼呼的小傻瓜，你打我我砍你，為了比賽打架。前幾天晚上，這裡來了一個小夥子，耳朵幾乎被扯掉了。『哦，你覺得很嚴重，對吧？』他說。你知道的，趾高氣揚——『你真該看看我怎麼回敬他。』馬查恩狠狠地訓了他一頓。」

我心想，可憐的阿爾西穆斯，到目前為止，奧特米登似乎料中了，每一回的比賽成績都引發爭議，每一場友誼賽皆以打架告終。

「卡珊德拉的情況怎麼樣？」我問。

「噢，你知道，起起伏伏，晚上還是不太好。」

「所以沒有好轉？」

「好一點，現在可以和她對話了，而以前……」

「赫庫芭想見她。」

「她一定想見她，可憐的女人，但恐怕機會不大，卡珊德拉不許離開小屋，你也知道他是什麼樣的人。」

「我也是這麼想的，赫庫芭身體太過虛弱，走不了這麼遠……」

「就算走得到，也可能不受歡迎，我聽卡珊德拉說過她母親的壞話，可是半點不留情分。」

約莫工作了半個小時，入口處傳來一陣騷動，兩個人半扛半拖著一個男人走進來，毫不客氣地把他扔在地上就走了。我們起身一瞧，原來是忒耳西忒斯。起先我以為他被毆打了，但後來發現他的眼神沒有焦距，或者說他的眼睛盯著離臉龐只有幾英寸遠的一個點，而且很奇怪，他的手不停地往空中抓，好像想抓住什麼只有他看得見的東西。喝醉了嗎？他的口氣確實很臭，但我沒有特別聞到酒味，起碼酒氣沒有比平常重。

麗特塔說：「最好把他弄上床去，讓他睡一覺。」有幾張已經鋪好的牛皮床，所以基本上只要把他拖到最近的一張床旁，說服他自己爬上去就行了。他從頭到腳都有一層像鵝屎的東西——天知道他去了哪裡。麗特塔說：「得給他洗洗，不然馬查恩看到會瘋掉。」她一臉疲憊，說話時還得抓著我的胳膊。

「你去坐下吧，我來。」

「布莉塞伊絲，你不能這樣做。」

我明白她的意思：你是阿爾西穆斯大人的妻子。一個女人在自己家裡給病人洗澡，那是天經地義的事，但在醫務所做同一件卑微的工作，選擇——確實是選擇——做奴隸的工作？自從我把研缽和杵拉過來後，她一直就想說這句話。

我說：「去吧，噓。」

我拿了一個水桶和幾塊抹布開始幹活，脫掉臭烘烘的外衣和腰布，用濕破布在他身上擦了一遍。水桶裡的水隨著我的工作迅速變色，頭上的帆布不停地拍打拉扯，但我已經習慣了，不再擔心整座帳篷會被掀飛。有一兩次，忒耳西忒斯喊出聲，我想是因為無法抓住眼前無形的東西而沮喪，不是覺得疼痛。他渾身都是瘀傷，有紫色的，有黃色的，有的邊緣是藍色，而中間則是淺淺的奶油色——看到這些傷，不難想像忒耳西忒斯這幾週經歷了什麼。他不停地嘰嘰喳喳，我聽得懂的那幾句話是他的口頭禪，都是些咄咄逼人的髒話，而且不時穿插糞便、汙穢、血液和膿液。令人驚訝的是，他的許多侮辱性語言都與癬子有關：癬子、水泡、膿皰、疳瘡、惡瘡和潰瘍。我不禁想問，這種對病變皮膚的癡迷從何而來？我把他翻了個身，看了他的屁股一眼，就不再感到好奇了。

我站直身子，向麗特塔招招手，想向她請教一下清理癬子後該使用什麼膏藥。她在圍裙邊上擦了擦手，走過來跟我一起站在床腳。

我問：「你覺得應該怎麼處理？」

忒耳西忒斯仍舊趴著，轉過身從肩上往上看。「哦，是你啊，他把你趕出來了嗎？」

我沒理睬他，與麗特塔繼續討論治療癬子的最有效方法。

「喂，你！」醉酒而傲慢的聲音，似乎想要尋釁滋事。「我在跟你說話，他把你趕出來了嗎？」

被忒耳西忒斯說的任何話激怒都是浪費時間。他討厭女人，尤其是那些年輕貌美的姑娘，國王們都把她們留給自己使用。他尤其憎惡像我這樣的女人——榮譽獎——因為我們如同女神一般遙不可及。不過，即使是與平民婦女一起圍爐做飯，他也經常發現自己被強壯的男人擠到一邊。我不知道他有多少瘀傷是這些遭遇造成的，但我對他早已無同情可言，我在水裡加了鹽，給他的屁股好好地擦了一番。

「哎喲！他媽的婊子！」

「這是為了你好。」

「真他媽疼——我沒法躺著。」

「那就趴著吧。」

一個小時後我回來時，他側著身子蜷成一團打瞌睡，不過我把盤子放在他身邊時，他突然驚醒過來。他沒有理會食物，直接拿起酒喝，剛喝一口就吐了出來。「你就這點能耐？這童子尿嗎？」

「你不要，有很多人想要。」

他繼續抱怨，但最終還是安靜下來吃飯，這裡的伙食很不錯，馬查恩非常堅持這一點。

幾分鐘後，馬查恩親自來了，檢查了癤子，詢問了那些抓取動作。忒耳西忒斯說：「白色的東西，有白色的小東西飛來飛去。」

馬查恩轉向麗特塔，說了處理癤子的前後步驟，然後低頭看著忒耳西忒斯，「不要喝烈酒了。」

「在這裡喝到烈酒的機會渺茫啊，婆娘們。」

「嘴巴放乾淨點。」

馬查恩又囑咐了幾句，交代麗特塔以鹽水清潔，哪幾種膏藥可以試試，然後向我深深一揖，離開了。這個鞠躬讓我覺得有些好笑。我認識馬查恩時，身分是阿伽門農營區裡的奴隸，由於醫務所人滿為患，護士幾乎無法應付每天湧入的傷員，所以被派去幫忙。我得到熱烈的歡迎，但幾分鐘後，馬查恩非常自然地撩起外衣，痛快地抓了他的睪丸一把——就像獨自一人時可能會做的動作，因為他確實認為他是獨自一人，奴隸與床或椅子無異。

但剛剛他居然對我鞠躬。

跟著麗特塔回到工作檯，我想也許是時候去看看卡珊德拉了。

麗特塔說：「沒問題，但先讓我把這個做完。」她正在用高嶺土做膏藥。「那些特洛伊女人，你快要都見過一遍了。」

我點點頭，「沒錯。」

「海倫也見過了。」

「誰告訴你的？」

「某個女孩。」

麗特塔幫助平民婦女不遺餘力，在無數個難熬的夜晚後，她的鵝油罐派上了用場，我毫不懷疑她也提供了其他方面的協助。我注意到醫務所儲存了大量的唇萼薄荷，小屋後面凹凸不平的地上也種了一整片，據我所知，唇萼薄荷毫無療傷之效，但如果調製得當，可以終止不想要的妊娠。

我說：「你不贊成我跟海倫見面。」

「那不關我的事。」

我解釋了我姐姐的事，然後提到了海倫的瘀傷。

麗特塔說：「她不是你的責任，不管怎樣，就讓他殺了她吧，她不過是罪有應得。」

麗特塔善良無比，但也和其他人一樣憎恨海倫。

「我母親死後，她對我很好——那時我在特洛伊，我身邊沒有你。」

她點了點頭，但嘴角依然僵硬。我們都不希望為了海倫起無謂的爭執，最後草草結束這次的會面，所以就開始聊了起來，有說又有笑。聊著聊著，她也完成了替忒耳西忒斯的屁股製作的膏藥。

「好了，可以放進烤箱了。」她用腰間的麻布擦了擦手上的高嶺土。「讓他先睡一覺吧。」

「你覺得他這人有什麼毛病？」

「邪惡。」

我沒有回應。我們看了一下，確認他還在睡覺，我便隨著麗特塔穿過阿伽門農大廳旁的小院子。以前這裡拴滿了等宰的家畜，雞鵝鴨等家禽也有，我尤其記得有一群母雞，由一隻頂著血紅雞冠的白色小公雞統治，每天黎明前一小時，小公雞的啼叫就會吵醒整個營區的人。現在，雞群不見了，取而代之的是六七隻烏鴉，當我們靠近時，牠們赤裸的眼睛閃閃發光。我們走得很快，邊走邊說話，但烏鴉幾乎懶得抬起翅膀讓開道路。如今烏鴉無處不在，看起來如此傲慢，如此興旺……好像即將接管一切。

卡珊德拉住的小屋出乎意料地大，麗特塔打開門帶我進去，我看到裡頭傢俱陳設一應俱全，地毯、靠墊、燈盞，對著門的牆上，還掛著一幅精美絕倫的掛毯，描繪動物之神阿提米絲帶狗打獵。但不見卡珊德拉的蹤影，我瞥了一眼麗特塔，她把手指放在嘴唇上，領著我穿過走廊，來到盡頭的房間。卡珊德拉躺在床上，睡得很熟，未綁的頭髮散在枕上，躺在她旁邊的是一個相當英俊的年輕男子，他的頭靠在她的胸脯上。我嚇得一顆心怦怦直跳，但隨即想到這必定是她的孿生兄弟赫勒諾斯，就是他在嚴刑拷問下洩露了特洛伊內部防禦細節。赫勒諾斯是特洛伊人，又是男子，怎麼還能活著呢？也許他跟奧德修斯的協議包括了他的性命，這不無可能——或者也許希臘人根本沒有把他當成男人看。他背叛了自己的父親，背叛了自己的城邦，但這似乎並沒有給他的心靈帶來沉重的壓力，他和卡珊德拉一樣睡得香甜，每呼出一口氣，上唇都會輕輕地啪嗟啪嗟響。

麗特塔把我拉回來。「他老是來這裡找吃的，但你能拿他怎麼辦呢？又不能趕他走，畢竟是她的弟弟。」一回到起居室，她說：「你想等嗎？她應該快醒了，他們已經睡了好幾個小時。」

「我等半個小時好了。」

在復仇女神阿提米絲的掛毯下，我們靜靜地坐著。過了一會兒，我注意到麗特塔打起瞌睡了——她永遠都那麼疲憊，可憐的女人。我的目光又落在掛毯上，故事主角是阿克頓，當他強行佔有阿提米絲時——在另一個版本的故事中，他偶然撞見了正在洗澡的阿提米絲——阿提米絲將他變成了一頭鹿。掛毯隨風搖動，阿克頓看似正驚恐地逃離他自己的獵犬，但他已經沒有逃脫的希望了——他距離垂涎欲滴的獵犬大口只有一步之遙。麗特塔頭垂在胸口，微微打著呼嚕。我閉上眼睛，靠在椅子上。在我閉起的眼皮之後，我看到卡珊德拉和赫勒諾斯在床上糾纏，貌似戀人——也許這正是我感到不安的地方，只是我不信有幾對戀人能達到這種親密程度。在出生前的幾個月裡，無論多麼朦朧，他們都能意識到對方的存在，必然鑄造出堅固無比的羈絆。然而，身為男孩和女孩、男人和女人，他們的生活軌跡一定越走越遙遠。

幾分鐘後，我聽到前門關上的聲音，又過了一會兒，卡珊德拉進來了。她眨著眼睛，打著哈欠，頭髮睡得凌亂不堪。她看到我時退了一步，但麗特塔掙扎著站起身來，介紹我們互相認識。

「哦，我知道你是誰。」卡珊德拉有一雙異常明亮、充滿戒心的眼睛，習慣直勾勾盯著對方，眨也不眨眼。她似乎總是在探索語言的意義，給人一種她貌似愚蠢的奇異印象，但她當然一點也不笨。沉默了大半晌後，她終於接著說：「我父親跟我說起過你。」

「普萊厄姆說我？」

「對，他帶著赫克特的屍體回到特洛伊的時候，他說你人很好。」

想到普萊厄姆還記得我，我又一次被感動了。那瞬間，我忍著不讓眼淚落下。

我們坐在桌子旁，麗特塔拿出麵包和一些乳酪。卡珊德拉吃得很少，她捏了一小塊麵包，揉成灰色小丸子，夾在拇指和食指中間搓著。我注意到她有一雙相當像男人的手：骨骼突出，青筋浮凸，縱橫交錯，好像溺死的蚯蚓。她終於抬起頭來。「那麼，是什麼風把你吹來了？」

我說我想看看所有從特洛伊來到軍營的女人。

「哦，來歡迎我們的嗎？」

「不能這麼說。」

「那麼，你見到我母親了？」

「見到了，她非常關心你。」

「現在關心已經太遲了。」

「她想見你。」

「恐怕不行，沒人能進來，我也出不去……我被活埋在這裡。」沉默持續了很久，我以為她不會再說什麼了，但她又說：「我只想讓這可怕的風停下來。」她雙手捧著頭，像受了驚嚇的孩子，從指縫間盯著我。「你知道我最害怕什麼嗎？怕他們問我為什麼他們不能離開，我不知道怎麼回答……我不知道！」

「他們不會問你，他們會問卡爾庫斯。」

「真的嗎？」

我竭力安慰她，解釋阿伽門農有自己的祭司和預言家，其中以卡爾庫斯最為重要。但我的話毫無作用，那雙眼眸一眨不眨地盯著我。

麗特塔說：「總之，眾神生氣的原因不是很明顯嗎？想想看發生了什麼，神廟被褻瀆，兒童被殺害，婦女被玷汙……」

卡珊德拉對她充耳不聞。

我說：「有的人說是因為發生在你身上的事。」

「怎麼說？」現在充滿了敵意。

「咦，難道那不是冒犯了神嗎？」

「那是冒犯了我。不管怎樣，我不想談這個了。」

她又開始用麵包做丸子，但一分鐘後，她一股腦通通都說出來。她當時正從宮殿要走回家，聽到街上有兵器碰撞的聲音，便閃進了雅典娜神廟，躲在一尊巨大的彩繪女神雕像後面。小埃傑克斯發現她，想把她拖出來，她緊緊抱著雕像，結果雕像摔在她身邊的地板上。在接下來發生的事情中，她一直盯著女神貓頭鷹般的眼睛，拒絕承認脖子以下的身體仍然屬於自己。我與阿基里斯的最初幾次相處中，我記得我也是這個心態。

她說：「你們知道最可惡的是什麼嗎？我當時正好月事來了，但他根本不在乎，只是把我身上沾血的布條扯下來丟到一旁……我連自己的姐妹都不願意讓她看到那東西。」

我苦於找不到話說。

卡珊德拉深吸了一口氣。「聽著，發生在我身上的事，也發生在成百上千的女人身上，她們一聽到兵戎相見的聲音，就跑到神廟裡躲起來，希臘人知道去哪裡找她們。特洛伊沒有一座神廟沒被褻瀆。」

我心想：去他的寺廟，那女人呢？

我從眼角看到麗特塔在搖頭，點點頭表示明白，但隨後卡珊德拉向我伸出雙手，微微抬起，讓手鐲向後滑落，露出下方破皮的皮膚。

「他們把我綁在床上，他們大可不必擔心——我不會殺他，殺他的是他的妻子。」她的聲音如夢似幻，像是出神了。「她為他準備熱水洗澡，為他倒一杯上等的美酒，叫女僕在他背上抹油，當他半睡半醒，做著美夢，沉浸在溫暖中時，她往他的身上撒下一張網，舉起斧頭，**砍他砍他砍他……**」她用握緊的拳頭敲打桌面。

我想找些話來安撫她，但腦子一片空白——反正也太遲了。她站起來，來回踱步，雙臂揮舞，橫飛的唾沫噴到牆壁又彈回來。在競技場上，相同的咆哮我大致聽過一回，就是特洛伊女人被押到營地的那一天。

麗特塔說：「隨她去吧，她累了就會停下來。」

卡珊德拉果然逐漸平靜下來，最後朝我走來，面色慘白。「你一定見過我母親了吧？」

「她很關心你。」我重複了一遍。

她的嘴一扭。「哈，你知道嗎，每次我看著我母親，都看到她的心窩裡長出了毛？」

說完，她轉身離開了房間，順手帶上了房門。麗特塔聳了聳肩，勉強擠出一絲微笑，但我覺得她對我的寬容超過了我應得的。我說：「對不起。」

「不是你的錯。」

「是，是我的錯。」

「好啦，是你的錯。」她拍拍我的肩膀。「你明白為什麼她偷偷把她那個弟弟帶進來，我卻只是睜一隻眼閉一隻眼了吧？她還有什麼呢？」

「我只希望她不會讓你難受一整夜。」

對此她也懶得回答了。在門口，我們擁抱了一下，我就踏上了回家的路。走到院子的另一邊時，我回頭看了一眼，但麗特塔已經進屋關上門了。

16

這時去見赫庫芭已經太晚，況且也沒有什麼好消息可以告知，所以我就直接回家了。一進營區，就立刻察覺不大對勁，男人兩兩三三擠在院子裡，許多人回頭張看，緊盯著皮洛士的大廳大門。怎麼了？我聽到大家七嘴八舌議論這個問題，但似乎沒人知道答案。

我也沒有答案，只有一股在內心深處的恐懼。我穿過人群時，這股恐懼彷彿一個扭結，越打越緊。進了小屋，我發現阿爾西穆斯和奧特米登隔著桌子互相對望。我把麵包和橄欖放在他們面前，接著開始倒酒，但阿爾西穆斯揮手叫我不必倒了，我便坐到床上。他們都不說話，但我猜測他們在我進屋前正在交談。過了一會兒，傳來一陣劇烈的敲門聲，我猜一定是女營發生什麼大事——阿米娜仍然在我的腦海中徘徊不去——趕緊跑去應門，但阿爾西穆斯搶先我一步，還把我推到一旁。皮洛士擠進了屋子——只能用「擠」來形容——一進到屋內，似乎就不斷地膨脹，佔據了每一寸可用的空間。

「這件事我是不會善罷甘休的！」他一邊說，一邊坐了下來。

我憑直覺——或者如老婦人說的，從骨子裡——知道「這件事」是什麼事，但我還是拉長耳朵聽著，想證實我最擔心的事發生了。昨夜——但可能是前夜，甚至是大前夜——有人試圖埋葬普萊厄姆，而且幹得相當不錯，墳墓雖淺，卻足以阻止海鷗和掠食的烏鴉靠近。附近發現了一把遺棄的鏟子，一壺酒，幾塊已經不新鮮的麵包。酒剩下半壺，看來葬禮儀式被打斷了，也許有人牽馬經過牧場和馬廄院子之間的小路。問題是，誰幹的？

誰敢這麼做？

皮洛士說：「不是營裡的人。」他根本不信有希臘戰士有膽這麼做。

奧特米登說，有人基於宗教信仰，非常反對不安葬死者，剝奪他們進入另一個世界的儀式。他說：「每個人都應該好好下葬。」

「什麼，連敵方戰士也一樣嗎？」

「是、是的。」

「我父親可沒有埋葬赫克特。」他顯然以為提到阿基里斯就可以平息爭論。「不對，一定是特洛伊人——肯定是。」

阿爾西穆斯耐心地指出，軍營裡只有兩個特洛伊人。一個是祭司兼預言家的卡爾庫斯，雖然他擦脂抹粉，穿著裙子到處遊蕩，仍舊備受尊敬。可以排除他的嫌疑嗎？嗯，可以——幾乎可以。他何必突然冒著生命危險去埋葬普萊厄姆呢？他對普萊厄姆肯定已經無忠誠可言，更何況已經為阿伽門農效命至少十年了。

阿爾西穆斯有些懷疑，「話是這樣說沒錯，但他現在不受青睞，不是嗎？失寵一段時日了。」

奧特米登說：「不可能是他，他這人沒有誠信。」

皮洛士說：「他沒那個膽。」

阿爾西穆斯看看奧特米登，又看看皮洛士。「那麼，就只剩下赫勒諾斯。」

皮洛士說：「也不會是他，他背叛了他的父親。」

奧特米登說：「在嚴刑拷打之下。」

「這有什麼關係？」

「我們也不知道自己在嚴刑拷打之下會做出什麼事。」

皮洛士「哈」了一聲，顯然認為自己知道。

阿爾西穆斯問：「那不正是他這麼做的理由嗎？當成一種彌補？」

他們思索這個可能。

皮洛士說：「的確，我覺得說得通。」

奧特米登說：「那好，我們去把他帶來，但如果他有點腦子的話，現在應該已經逃走了。」

阿爾西穆斯說：「能逃到哪裡？他無處可去。」

「他可以靠大地、靠打獵活下去，普萊厄姆的園子裡有很多食物。」

阿爾西穆斯說：「你可以，但我不大相信赫勒諾斯有辦法，況且他連走路都困難。」

這是事實，我見到他在營中一瘸一拐地走著，腳踝綁著染了血的破布，想必奧德修斯把他的腳底打得稀爛。

阿爾西穆斯繼續說：「那麼，都同意了嗎？我們把赫勒諾斯帶來。卡爾庫斯呢？我們不能拖他來——他是祭司。」

奧特米登說：「請他吃飯？」

皮洛士呻吟：「拜託……」

「但你同意我們需要用不同的方法吧？」

「同意，同意！別讓他坐在我旁邊就好。」

皮洛士已經站起來，顯然迫不及待要展開行動，另外兩人隨著他走向門口，主動說要去找赫勒諾斯，但皮洛士堅持親自去，最後三個人一同出發了。我聽著他們的聲音漸行漸遠，然後又恢復了安靜，只剩下蕭蕭的風聲。

我呆呆望著桌上的麵包橄欖，腦中一直設法否認我所知道的一切。我想起火堆旁的那一刻，我瞥了一眼阿米娜，她垂著眼睛，假裝在調整琴弦。我告訴自己，這不代表什麼，也許她只是不喜歡我，那不過是她又一次避開了我。後來一群女孩圍著海勒，她卻不見蹤影。我幾乎可以肯定她當時不在場，但也不是百分之百有把握。我內心十分不願相信她與此事有關，沒錯，女營有人看守，但她可以翻過後面的籬笆。我踱來踱去，琢磨著該怎麼辦，同時意識到剛才聽到的對話讓我越來越憤怒。營裡只有兩個特洛伊人？營裡有數百個特洛伊人，但都是女人，而女人是隱形的。這或許是一種優勢？如果是阿米娜埋葬了普萊厄姆，她最好的脫身機會，就是沒有人會相信一個女孩子幹得出這種事。我需要和她談一談，無論我心裡反覆思索多少次這些想法——我確實思考了一個多小時——總是回到這一點上：我需要和她談一談，而且是離開小屋，遠離其他女孩。不論阿米娜出了什麼事，其他人都不能被牽連進來。

翌日一大早，我從院子拿了四個柳條籃子，往女營走去。女孩子還坐在睡鋪上，就連平時早早起床在院子裡練舞的海勒也不例外。我進去時，阿米娜抬頭看了我一眼，旋即又別過臉去。我試著判斷她們之中是否有人知道埋葬一事，不過大致猜想應該是不知道，阿米娜不可能讓其他人參與，她以獨自行動為榮，但她總得要離開幾個小時……她們之中一定有人注意到了，也許還知道她去做了什麼，或者猜到了。如果是她做的。她們所有人，包括阿米娜，可能還不知道小屋之外發生了什麼事。

和阿米娜說話前，我沿著走廊來到安卓瑪姬的房間。我很擔心她，她臉色蒼白無比，整個人消瘦淒慘。我突然想到，雖然罕見，但她或許就是一心求死，所以乾脆放棄進食的那種人。我母親有一名女僕，就是這麼活活餓死了自己，我清楚地想起她的模樣，她的上唇有一顆痣，這些年來我從沒有想過那個女人，不知何以她此刻生動地浮現在腦海中。

安卓瑪姬在床上，看來是睡著了。

「安卓瑪姬？」聽到自己的名字，她的眼皮動了一下。「安卓瑪姬？醒醒。」

「怎麼了？」

「有人想埋葬普萊厄姆。」

她的眼睛完全睜開了，「赫勒諾斯？」

「也許，其實我認為可能是某一個女孩子。」

「誰？哪一個？」

她聽起來完全不敢相信，無論發生了什麼事，她肯定完全不知情。「阿米娜。」

「跳舞的那個？」

「不是，跳舞的是海勒。」

我首次感到不耐煩，甚至怨恨她對女孩子漠不關心，拒絕接受本應屬於她的角色；應該是她來關心她們，而不是我。我接著又感到羞愧，因為我不知道自己的孩子被殺是什麼滋味，甚至不敢想像，況且我沒有立場批評她。

「我打算帶她出去，看看能不能讓她跟我談談。」

「好。」她坐了起來，用瘦弱的雙臂抱住膝蓋。「我很高興有人埋了他。」

「我也是——只要皮洛士不因此殺了人就好，他們準備質問赫勒諾斯，但不會就此打住……」

我回到另一個房間時，阿米娜正在疊毯子，空氣中彌漫著未經清洗的年輕身體的氣味，以及她們略帶酸味的清晨口氣。不管怎樣，我要設法讓大家都能洗個澡。我能做的事實在太少了，我忽然怒火中燒，幾乎到了想尖叫的地步。狂風駭浪，以及俘虜我們的人更致命的暴力，把我們困在一個狹小空間中生活。但是，我提醒自己，現在沒有「我們」了。沒有「我們」，我不再是奴隸——也許這就是我懷疑她們對我有所隱瞞的原因。我希望她們信賴我，但她們一定看到了我懷孕的肚子，我漂亮的衣服，我的希臘丈夫，不知道我真正忠誠的對象是誰。我幾乎無法怪他們，因為我自己也明白所有可能的衝突，特洛伊母親，希臘嬰兒——這樣行嗎？

「阿米娜。」我聽到自己的聲音，比我打算的要尖銳。「我想去採一些新鮮藥草，我希望你跟我一起去。」

我拿了兩個籃子。阿米娜可以拒絕，但也許她不知道有這個選項，又或者她被離開小屋呼吸幾個小時的新鮮空氣的念頭所誘惑。

她只是簡單地說了聲「好」，轉向另一個女孩，問她能不能幫忙她收拾毯子和睡鋪。我先走到門口，慶幸能夠逃離這個沉悶的氛圍，就連風把門從我的手中奪走，在我身後砰然關上，我也覺得開心。幾分鐘後，我準備進去找阿米娜時，她出來了，從頭到腳裹著她平常穿的黑斗篷。

「我不知道軍營裡有個芳草園。」

她今天頗有聊天的興致，我猜她只是在竭力保持常態，希望沒有猜錯。

「有，只是很小，在另一邊的岬角上，但我們不去那一個，我們要去特洛伊。」

她瞪大了眼睛。也許她害怕回去，誰能怪她呢？但她大可不必擔心，我根本沒打算進城。普萊厄姆的果園、菜園、芳草園都位於城牆之外，果園曾是奧德修斯和狄俄墨德斯最喜歡捉拿俘虜的狩獵場，因為老百姓必須冒著生命危險到那裡才能取得基本的物資，赫勒諾斯正是在他父親的果園裡被俘虜的——普萊厄姆不止一個兒子遭遇這種命運。

我們穿過戰壕的狹窄缺口出發了。很久很久以前，希臘人挖了壕溝保衛軍營，因為當時特洛伊人似乎還有可能贏得戰爭，而阿基里斯也尚未因為一心要替帕特羅克洛斯的死復仇而重返沙場。如今戰壕已經被遺棄了，兩側堆著手推車和鏟子，不知道埋葬普萊厄姆的鏟子是不是就是從那裡來的。我斜眼瞄了一下阿米娜，但她目不轉睛盯著前方，當然是看著特洛伊，看著傾圮的塔樓。

我知道河邊有一條小路，但必須穿過戰場才能走到那裡。我們不出聲地走著，阿米娜落在後面，讓我有些生氣，但我還是忍住沒說什麼。地面凹凸不平，我必須看好落腳的位置。交錯的車轍是戰車車輪和行軍步伐遺留的舊傷，宛如刻鏤在大地的記憶。這片平原曾是農田，黑土肥沃，不宜放牧，但種植穀物再好不過。耕地應該是這片土地的原始面貌，也是數百年、也許數千年來的狀態——直到黑船到來。

現在我們已經不指望下雨了，但天空依舊陰沉沉的，在輾得坑坑窪窪的地面蹣跚而行，我感覺很吃力，腋下滲出汗，背部和大腿疼痛難忍，最後不得不停下腳步。阿米娜依舊跟在後頭，像我一樣只顧著看地面，所以撞到我身上。我們站在原地喘息，看看四周。我曾從特洛伊城牆遠望這個戰場，遍地奮戰的背影，男人互相廝殺，國王們高高駕著閃閃發光的戰車。如今，這裡空無一人，荒涼蕭瑟。

也許不該停下來喘氣，因為一抬頭，我就發現再也不能盯著腳下看了。因此，當我們繼續往前走時，我對一切都保持著警覺。這裡的寂靜有種陰森恐怖的感覺，像是你所愛的人棄世後，你會在空蕩蕩的屋裡聽到的那種寂靜——一種有毒的寂靜。為了建造希臘軍營，樹木砍伐殆盡，少了樹木，這裡的土地光禿，不成樣子，毀敗之態暴露無遺。在若干地方，來自深處黏土的地下水滲出，填滿了窪地泥坑，不時有氣泡冒出水面，天知道底下正在進行什麼分解活動。我們穿越了幾個這樣的小湖泊，才走到河畔小徑，這裡起碼還有聲響——水波在石頭上蕩漾——但反而更加突顯了戰場的寂靜。

走到河流彎道，我們撞見一具穿著戰衣的屍體，死了幾個星期，浮腫變形，下半身可憐地暴露在外。流水和大地都沒有帶走他，所以他就躺在那裡，幸好臉歪向一邊。我看到阿米娜把面紗拉到嘴邊，似乎害怕會吐出來，我伸手去碰她的手臂，她劇烈地搖搖頭走開了。

快走到城外時，我們聽到了足以打破寧靜的聲音：烏鴉在冒煙的城樓上空盤旋，發出刺耳的聒噪聲。烏鴉是一種極其聰明的鳥，以往男人準備面對又一日的戰火時，我常常看到烏鴉聚集在一起。鼓聲、笛聲、號角聲、劍敲擊盾牌的節奏——對戰士來說，這種樂音象徵著榮譽、光榮、勇氣、同袍情誼……對烏鴉來說，只意味著食物，牠們不在乎誰勝誰負，牠們的日子總是過得很好。

我們再度停下腳步，望著城裡冒煙的塔樓。我不知道阿米娜是否正想著死在牆裡的兄弟或表親。當我的城邦呂耳涅索斯淪陷時，我失去了四個兄弟，在他們死後的幾個月，一想到他們未埋葬的屍首，就難過不已，現在偶爾允許自己想起時，也是依然心痛不止。但他們都死了，我無能為力——而她依舊活著。

我說：「來吧，已經不遠了。」

「我知道在哪裡。」

一條小路繞著城牆延伸，我們走在這條小路上時，我驀地想起我在特洛伊的時光，在長長的城牆陰影下，花在夜晚來臨之前就會開始閉合。我們現在周圍開滿星星似的淺色花朵，一些已經開始閉合，花瓣皺得像嘴唇。我注意到阿米娜不時回頭張望，也許是希望特洛伊的游擊隊——在大屠殺中奇蹟般倖存下來的人——會現身救她，但只有烏鴉在黑塔上空盤旋，猶如飛到空中的焦木碎片。一開始只有嘎嘎嘎的烏鴉叫聲，但後來我又聽到了另一種聲音，蒼蠅的嗡嗡聲，由牆內傳出來，沒有感情，比烏鴉的叫聲更加難聽。

我本來擔心園子鎖著，結果大門是敞開的，這給了我一種異樣的感覺，好像有人在等著我來。毫無疑問，園丁被叫去幫助把木馬拖過街道，之後也許捲入了慶祝活動，從此再也沒有回來。一進了大門，我們頓時有了高牆的庇護，風也硬生生被攔阻了，果園中，樹梢兀自輕輕搖蕩，但離開了敞開的大門後，地面高度就只剩一絲的微風。我有一種被監視的感覺，不是人的眼睛，而是那些花兒，我們的出現似乎嚇了它們一跳。成群的鳥兒快速振著翅膀，是斑斕小巧的那種鳥，牠們不食腐肉，愛吃種子和成熟的果實。牠們正在享受著一場屬於自己的盛宴，沒有園丁會來驅趕，整整兩排的金翅雀，厚著臉皮停在稻草人的手臂上，像是知道不會有人再讓牠們膽怯了。

兩大塊菜田中間有一條小路，我們沿著小路走到最裡面的芳草園，我立刻動手採集一把把的香菜。從眼角餘光，我看見始終盯著焚毀塔樓的阿米娜也跪下來，開始採集香草，只是她從一排的另一頭開始，離我太遠，我們無法交談。沒關係，我可以等，我知道她也等著我詢問，只是我還不打算開口——還不到時候。

四周蜜蜂嗡嗡飛著，蘋果薄荷、百里香、迷迭香、牛至、月桂香氣交雜，暑氣迫人，好像有一隻手壓在我的頭頂，汗水刺痛了我的眼，我開始覺得頭暈目眩，園子彷彿在四周旋轉。我小心站起身來，勉強走到樹蔭下的長凳坐下。我平常不會這樣，或許懷孕使人更容易發暈？我閉上眼，好想喝幾口水。

再次睜開眼睛時，阿米娜站在我的身旁，「你沒事吧？」

「沒事。」

我舒服了一點，但我的樣子可能不太好，因為阿米娜在我旁邊坐下，「深呼吸。」

我照她的建議，把目光集中在一叢毛地黃上，暈眩感逐漸消失，只是還是筋疲力竭，手腳虛軟。我看了看四下，發現這裡的一切——每一種香草、花卉和蔬菜——都是期盼看到下一個季節、下一個春天的人所種植的，遍地留著日常生活遭到打亂的痕跡：一把鏟子丟在新挖土壟的盡頭，鏟子頭布滿乾土。長凳上，有一張紅白相間的方巾，包著某人吃了一半的午餐：一片麵包，一塊發黴的淡黃色乳酪，乳酪已經咬了一口。無論是誰，當城門打開，木馬被拖進城內時，他一定才剛剛開始用餐。他就這麼不經意地離開，想都沒想，以為會再回來。他消失在歡呼慶祝的人群之中……

那一天我所經歷的一切，不論是走過戰場，不論是看到捐軀疆場的戰士，甚至是聽到牆內蒼蠅的嗡嗡聲，都沒有擊垮我，但一塊有著不知名者的牙印的發臭陳年乳酪，卻讓我崩潰了。我雙手掩面，為特洛伊的毀滅，為普萊厄姆的死亡和他民族的覆滅哭了。

我模模糊糊看到阿米娜的臉龐和瞪大的眼睛，感覺到她用雙臂抱住我，摟著我輕輕搖晃，撫摸我的背部。我哭得涕淚縱橫，不住嘴地說：「對不起，對不起。」最後抽抽噎噎，抬起手背抹鼻子，過了一會兒，甚至拿起那塊紅白相間的布來擦眼淚。我說：「天哪，我不知道我是怎麼了——我不哭的，我從不哭的。」

「好了，好了，沒事了。」

她摘下面紗，用面紗擦我的臉，我們繼續坐在樹蔭下。長凳周圍的地面散落著黏糊糊的褐色蘋果，無數醉醺醺的蜜蜂在這頓蘋果大餐上曲折盤旋。暴風雨似的哭泣結束了，我感覺心裡空空的，但是心情逐漸轉好。我凝視園子裡的各種顏色——紫色、藍色、紅色、綠色、黃色，如此繽紛，如此鮮豔，在混濁的光線下——避開了風，灰雲也散去了，天空如往常一樣投下橙色的光——仍然燦爛奪目。我心想，總有一天，我也要有這樣一座花園。我感到一股近乎是痛楚的希望，就像血液重新流回麻木的肢體。阿米娜不出聲坐在我的身邊，抬頭望著晃晃悠悠的枝葉，除了那句毫無意義的「好了，好了，沒事了」外，沒有想要再安慰我——我很感激。我當時也許就該開口了，畢竟我們的距離瞬間拉近，只是我覺得自己還很脆弱。所以，過了一會兒，我們只是互相看了一眼，就又回去採集香草了。

園子中心搭了一座車輪狀花壇，往外延伸的花壇種植繁殖力強的植物，以免它們滋蔓快速，扼殺其他植物的生長空間。我們以相反的方向繞著這個圓工作，一步步向對方靠近。在長凳上建立的親暱迅速淡去，隨著距離的拉近，兩人之間的氣氛越來越緊繃，最後我們相會了。

我說：「唔，是你嗎？」

她想說的謊到了嘴邊又咽回去，「你為什麼想知道？你不知道不是更好嗎？」

我不理會這個問題，「問題是，他不會懷疑女人，他目前猜測是卡爾庫斯——你應該知道吧，那個祭司？或是赫勒諾斯，因為他們是軍營中僅有的兩個特洛伊人——」

「我是特洛伊人。」

這話很刺耳，「我也是。」

「沒錯，但你的情況不同，不是嗎？」她的目光滑向我的腹部。「你已經做出了選擇。」

「選擇？你認為我有什麼選擇？」深呼吸。「聽著，我是想幫你，如果你保持低調，不做傻事，事情就會過去，我們可以一起度過這個難關。」

「我們？」

「對！我們。」

她露出一個惹人討厭的笑容，我真想給她一巴掌。「你知道他又叫人挖出屍體了嗎？」我緊緊盯著她，感覺得到她的痛苦。

「他說謊。」

「誰說謊？」

「皮洛士，他告訴安卓瑪姬，普萊厄姆死得沒有痛苦——他說死得很快，才怪，就算是普通人，也不可能像他殺普萊厄姆那樣殺一頭豬。讓人難過的是，赫庫芭都看到了，她求普萊厄姆不要穿上盔甲，他還是穿上了——他非戰不可。」

「他做了他必須做的事。」

「沒錯——我也是。」

聽她這番話，我越來越明白她多麼固執，多麼不講道理。她讓我想起剛到軍營時認識的兩個女人，她們是一對姐妹，每到黃昏時分，都要手挽著手，蒙上厚厚的面紗，出門散步，不看左也不看右，總是謙遜地低著頭，走了大約兩百碼後，甚至不用看彼此一眼，就不約而同轉身往回走。表面上，這兩個膽小如鼠的小女人與阿米娜有天淵之別，但我在阿米娜的身上看到相同的頑強，她同樣拒絕接受生活已經改變的事實，讓人無法與她溝通，但我覺得我必須繼續努力。「現在誰再想埋了普萊厄姆，他就殺了誰。」

「我知道。」

話只能說到這裡了。我說：「來吧，既然都來了，還是摘點水果吧，白白浪費就太可惜了。」

果園在園子的另一頭，陰涼，有些神祕，滿是靜靜聆聽的樹木。櫻桃樹上罩著防止小鳥偷吃的網子，我們踮起腳尖，勉強拉到一張網子。阿米娜爬上樹，把櫻桃扔給我。我還記得，櫻桃像瀑布似地落在我的臉龐手臂，留下血跡般的紅漬。我怕她摔下來，求她趕緊下來，她卻只是繼續用櫻桃砸我，笑得樂不知支。櫻桃不只熟了，還熟過了頭，我們忍不住吃了起來，好好吃。我轉頭看她，她嘴邊有兩道像「打勾」的紅色痕跡，好像在微笑。

我們幾乎算是朋友了吧。

回程的路很辛苦，一來籃子很重，二來風直接吹向我們的臉龐。我發現，風在前頭的戰場上是看不見的——沒有連根拔起的樹木，沒有被風吹塌的植物。我們在荒原上舉步維艱，而我算錯時間，還沒走完一半的路，暮色就降臨了。在幽暗的光線下，準備棲息過夜的鳥兒幾乎與黑土合為一體，遲遲不肯移動，我放下籃子，又是揮手，又是拍手，卻怎樣也嚇不著牠們。牠們發出勝利的啼叫，牠們才是征服者——怎麼不是呢？牠們的食道塞滿了人肉。我們只好儘量繞開牠們，一直走到戰壕，見著了燈火，聽到了人聲，才覺得寬心。我是如此渴望回到溫暖且相對安全的軍營，以至於在最後一百碼幾乎跑了起來。

17

回到小屋時，裡面一片漆黑，闃寂無聲。我摸索著走進起居室，一開始以為沒人，後來發現床邊有一團更黑的橢圓形。我用顫抖的手指點了一盞油燈，阿爾西穆斯的影子霍然落在地面上。

「你出去了很久。」

「我們香草不夠了，我——」

「我很擔心。」

「對不起，有什麼需要幫忙的嗎？」

「給我來杯酒，你自己也倒一杯，我們需要談一談。」

我倒了兩杯放在桌上，與他面對面坐著。他說需要談一談，但沒有馬上開口，我知道我不能主動打聽普萊厄姆被埋葬的事，就連流露出興趣也恐怕不妥，但終究還是忍不住問了。「你找到赫勒諾斯了？」

「找到了，他和他姐姐在一起。」

我逼自己等他繼續往下說。

「他只是看著皮洛士的臉，說希望是他自己埋了普萊厄姆，還說他很慚愧，因為這件事應該由他來做。」

「他有沒有……？」我想問他有沒有受到酷刑，旁人為阿米娜的行徑付出慘痛的代價，那是我最大的恐懼。我強迫自己說出這兩個字。

阿爾西穆斯看著他的杯子，「沒有，沒必要，他本來就已經頹靡不振。人一旦做了這種大逆不道的事，就沒有回頭路可走了。」

一陣沉默，我看著他凹陷的臉頰浮現陰影。「你想跟我說什麼？」

「哦，對了，安卓瑪姬，皮洛士希望她今晚在晚宴上侍酒。」

「不——她不能。」

我脫口而出，來不及阻止自己。皮洛士絕對有權這麼要求，她是他的榮譽獎，他想炫耀給部下看，有何不可呢？不久以前，阿基里斯也以一模一樣的方式在晚宴上展示我，我後來習慣了，甚至學會珍惜侍酒讓我聽取消息的機會。但是安卓瑪姬，以她現在的狀態……我不知道她要怎麼應付。

阿爾西穆斯說：「我猜你或許願意陪她。」他對安卓瑪姬向來非常友善，和奧特米登一同埋了她襁褓中的兒子，只是我仍舊訝異他竟然肯允許我這樣做。「如果你不介意的話？」

「她一個人做不來。」我站起來。「要沒別的事，我現在就去找她……」

他遲疑了一下。「在皮洛士身邊時要當心，我剛剛說赫勒諾斯沒有受到折磨，對吧？確實沒有……不過皮洛士做了一件有點奇怪的事，他把匕首插進赫勒諾斯的肚子，不深，只是劃了一道口子，但他後來用手指去蘸血——我猜想，知道赫勒諾斯很害怕，他覺得很得意。」

與營中大大小小的流血事件相比，這似乎是不足一提的小事，不過顯然讓阿爾西穆斯忐忑不安，而他是一個極少感到侷促的人。他又說：「沒有這個必要，赫勒諾斯迫不及待告訴我們他所知道的一切——其實他什麼都不知道！」

我繼續等待，但他不再說話。「如果就這些……？」

「可以了，你走吧。」

我先到庫房，從衣箱取出一件繡花外衣，回到自己的房間梳頭。阿基里斯在世時，這是我每晚的例行公事，如今已經幾個月沒這麼做了。穿好衣服，梳妥頭髮，我開始練習張大嘴巴，咧開嘴角露出笑容，下巴「喀」了好幾聲。往日的緊張和壓力又回來了。我離開小屋，走一小段路，來到不遠的女營。男人開始在大廳外頭聚集，一陣烤肉香從敞開的門飄出，誘得我口水直流，但我知道要過很久才能吃東西——如果到時還吃得下的話。

進了小屋，我直接去了安卓瑪姬的房間。她已經起床穿好衣服，站在床邊顯得有些無奈，仍舊頂著睡醒時的亂髮。她身上的外衣完全不適合，我回到起居間，隨便挑了兩個女孩，囑咐她們去打熱水和拿乾淨衣服。在我的指導下，她們幫忙安卓瑪姬洗臉洗手腳——能洗澡更好，但來不及了——還幫她把頭髮梳得油光水滑。接著，我大吃一驚，阿米娜拿了一個紫色雛菊花環走進來，在這個時節，紫色雛菊開得滿山滿野。她把花環放到安卓瑪姬的頭上固定好，然後退後欣賞。這個顏色非常適合安卓瑪姬，在她烏黑的頭髮襯托下，紫色顯得格外亮眼，只是鮮花免不了與她憔悴臉龐形成鮮明對比。

「你會沒事的。」我一面激動地說，一面揉著她的手臂。「我也會去，你不是一個人，你只要倒那該死的酒，希望酒把他們嗆死就好。」

從女營到大廳，才短短的幾步路，她就絆倒了兩次。我們跨過門檻，我感覺一股熱氣吹開皮膚上的毛孔。百味雜陳——烤牛肉、香料、熱麵包、大汗淋漓的男人、牆壁的樹脂、火把的焦油——但腳下沙沙作響的燈心草發出更加嗆鼻的草味。哦，還有喧鬧聲！起初是錯雜的歌聲，接著逐漸變成咆哮，後來則是嬉笑嘲弄。男人用拳頭敲桌，有時是為了配合音樂，有時是為了抗議上菜不夠快。我帶著安卓瑪姬走到遠處的角落，那裡有一個餐櫃，放著一壺壺的酒，我把一壺塞到她的手中，希望她拿好不要掉了，然後自己也拿起一壺，開始沿著最近的桌子前進，安卓瑪姬在另一側跟著我。墨米頓人以各種親切的方式向我打招呼，有一兩個人甚至拍拍我的肚子，我從來沒想過會被這麼多男人摸到腰部以下，卻不帶什麼性意圖。我看到另外還有兩個女人，平日在火堆旁的平民婦人，正沿著另一張桌子走來，男人不停地亂摸她們的乳房和鼠蹊處，其中一個碰巧瞅了我一眼，儘管已經記不起她的名字了，她那不悅冷漠的表情，我至今仍舊難以忘懷。

等到所有男人都吃飽喝足了，我才有閒暇看一眼主桌。那裡坐著皮洛士、阿爾西穆斯和奧特米登，卡爾庫斯也在，穿著全套的祭司裝束，只是臉上的白粉已經熱得脫妝了。他是否察覺他只是來這裡接受審訊，坐在兩側的男人並非友人？阿爾西穆斯低頭看著自己的盤子。偶爾，從遠處看到自己熟識的人，你對他們的直覺會更加敏銳。阿爾西穆斯比我初次認識時瘦了，也老了。他從盤子抬起頭來，目光打量各張桌子，評估男人的互動，提防戲謔演變成真正的侮辱，舊瘡疤又被挖起，所有人開始報仇尋事。這些男人多年來活得提心吊膽，現在應該要輕鬆了，翹首盼望的返鄉之旅卻不斷地延後，心情難免沮喪。每一天都以希望展開，以失望結束。他們方才贏了一場戰爭，這場勝利是史上最偉大的勝利——這無可否認——但怎麼會開始嘗到失敗的滋味了呢？

因此，阿爾西穆斯總是提高警覺，尋找紛爭即將爆發的跡象，我轉身環顧四周時，明白了原因。皮洛士從他母親的斯基羅斯島帶來一群年輕人，他們喝得泥醉，大喊大叫，糾纏女侍——這都不是什麼新鮮事，但我看得出來，在墨米頓人的眼中，這種行徑等同於輕慢了承受最多戰鬥壓力的沙場老將。皮洛士跟著年輕人謾罵叫囂，一張臉漲得通紅——他蒼白的膚色確實容易泛紅——顯然是醉得一場糊塗，非但沒有樹立榜樣，反而成了問題的主因。以前我一個人坐在小屋梳理羊毛，監督晚餐的準備，等著阿爾西穆斯回家，所以看不到這一切。現在我清清楚楚看到了：這座大廳，從地板到天花板，都堆滿了易燃物，只消一個火花，就足以引燃大火。

安卓瑪姬臉色蒼白，憔悴不堪，但至少還能站起來，超乎我的期待。我悄聲叫她開始收集酒壺，重新裝滿後，擺在桌子上，就可以等待退下的信號。至少阿基里斯活著的時候是這樣，我總是獲准在男人放肆痛飲以前離開。我們每隔一段距離就在桌上放一壺酒，然後我送了幾壺上等美酒到主桌，安卓瑪姬站到皮洛士的椅子後方，皮洛士把杯子遞給她，瞧也沒瞧她一眼。她倒酒時，我在她身上瞥見一種從未見過的剛毅，這給了我希望。

多數人已經飽了，勉為其難繼續吃幾口肉，或者用麵包蘸著肉汁吃。在主桌上，皮洛士聊起有人想埋葬普萊厄姆一事，他說，不管誰幹的，還沒做完就被打斷了，所以屍體已經被挖出來，他派人看守，確保這種事不會再發生。主桌的每個人早都知道了，這番話是說給卡爾庫斯聽的，他似乎對話鋒的轉向感到不解。我看得出來，他原本就對自己受到的招待不滿，他沒有被要求帶領大家祈禱，也沒有被要求向神祇奠酒，皮洛士現在還進一步激怒他，態度充滿了挑釁，一絲尊重也沒有。

彷彿無形的我不出聲倒滿他們的杯子。突然，我朝大廳另一頭望去，心中冒出一個想法：好懷念啊。

用餐完畢後，就是唱歌時間了。營中有幾個知名的吟遊詩人，皮洛士請來了一位。吟遊詩人通常獨唱，不過男人也可以加入合唱。每一首歌都以阿基里斯為主角，歌詠他短暫的一生、他光榮的就義、他的勇氣、他的長處、他頻繁而駭人的盛怒。我沒聽過如此精彩的詩歌和音樂，記得有一首歌就叫〈怒〉。我恰好站在主桌邊的暗處，可以觀察皮洛士的表情，他聽著詩歌音樂讚揚父親的成就，一定感到非常驕傲，只是我不禁好奇是否有其他更難以承受的情緒也在迸發。在軍營的某些地方——不止在墨米頓人的營區——阿基里斯被奉為神，皮洛士一定有過這樣的時刻，感覺自己像在巨橡樹蔭下掙扎求存的弱小樹苗，他懷疑過自己嗎？我相信一定懷疑過。

最後一首曲子漸漸沉寂了，男人站起來，拍手敲桌，朗聲致謝，而吟遊詩人則在主桌坐下，接過一杯酒。

不久，阿爾西穆斯告訴皮洛士，差不多該讓安卓瑪姬和我退下了。皮洛士愣了一下，點點頭。我們退到小房間，也就是「櫥櫃」，坐在床上，吃麵包和無花果乾。安卓瑪姬不停地深呼吸，好像在那之前快要窒息了。

我起身離開時，對她說：「振作點，運氣好的話，他可能會昏過去。」

我穿過院子，回到阿爾西穆斯的小屋。但我還不想睡，所以拉了一把椅子，坐在門廊最隱蔽的地方。大廳人聲鼎沸，夜晚即將結束時，在男人出去找其他樂子之前，大廳總是嚌嚌嘈嘈，但通常不至於高聲喧嘩。我思忖著是否該去另一頭的女營，向阿米娜警告守衛的事，不過女孩子應該都休息了，諒阿米娜也不敢冒這麼大的險。不會有第二次了，我們都只會勇敢一回。

我的腦海全是晚宴的情景和聲音，以及無意中聽到的對話片段。那些隻字片語本身毫無意義，兜在一起卻形成了一種模式。皮洛士，不能或不願控制斯基羅斯島年輕人；阿爾西穆斯，一臉警惕，盯著桌子上上下下，他為皮洛士所做的——遏止紛爭——正是帕特羅克洛斯當年為阿基里斯所做的。但帕特羅克洛斯享有阿基里斯的完全信賴，而我懷疑皮洛士私下怨恨與他父親並肩作戰的阿爾西穆斯，因為阿爾西穆斯認識他永遠不會認識的人。我現在更理解阿爾西穆斯所承受的壓力。

喧囂越來越響亮，不過我聽不清他們在喊什麼，看來今晚不得安寧了。我站身準備進屋，這時大廳門口傳來一陣騷動，皮洛士和卡爾庫斯出現在門廊上，顯然起了爭執，吵架的內容似乎與阿波羅有關。皮洛士認為阿波羅介入了阿基里斯的死亡，他說顯然沒有凡人能消滅阿基里斯，所以這一定是神的傑作，每個人都知道阿波羅痛恨阿基里斯，因為阿基里斯在力量和外貌上與阿波羅不相上下。卡爾庫斯認為皮洛士在褻瀆神靈，所以舉起了手，我認為是想表達抗議，但皮洛士可能視為威脅。總之，他抓住卡爾庫斯的手腕，用力把他推向臺階。皮洛士應該無意傷害卡爾庫斯，但很不巧，卡爾庫斯的一隻腳被長袍下擺纏住，一頭栽下了臺階，呈大字型展躺在院子，喘不過氣來。

幾秒鐘後，卡爾庫斯抬頭，顴骨上一道深深的傷口滲出血，把臉上的白粉染成了一團凌亂的粉紅。皮洛士目瞪口呆看著他，先是驚恐萬分，然後笑了起來。他可以就此作罷——情況夠糟了——但斯基羅斯島的年輕人從他身後的門裡擠了出來，哈哈大笑慫恿他。卡爾庫斯已經勉強翻過身，面對那個四肢著地的誘人背影，皮洛士簡直無法抗拒，跳下臺階，一腳不偏不倚踏在卡爾庫斯的屁股上，又把他踢了個跟頭，然後轉向他的擁護者，振臂吼叫。那群人自然是拍拍他的背，撥撥他的頭髮，把他拉回大廳，喊著要女人送更多的酒上來。

我的第一個衝動是跑去幫忙，但我沒那麼做，反而退到更暗的陰影，看著奧特米登扶起卡爾庫斯，撣去他身上的灰塵。通常，目睹一個人受辱的人，與羞辱他的人同樣會遭到憎恨——我並不想與卡爾庫斯為敵，大家說得沒錯，他不受阿伽門農的青睞，但或許仍然是一個有權有勢的聰明人，所以我只是看著奧特米登扶著他，蹣跚地走了幾步。我知道奧特米登信仰虔誠，對適才目睹的侮辱必然感到心痛。祭司一瘸一拐走過時，火堆旁有幾個人發出竊笑，甚至公然嘲笑他，這也不是因為他們不喜歡卡爾庫斯，而是欺軟怕硬，如同黃鼠狼聞到了血腥味，隨時都想欺侮他們認為的弱者。不過也有人顯然感到驚駭，卡爾庫斯搭著奧特米登的肩膀，拖著腳步緩緩走向大門，有一兩個人甚至做出避邪的手勢。

我猜想奧特米登一路攙扶著祭司回到家，因為我在門廊上逗留了一會兒，卻沒見到他回來。

18

事發的翌日，皮洛士下令男人到院子集合，站在廊下的臺階上對他們說話，這是一次失策的表現。皮洛士告訴眾人，有人企圖埋葬普萊厄姆（他們早知道了），接著又說，任何人再這樣做，就是死路一條。在所有營隊中，墨米頓人對領袖最為忠心不二，皮洛士卻還是就忠誠問題高談闊論，墨米頓人最後照樣為他歡呼，只是聲音稀稀落落。人群散去時，我發現他們沒有交談，而是在交換眼神。

我繼續忙碌，把小屋打掃得前所未有的乾淨，但一坐下來閉上眼，如同潮水沖入岩石區的潮水潭，各種畫面一下子都湧進了腦海中——阿米娜在安卓瑪姬的髮上放了紫色雛菊花環；皮洛士滿臉酡紅，肆意大笑；卡爾庫斯四仰八叉躺在泥地上。我做了一件可能讓一些人覺得我背叛她們的事——請阿爾西穆斯派守衛在女營四周巡邏，他是否記得交代下去，我不知道。晚餐時，我和安卓瑪姬一起在大廳倒酒，氣氛十分緊繃。

不知何故，皮洛士早上的談話加劇了他從斯基羅斯島帶來的年輕人和墨米頓人之間既有的敵意，不止如此，皮洛士似乎也鼓勵這種分裂。我不認為這群年輕人是他的朋友——我不敢說皮洛士有朋友——但他好像認為必須討好他們。晚宴快結束時，一位年長的墨米頓人和一位斯基羅斯島首領吵了起來，這個墨米頓老人平日不愛爭吵，只是忍無可忍。阿爾西穆斯走去勸架，奧特米登隨後也介入，皮洛士的地位仰仗於他們兩人控制他部下的能力，而他非但完全不給予支持，還削弱他們的權威。晚餐結束時，斯基羅斯島年輕人跳上桌子，大跳勝利的舞蹈，皮洛士拍手叫好，我只好不停提醒自己，他只有十六歲。

那天晚上，我睡得很不安寧，天還未亮就忽然驚醒，眼睛盯著黑暗，知道是一個沒聽過的聲音把我吵醒。我仔細分辨風的各種聲音，風如往常一樣發出呻吟、嘆息、抽泣和哨音，床腳的搖籃咯吱咯吱響，沒有一個聲音是沒聽過的。但緊接著那聲音又傳來了：牆的另一側傳來急促的低聲，有人想喚醒我，但又不想敲門引起他人的注意。我把嘴唇貼在木板之間的縫隙上，問道：「是誰？」

「梅爾。」

我睡得迷迷糊糊，過了一會兒才想起她的樣子。是那個眉心相接的粗壯姑娘，總是包著一件寬鬆的黑袍子，即使在小屋裡也不脫掉。過度保守，連阿米娜都沒有她那麼誇張。

「什麼事？」

「阿米娜不見了。」

「不見了？什麼意思——不見了？」

但我明白她的意思，不等她回答，就抓起斗篷，摸索著穿過通道。我打開門時，她正繞過小屋轉角，蒼白的月亮臉在黑暗中若隱若現。我說：「你回去吧，我去找她。」

她點點頭，正準備要回去，我拉住她的手臂。「她不見多久了？」

「我不知道——我們都睡著了。」

「好吧，你現在回去，告訴大家別擔心。」

其他人知道多少？我擔心阿米娜把其他女孩拖入她瘋狂的行動中，只是我認為她應該不會這麼做，她對自己的孤立、對自己的孤僻、對自己快快不樂的正直過於自豪，不可能分享她正在承擔之風險的功勞。只是離開小屋時，我仍然隱約在想：不，她不會這麼做的。現在不能，屍體附近有人把守，皮洛士一心要揪出罪魁禍首，她一定聽到他的警告，營區每個人都聽到了。但也有另一種可能，就是她乾脆逃之夭夭，也許我甚至——無意中——推了她一把。她也看到了，廢棄的特洛伊菜園有那麼多的食物，她可能以為可以躲在那裡，但這麼做又有什麼未來可言呢？劫食的烏鴉，飽餐的蒼蠅，燒毀的房屋，圮毀的神廟，即將來臨的冬天？她會徹徹底底孤孤單單好幾個月，最後田裡的蔬菜腐敗，樹上的果實腐爛，現在看似充足的食物很快就會耗盡。

我想像她跑過戰場的畫面，並非是因為我認為她跑過去了，而是我知道她沒有，而沒有跑過去的另一種情況糟得讓我不忍去想。我真正的想法其實從我的腳步就能看出來，我的雙腳把我帶到馬廄院子。我的斗篷是用藍色羊毛做成的，顏色極深，很容易被誤認為黑色，我用斗篷緊緊裹著頭，遮住眼睛之外的其他五官。我挨著一幢小屋的側面悄悄前進，確定沒有人注意我，才趕緊跑過空地，衝入下一幢小屋的陰影中。隔著木牆，我聽到呻吟私語，時不時還有哭聲，在軍營中，很少有男人能睡得安穩，在黑漆漆的深夜中，特洛伊城內的記憶不那麼容易被抹煞。我向前方眺望，要麼我的眼睛逐漸適應了黑暗，要麼就是天剛剛開始逐漸亮起了。

馬廄院子燃著火把，在大風中，火光似乎總是搖曳不定。我必須當心，因為我知道有個小馬夫就睡在最裡面的馬具房，有時會張著嘴走出來，眼神茫然，頭髮上還黏著稻草。我遲疑了一下，馬察覺到陌生人，開始左搖右擺。馬討厭風，即使沒什麼事也容易躁動，有一匹馬打了個響鼻，踢了踢門，另一匹發出馬嘶回應。我強迫自己待在原地不動，直到再也沒有馬鳴聲，才走出暗處，躡手躡腳穿過院子。

我很快踏上一條煤渣小路，這條小路穿過灌木叢，通向牧場。在這裡，我覺得更加孤立無助，沒有牆的保護，遠處又傳來男人的聲音。濃密的烏雲在天空中移動，但我知道烏雲後面是一輪隨時可能露臉的圓月。我蹲下來努力尋找守衛，我用力凝視，樹木和灌木的輪廓都彷彿開始晃動。找到了，在兩百碼外，他們生了一堆小火，圍在火堆旁，影子在粗糙的草地上忽隱忽現。我數了一數，有三個人，其中一個向前傾身，朝火裡扔了一根木頭，我才發現他的腦袋後方還有第四個人。在火光映照下，隱約可見數張蓄著鬍鬚的臉龐，因為溫度開始下降了，他們拉上斗篷的帽子，裹得嚴嚴實實。他們選擇屍體下風處的位置，離得越遠越好，還能振振有詞聲稱在看守屍體，我則沒那麼幸運，已經聞到空氣中瀰漫著一絲的異味。

我眼前的地面，我自己的雙手，突然變得更亮了。原來風把雲層吹開一個洞，月亮從中探出頭來——是一輪蒼老憔悴的月，除了悲傷，什麼都沒有。我想起了赫庫芭，不禁打了個寒顫，但現在腦子除了阿米娜，實在容不下其他人。她在哪裡？我沒有聽到聲響，也沒有察覺任何動靜，非常希望守衛的聲音早把她嚇跑。我猜她應該在海灘上徘徊，訓練自己接受無法接受的事實，就像我以前一樣。如果我走那條路回去，也許可以追上她，所以我穿過沙丘，悄悄快步前進，走幾步就蹲下來，讓自己不容易成為風的目標。在頭頂上方，濱草在月光下閃爍著銀光。我告訴自己，我可以快步走過那具屍體，確認她不在那裡，再沿著沙坡滑到沙灘上，最後安全返家。但是我又立刻想起一件事，我不能從那條路回去，因為營區入口有人把守，守衛認得我，要解釋我半夜四處遊蕩做什麼可能有些困難。那事以後再擔心吧。我雙膝跪地，用斗篷遮住嘴鼻，朝那股氣味的方向爬去——靠著三條腿，一跛一跛地在鬆散的沙地上爬行，模樣十分好笑。我不斷停下來，拉長耳朵傾聽守衛的聲音，但不是風聲蓋過了他們的聲音，就是他們已經安靜下來，是睡著了嗎？可能吧，我想不出比這更無聊的工作。

但隨後我聽到一個聲音——急促微弱的呼吸聲。我想起所有食肉動物，牠們可能晚上被屍體吸引過來，但我不能大喊大叫把那東西嚇走，那樣會引起守衛的注意，只好繼續沿著小路往前走。天色漸亮，前方的沙坡閃著白光，馬夫總是在破曉以前就起床，隨時會把馬牽到牧場。我告訴自己，瞧一眼就回家。當我靠近時，呼吸聲愈加大聲，氣味臭得不可名狀——然後，我看到了她，蜷縮成一團黑影，正拚命地徒手刨土。

「阿米娜。」

她轉過身來，滿臉的驚恐，發現是我之後，啞著嗓子說：「走開。」

我匍匐前進。屍體周圍的地面已經亂七八糟，遍地是她像動物爪子的扒痕。我強迫自己仔細看一看，屍體已經掩埋了大半，只剩一隻骷髏手臂露在外面，彷彿朝我伸過來。我記得那隻手的手掌曾經閃著一枚銀幣，只是現在手掌已經沒了，半點肉也不剩。白骨懇求我把它蓋起來。我不假思索，自然而然學著阿米娜徒手亂挖亂扒。我們不看彼此，也不交談，但兩人齊心協力，很快就完成了任務。我在外衣上擦了擦手，準備站起來，但阿米娜竟然開始為死者祈禱，讓我驚恐不已。光明永駐，安息永世……「阿米娜！」我壓低聲音喊了一聲，胸口彷彿有什麼東西堵住了，令我呼吸困難——不是喉嚨痛或感冒時那種惱人的小阻塞，而是男人拳頭一般大的障礙。「聽我說，你已經完成你出來要做的事，我們現在必須回去了。」

她搖了搖頭，「等我做完禱告再說。」

「你可以回到小屋再做。」我看到她另一側的地上有東西，一大塊麵包和一壺酒，完成儀式需要這兩樣東西。「況且你已經做過一次了。」

「沒有，那時有人經過，我只好停下來，這次我一定要好好做。」

「你認為神在乎嗎？你做得夠多了。」

但她不肯聽，我也不能離開她。於是我們跪在那裡，喃喃為逝者祈禱：平安的渡海，寧靜的大海，終點的安寧……這是我們把脆弱的船隻送入黑暗時所懷抱的所有希望。這一生，我參加過幾次敷衍了事的葬禮，但從沒聽過那天晚上那樣急促的葬禮禱告。唸完後，阿米娜掰下一塊麵包給我，然後遞給我酒壺。麵包皮很硬，酒很酸，等我勉強咽了下去，臉頰已經流下兩行淚——並非悲傷的眼淚。阿米娜好不容易咽下了麵包皮，還差點噎著，然後把最後一杯酒倒在沙地上，作為對神靈的祭奠。地面十分乾涸，所以水滴彈了起來，地表出現皺褶，不過酒水終究滲入了地下。我察覺阿米娜的嘴角有一塊紅色汙漬，看到紅漬，我才知道天色已經很亮了。

我瞬間勃然大怒。「現在快走吧。」說著我拉住她纖弱的手臂，把她拉了起來。

她盯著我看，我不明白她為什麼不動也不說話，但隨後發現她不是在看我，而是我身後的什麼東西。此時，一隻手抓住我的後頸，我全身一震；肚裡的孩子踢了我一下。其他守衛從他身後走上前，我轉過身，希望他們看清楚我是誰，因為我知道墨米頓人不會傷害我。但當我逐一看過去，沒有一張臉露出微笑，沒有人認得我，全是來自斯基羅斯島的年輕戰士，皮洛士的部下，我知道我對他們沒有影響力。他們粗暴地把我們的手臂拉到背後，強迫我們走在他們前面，沿著陡峭的小路走向營地。

19

他們押著我們，離開了墳墓，穿過馬廄院子。此時，太陽陡然升上地平線，刺眼的陽光灑在馬夫的臉上，他們轉身看著我們。過了馬廄院子，就到了皮洛士的大廳，那裡有更多的守衛，這一次是墨米頓人，他們認出我是阿爾西穆斯大人的妻子。

其中一個說：「我們應該去找阿爾西穆斯來。」

抓著我的守衛說：「不行，皮洛士大人說得很清楚，要直接交給他。」

於是他們把我們推上臺階，來到門廊，開始敲打屋門，敲了好一會兒，皮洛士才親自來開門。他鬆垮垮地披著一條紫銀色的被子，除此之外一絲不掛。剛從睡夢中醒來的他，睡眼惺忪，望著一張張的臉龐，脾氣相當暴躁，不明白怎麼有人突然闖來。「怎麼回事？」

「我們發現她們在埋葬普萊厄姆。」

皮洛士讓到一旁，守衛把我們推到大廳裡。

皮洛士詫異地盯著我們說：「女人？你們確定嗎？」

「我們都看到了，大人——也聽到了，她們在為死者祈禱。」

許多墨米頓戰士隨著我們進入大廳，一個咳了一聲，指著我。「這位是阿爾西穆斯大人的妻子。」

「是嗎？」

皮洛士沒有理由知道我嫁給了阿爾西穆斯，即使他難得到阿爾西穆斯的小屋注意到我，恐怕也以為我只是又一個女奴。

「她在那裡？」

年輕人面面相覷，有些不安，但押著我的那個人點點頭。

「那麼，我想你最好去叫阿爾西穆斯來。」皮洛士顯然覺得必須掌控局面，用手指戳了戳一個守衛。「你——留在這裡，其餘的人，回到那邊，**把那個老傢伙給我挖出來！**」

我看到阿米娜縮了一下，但是當皮洛士直視她時，她用挑釁的眼光看著他。我則盯著自己的腳，害怕阿爾西穆斯出現的那一刻。

皮洛士說：「我去穿衣服，盯好她們。」

他闊步走出了大廳。我突然感到一陣暈眩，懷著渴望看著桌旁的長椅，我知道向墨米頓戰士求助沒用，他們沒有力量對抗皮洛士，只是驚訝地看著我。天知道要多久才能找到阿爾西穆斯，他可能在軍營的任何地方，大吃大喝……或者在其他女人的床上。所以我只好看看大廳四周，在前一夜的宴會結束後，大廳總是顯得荒涼，亂七八糟，餿掉的油脂、牆壁的樹脂、冒煙的油燈味——前一天才鋪的草已經破爛得無法讓空氣變得清新。我頭暈目眩，開始慢慢靠向長椅，就在這時，皮洛士回到大廳，一張臉氣得打結。「為什麼？」他說。

阿米娜直視著他，「我埋葬我的國王，這還需要解釋嗎？」

皮洛士不假思索賞了她一巴掌，巴掌聲在大廳裡迴響。

「你知道我說過屍體不能埋？」

「我知道，但你不能這麼做——你不能隨便推翻神的規定，沒人可以——我不在乎那些人多有勢力。」

我以為他又要打她了，但走廊傳來腳步聲，分散他的注意力。阿爾西穆斯走進大廳，頭髮蓬亂，外衣酒漬斑斑。他向皮洛士行禮，目光卻只盯著我。「你到底著了什麼魔？」

他的聲音低沉而急促，近乎耳語，但阿米娜還是聽到了。

「她什麼也沒做。」

皮洛士說：「守衛當場抓住了她們，她們兩個。」

「沒錯，但她不是去埋葬他——她只是想阻止我。」這句話是真的，也是假的。我閉上眼睛，不想去想，卻看見普萊厄姆只剩骨頭的手從地上向我伸出來。我幫忙埋葬了他，不是出於對諸神的服從，而是對一位老人的尊重。當我還是一個極度需要他人善意的孩子時，這位老人待我很好。有那麼一刻，我很想接受阿米娜提出的逃脫辦法，但隨後我說出了口——聽到自己說——「不對，我確實幫她埋葬了他。」

阿米娜快速轉過身來。「你才沒有！」

我瞄了一眼，立刻明白她有多麼驕傲。她站在那裡，臉色慘白，臉頰有皮洛士的手印，卻閃著驕傲的光芒。她不是想要救我，而是想讓他們相信她獨自行動，也許現在她自己已經相信了。

我不出聲向皮洛士伸出雙手，我的雙手沾滿泥土，每個指甲都是黑色的。

皮洛士對阿爾西穆斯說：「這事我不會輕易放過，我不管她是誰的妻子。」

阿爾西穆斯說：「這件事我並不知道。」

阿米娜繼續堅持：「她沒有幫忙，她只是想把我拉回小屋。」

阿爾西穆斯不理她，「我妻子的事，我會處理。」

皮洛士說：「不能給你處理，她們是一夥的，你看她的手就知道了！」

「你打算怎麼處理？」

「我不知道，我看先把她們關起來吧。」皮洛士像一頭迷惑的公牛搖著頭。「這背後肯定有其他人——不可能只有女人。」

阿米娜插話道：「我跟你說了很多次——沒有別人。」

突然間，我意識到她一心求死，她可能會死——我也會跟著她死。

阿爾西穆斯說：「有一間洗衣房，那邊有鎖。還有一間儲藏盔甲的小屋。我想你不該把她們關在一塊。」

我無法看著他——他背叛了我，但真正令我驚訝的是，他也背叛了阿基里斯。

皮洛士說：「好，我們稍後再決定怎麼處置她們。」他對守衛點點頭，他們上前押著阿米娜離開大廳，其中一人抓住她的脖子後面，推著她往前走。

阿爾西穆斯說：「喂——沒必要這樣吧。」

一隻手抓住了我的手臂。阿米娜和守衛快走到門口時，外頭傳來一陣嘈雜聲，被派去挖掘屍體的守衛衝進了大廳——根本不需要「挖掘」，沒有比那更淺的墳了——一個瘦骨嶙峋的年輕人被推到前面，他的眼神空洞，動作怪異，像是關節脫臼了。我認得他，不用看守屍體時，他在馬廄裡幹活，通常是其他人的笑柄，有點類似村裡的白癡，但在安撫緊張的馬匹上，沒有人比他更拿手。

「去吧。」其他守衛把他推到最前面。「去吧，讓他看看。」

這個可憐的小夥子，隱約意識到自己被丟了一顆燙手山芋，站在人群中間，絕望地從一張臉望向另一張。皮洛士卻對他出奇地有耐心，他一定認識這個男孩，因為他常常待在馬廄院子，做著——據說——相當卑微的工作，給馬擦汗，清潔馬具，甚至是清掃馬廄的馬糞……他那種地位的人根本不會做的事。現在他湊過去，溫和地問：「你拿的是什麼？」

男孩不情願地張開他的手，在光下閃閃發亮的是一個男人的戒指——我最後一次看到它時，它掛在安卓瑪姬脖子的鍊子上。阿爾西穆斯和守衛都不知道這是誰的戒指，也不知道它為什麼重要。我本能地別過身，把臉藏了起來——我也不太清楚為什麼——好像覺得既然我認得這枚戒指，他們莫名其妙也會跟著認出來。

但是皮洛士認出來了，「這是我給安卓瑪姬的。」

「是我偷的。」阿米娜趕緊說：「她洗澡時脫下來……我就偷走了，她非常難過，到處找——差點沒把小屋給掀了……」

她急得話都說不清，我閉上眼睛，希望她別再說了。

阿爾西穆斯說：「為什麼要偷？」

「為什麼要偷？付錢給擺渡人啊。」

入斂時，傳統作法會在死者眼睛上放硬幣，使眼瞼保持閉合。但虔誠的人相信，硬幣也是用來支付渡資，擺渡人才會帶著逝去的靈魂渡過冥河，前往冥府。阿米娜沒有硬幣，沒有珠寶，沒有任何有價值的東西，所有的女人都沒有，只有安卓瑪姬例外，她有普萊厄姆的戒指。阿米娜說的是真話嗎？安卓瑪姬來我的小屋洗澡時，並沒有把戒指拿下來，但這不表示她從來沒有拿下過，阿米娜確實有機會偷走——硬要這麼解釋的話，也是說得通的。

沉默持續良久。皮洛士看著四周，我感覺他開始對我們所有人有了不同的看法，阿爾西穆斯、我、阿米娜、安卓瑪姬……他一定開始覺得這是一場陰謀。他的目光仍舊盯著我們，嘴裡卻突然高呼：「安卓瑪姬！」

她出現得那麼快，一定原本就在門口偷聽。她朝皮洛士走去，我看到她怕得抿緊了嘴唇。

皮洛士拿出戒指，「這是你給她的嗎？」

安卓瑪姬從皮洛士的臉看向他的手，又看向他的臉，什麼也沒說——好像一隻被白鼬迷住的兔子。

「是我偷的！」阿米娜大聲說。

皮洛士轉過身，拳頭又向她揮去。這一次，阿米娜摀著鼻子，手拿開時，上頭都是血。

皮洛士回過頭來對安卓瑪姬說：「好——是你給她的嗎？」

「我不知道發生了什麼事，早上還在，晚上就不見了，對不起。」她抽泣起來。「對不起，真的很對不起。」

安卓瑪姬看著皮洛士說話，但我覺得這句話是對阿米娜說的。

阿米娜說：「戒指不是她給我的，是我偷的。」她直勾勾地盯著皮洛士，鼻子仍然滴著血。「她們兩個都沒幫忙，是我做的——我一點也不後悔。」

她轉過身去，自顧自地走向門口，守衛跟上去，看起來更像是皇家護衛。門關上後，屋裡陷入了寂靜。

阿爾西穆斯拿起一盞油燈交給我，「燈一定要留給她。」墨米頓守衛點點頭。

「好。」皮洛士對阿爾西穆斯說：「我們以後再談。而你——」他用手指戳著安卓瑪姬，「**給我滾出去！**」

20

到了庫房外，守衛停下腳步，開始打開門鎖。共有三把鎖，證明裡面放置的盔甲價值不菲。開好鎖後，他站在一旁，禮貌地請我進去。我認出他就是我在大廳侍酒時撫摸我肚皮的人之一，他以行動表示對阿基里斯的血脈的忠誠，唉，可惜，這樣的舉動現在幫不了我——送我來這裡的人就是阿基里斯的兒子。

我跨過門檻，守衛在我身後關門上鎖，他們大可不必用鎖把我關在裡頭，我是能去哪裡呢？油燈往小屋四周投下一圈朦朧的光，我看到了鋥亮的銅光。我起先蹲在油燈旁，凝視門下的一線微光，把顫抖的雙手放進袖子裡取暖，但還是抖個不停。周圍瀰漫著金屬和油布的氣味，那味道既冰冷又沉重，彷彿在我的肚子裡沉澱下來，像一塊石頭躺在那裡。我想，在那一刻，我真正明白了自己的地位有多麼脆弱。身為阿爾西穆斯的妻子，我開始對自己的新身分感到安全，但進到了庫房裡，身後是一扇緊鎖的門，我明白了自己與奴役的距離始終只有咫尺之遙。

我的一生，我度過的年年月月日日夜夜，尤其是那一天——我的城邦呂耳涅索斯淪陷的那一天——將我帶到了此時此地。那一天，我登上城樓屋頂，遠眺下方的鏖戰，眼睜睜看著阿基里斯以長矛刺殺我的么弟——直刺他的喉嚨——在拔出長矛之前，阿基里斯轉身仰望城樓。我知道太陽在我的身後，他看不到我，頂多只能看到一個黑點從上方往下看——但我卻感覺他直視著我。漸漸地，女人三三兩兩從樓下爬上來，我們一起等待結局的到來。當希臘戰士砰砰砰奔上樓時，我母親那邊家族的表妹雅麗安娜拉著我的胳膊，無聲地說：來吧。然後她爬上護牆，在戰士們衝進來的那一刻，縱身一躍。墜落時，她白袍飄飄，宛如一隻灼傷的蛾。雖然只有幾秒鐘，她似乎過了很長時間才落地，她的哭聲漸漸消失在一片死寂中。在死寂中，我緩緩走到其他女人的面前，轉身面對進來的男人。

雅麗安娜說：來吧。

但我選擇了留下。從那一刻到這一刻所發生的一切，都是這個抉擇的結果。從到軍營的第一個小時起，我就保持戒心，提高警覺，一心只求活下去——直到看到普萊厄姆的手在骯髒沙地上蒙羞的那一刻。我後悔幫忙埋葬他嗎？後悔，很後悔。

不，不後悔。

我蹲在庫房門邊，覺得自己只是誤打誤撞，我出門的目的是阻止阿米娜，我也確實說服她離開，不要完成任務。只是後來我看到了普萊厄姆的手，冷不防就像狗一樣開始亂扒沙子。我做了祈禱，喝了酒，把乾硬的麵包硬塞進喉嚨……我確實是埋葬了普萊厄姆，而不到二十四小時之前，我才聽到皮洛士說埋葬他只有死路一條。我把過去可怕的一年中掙得的一切都拋棄了，我相信皮洛士一定會殺了我，或者叫人動手，而阿米娜會繼續說謊來救我——或者拯救她自己的信念：她是唯一膽於反抗皮洛士、服從眾神的人。但我不認為他們會相信她，他們為什麼要相信呢？我都已經讓皮洛士看到我指甲縫的泥土了。

我閉上眼睛，漸漸地——這是一個緩慢的過程——覺得有魂魄在身後的黑暗中一點一滴浮現。「魂魄」這個詞不恰當，但我不知道該怎麼形容。我睜開眼睛，強迫自己把燈籠舉到頭頂，震驚得叫了出聲：在遠處的牆壁，普萊厄姆、赫克特、帕特羅克洛斯和阿基里斯一字排開。但我的驚叫聲又逐漸低了下去，因為他們並不在那裡，怎麼可能在呢？我看到的是成套的盔甲。我以為盔甲堆放在角落，結果原來是固定在牆上，每一件都擺放在應該的位置，構成了人的形狀——一眼就能認出的男人。那是普萊厄姆的盔甲，赫庫芭曾求他不要穿上，上頭血跡斑斑——沒有人會擦掉敵人的血。一旁是赫克特的盔甲，他著名的翎羽頭盔在光線中閃閃爍爍，但缺了盾牌，安卓瑪姬求皮洛士讓她襁褓中的兒子葬在父親的盾牌下，皮洛士同意了，但後來後悔了自己的慷慨大方，我可以想像他每回看著空蕩蕩的地方，內心會是多麼憤慨。最後是阿基里斯的盔甲，盾牌同樣不見了，不過那只是因為皮洛士把它放在大廳，和阿基里斯一樣，常常全神貫注地把它擦亮。

我把燈籠舉得更高，抬頭看著頭盔，我一移動手，明與暗就在金屬上相互追逐，讓面罩的眼洞後方產生——或出現——動靜。原本只有一個人在呼吸，接著我聽到兩個人的呼吸聲。沒有言語，也不用言語，我不知道這次的會面——確實感覺像是一次會面——持續了幾分鐘還是幾個小時，但它改變了我。在波麗克西娜香消玉碎的那一天，我站在阿基里斯的墓旁告訴自己，阿基里斯的故事在他的墳墓結束，而我的故事即將展開，事實呢？阿基里斯的故事永遠不會結束：只要有男人陣亡的地方，就有阿基里斯。至於我——我的故事和他的故事緊密相連。

門外傳來人的聲音。門開了，一道越來越寬的日光在黑暗中劃出一道弧線，如冷水般打在我身上，讓我從恍惚中清醒過來。阿爾西穆斯喊了一聲：「布莉塞伊絲！」我走過去，他退到一旁讓我出去。我們穿過院子，我一路上都感覺到他在我背後氣得身子發僵，看來算帳的時候到了。果然沒錯，我走入起居室，發現奧特米登已經等在那裡了。

阿爾西穆斯坐到桌旁，「好，我們從頭開始。」他指著椅子，我坐了下來。光線昏暗，所以他點了一根蠟燭，放在離我很近的地方，我的皮膚感到一股暖意。奧特米登悄悄坐到了桌首的位置——我記得我當時覺得很奇怪，因為那是阿爾西穆斯的老位置——迄今連瞧都沒瞧我一眼。我怪他來了，但也知道我無權怪東怪西，只是他坐在那裡，我無法跟阿爾西穆斯好好說話。我懷疑——首次懷疑，我知道我很笨，現在才懷疑——阿基里斯在決定該把我交給誰時猶豫了，不知道他花了多少功夫才做出決定。我知道阿基里斯對他們的評價，他從來沒有隱瞞。阿爾西穆斯正直善良，戰鬥力強，外表比實際年齡年輕，有點傻氣。奧特米登——你可以完全信任他，他非常誠實，但毫無幽默感，自以為是，是一個心胸偏狹的老古板。不過兩人皆英勇善戰，忠心赤膽，對阿基里斯絕無二心。

阿爾西穆斯清了清嗓子，「在開始之前，我應該先說一件事，我告訴皮洛士你懷了阿基里斯的孩子。」

「他說什麼？」

「沒說什麼。」

奧特米登說：「這未必對你有幫助。」我覺得他說這句話時很得意。「我認為他很執著一個念頭，那就是他是偉大的阿基里斯唯一的兒子，所以很難猜測他有什麼反應。」

「反正我們一定會知道他的反應。」

我看到他們交換了眼神，我的回答可能出乎他們的意料吧。

阿爾西穆斯說：「好，我們從頭開始說起吧，那些人發現你時，你在哪裡？」

「在墳墓旁邊。」

「站著？」

「跪著，我——」

「你的手上沾了土？」

我點點頭。他抓住我的手腕，將我的手拉到蠟燭旁。我的指甲縫中有泥土，手掌沾滿沙礫。阿爾西穆斯瞥了奧特米登一眼，屋內的氣氛起了微妙的變化，儘管沒有空氣流動，瀰漫著蠟燭的蠟味，我仍舊感覺一陣冷風拂過肌膚。

奧特米登往前傾身，「那第一次呢？當時你在場嗎？」

「不在。」

「她沒有說過什麼嗎？」

我遲疑了一下，發現他眼裡閃過一絲光，這是一場審問。我向阿爾西穆斯尋求一些溫暖，尋求他對我們之間關係的認可，但什麼也沒有得到。如果只有我們兩個人，我會試著向他坦誠我心中的困惑，告訴他，我本來想要阻止阿米娜，卻在無意中幫了她。我會告訴他在城牆偶遇普萊厄姆的往事，普萊厄姆對我非常和藹可親。但是他們在那裡——他們兩個人。我猜奧特米登一生中不曾有過迷惘。

他還在等我說話。

「她只是很震驚普萊厄姆沒有入土。」

「她告訴過你她的打算嗎？」

「沒有。」

阿爾西穆斯說：「那麼，當你發現他被人埋了，你認為是發生了什麼事？」

「我不知道。」

他靠得更近了。我們隔著一張桌子，但那張桌子感覺並不存在，他簡直是朝著我的臉龐呼氣。他看起來不一樣了：更老、更瘦、更專注。那個迷戀我的男孩——我確實認為他迷戀過我——不見了，換成了一個更可怕的人，這人參加過特洛伊城的最後一役，在牆內做出不可名狀之事，不再「外表比實際年齡年輕」，不再「有點傻氣」。我感覺這是我第一次真正認識他。

我頓了一下，說道：「唔，你們本來說一定是赫勒諾斯或卡爾庫斯，所以我猜想應該是他們其中一個人。」

奧特米登猛地一拍桌子，「你才沒有！你知道是誰。」

「聽我說，她只是說普萊厄姆應該好好下葬，任何一個特洛伊人都會說這種話。」

「任何一個特洛伊戰士。」

「你以為女人沒有主見？沒有忠誠？」

「女人只忠於她的丈夫。」

阿爾西穆斯起身，從餐櫃拿來一壺酒，倒了兩杯，猶豫了一下，也倒了第三杯給我。他說：「那麼，昨天晚上，你知道她打算做什麼嗎？」

「我完全不知道。」

這不是一個徹頭徹尾的謊言，但也不完全是真相。他們靜靜坐著盯著我，團結在一起。在那一刻，我覺得我失去了我的丈夫，同時又懷疑自己從未真正擁有過丈夫。我想問問他們猜想皮洛士會怎麼做，但不敢問，我太害怕聽到答案了。

奧特米登說：「你是什麼時候發現的？」

「有一個女孩來敲門，別問我是哪一個，她們的名字我都不知道，有幾個到現在還不肯說話。小心，不要流露出憤怒。

「哼，這一個很明顯會說話，她說了什麼？」

「阿米娜不在小屋，她不見了。」

「你當時認為發生了什麼事？」

「我以為她逃跑了，完全沒有想到她跑去埋葬普萊厄姆。」

奧特米登搔頭。

「我們剛去過園子，那裡有擋風遮雨的地方，還有很多食物，我猜她可能去那裡了。」

「而你並沒有去那邊找她，對吧？你去了你知道屍體所在的地方。」

我否認不了。回想起來，阿米娜可能逃跑的念頭，從來就只是一個一閃而過的想法，阿米娜絕不會逃避任何事。

阿爾西穆斯問：「你到那裡後發現什麼？」

「她快完成了，我只希望一切快點結束，她趕緊回去小屋，希望她安全。」

「所以你就動手幫她埋葬普萊厄姆？」阿爾西穆斯哈哈大笑。「我的天哪，女人。」

現在說什麼都遲了，只能實話實說。「聽我說，我是想救阿米娜沒錯，但你們知道嗎？你們說得也沒錯，我確實埋了普萊厄姆，因為我尊敬他，因為把他丟在那裡令人感到羞愧。你們見過他，你們也見到他來找阿基里斯，知道當晚的情況，阿基里斯歡迎他，招待他食物，給他準備床鋪，對他很尊重——他甚至拿自己的刀給普萊厄姆吃飯。你們認為阿基里斯希望如此嗎？」

他們對看了一眼，我看到他們從對方的臉上讀到真心話，但兩人都不打算承認。

我說：「你們知道，你們兩個——你們知道阿基里斯希望普萊厄姆可以埋葬。」

阿爾西穆斯沉重地說：「你首要是對我負責。」他深深吸了口氣。「就像我對你負責一樣。」

我不禁笑了。「不對，阿爾西穆斯，我們都知道你首要的任務是這個。」我把腹部上的寬鬆外衣拉緊。

「這不才是你的首要任務嗎？」

當時我在他面前感到羞愧。對於一個非親生的孩子，他誠心誠意奉獻出自己，而我卻對孩子抱著懷疑與矛盾，我們的心態形成鮮明的對比。

奧特米登自始至終悶不吭聲，用灑出來的酒在桌面塗鴉，畫出一隻蜘蛛，還加上蜘蛛腳。他最後說：「我想我們可以想出解決的法子，既然那女孩強調自己是單獨行動，就讓她維持她的說法吧，布莉塞伊絲只要繼續說她想阻止她，應該就不會有事了。或許。」

她。這是奧特米登最圓滑、最冷酷的時候。

我說：「你忘了守衛吧？他們知道我覆蓋屍體——他們看到我了。」

奧特米登說：「守衛的事就交給我們吧，如果我們告訴他們，他們看到你試著把那個女孩拖走，他們就會這麼說，只要那個女孩不改變她的說辭……」

我說：「她不可能改口的。」不會，阿米娜會在她一直嚮往的地方：一圈熊熊燃燒的火把之中，所有目光焦點都在她的身上，只有她一人。我或許應該感到欣慰，但我沒有這樣的感覺，「她會怎麼樣？」

阿爾西穆斯聳聳肩，「皮洛士要怎麼處置她，誰也管不著，她是他的奴隸。」

「但是你認為他會怎麼做呢？」

「我不知道，我想，如果她運氣好，皮洛士可能會轉手賣掉她，無論如何，與你無關，你現在與她的牽扯越少越好。」說罷他站起身來，結束了審訊。

奧特米登說：「再問一個問題，你有沒有跟卡爾庫斯或赫勒諾斯說過話？」

我默默地搖頭。

「那就放心了，她呢？」

「沒有——怎麼可能呢？她們不允許離開小屋。」

到了門口，阿爾西穆斯轉過身來。「聽著，我不在的時候，不要給任何人開門，好嗎？就說你病了什麼的，不要讓任何人進來。」

阿爾西穆斯先出去了，我不禁心想，他一定很高興可以離開。奧特米登則遲遲不走，等確定阿爾西穆斯聽不見時才說：「小心點，布莉塞伊絲，你這回可能靠著身孕求饒脫身，但不會永遠運氣都這麼好。」

這番話不啻給了我一拳。我想起特洛伊的那些女人，只因為她們的孩子有一半機會是個男孩子，於是肚子被捅了一刀，或者兩腿之間被刺了一劍，怎麼「靠著身孕求饒」也幫不了她們。當然，我不敢提，在特洛伊所發生的一切，早成為一個無聲的天坑。

但我不準備就這樣算了，我說：「我並沒有靠著我的肚子求饒，那是阿爾西穆斯。奧特米登，你知道嗎？如果你當時在場，你也會做出一模一樣的事。」

我沒有等待他的回答，立刻轉身離開。

21

這一天，我獨自度過剩餘的時光，一度坐到外頭的門廊上，但覺得有一兩個路過的戰士盯著我瞧，於是又回到屋內。我做飯掃地換床單，直到傍晚才坐下來，接著一定是不知不覺打起盹來，當我再次意識到周圍環境時，有人正在敲門。阿爾西穆斯吩咐我別讓任何人進來，但我還沒從椅子站起來，門已經被人推開了。我什麼也看不清楚，只見一個碩大的身影，一對閃著光芒的淺色眼睛——是皮洛士。我連忙站起來，在最後一刻記起該向他行禮。

他朝屋內走了一步。

我說：「阿爾西穆斯不在。」

「我知道他不在，他去找梅涅勞斯了，我想我也應該過去，但我就是不想去。」

我從桌邊拉來一把椅子，示意他坐下。「請坐……」

不等皮洛士開口，我去餐櫃放酒的地方，給他倒了一杯上等的美酒。把酒端到他面前時，我發現這是我頭一次看到他清醒的樣子。他把椅子坐滿，肉乎乎的大腿張得老開，塊頭很大，但身上還有一種青澀的笨拙，暗示他尚未完全發育成熟。老天救命！我想起我的兄弟，他們在這個年紀笨手拙腳，只要穿過房間，十之八九會撞到家具。皮洛士接過杯子時，抬頭微微一笑，這個微笑無法讓我安心。

我猛然想到，阿爾西穆斯警告我別讓任何人進來，他指的可能就是皮洛士，只是當時不好明講。

退一步說，這次拜訪並不尋常——明知一個女人的丈夫不在家，男人通常不會還進屋拜訪。但皮洛士似乎覺得不足為奇，說他腦筋遲鈍會給人一種完全錯誤的印象，但他確實少了根筋，似乎不明白正常的行為舉止，也不懂得人際關係，所以老是違反規則，不是因為他要違反規則，而是因為他根本不知道規則的存在。也可能他認為這些規則不適用於他。

他說：「你不和我喝一杯嗎？」

於是我默默給自己倒了一杯，在他的對面坐下。我小心翼翼，不敢說話。

「阿爾西穆斯說你懷了阿基里斯的孩子？」

「對，我以為你早知道？」

他搖了搖頭。

「他攻佔呂耳涅索斯後，希臘軍隊把我當成榮譽獎送給阿基里斯，當他知道自己死期將近時，把我送給了阿爾西穆斯，他認為阿爾西穆斯會好好保護孩子。」

「嗯，他是對的，明智的選擇。」

我覺得他來不是要談埋葬普萊厄姆的事，鬆了一口氣，所以有點魯莽，總之，我咕嚕咕嚕喝下半杯烈酒，再次抬頭時，看到他正伸出手來。

「你看看。」

我向前傾身，他發現我仍然看不見，便起身朝我走來，龐大的身軀擋住了光線。我感覺他把某物放到我的手中，然後走到一旁，讓光照在那東西上頭。我正拿著普萊厄姆斯的戒指。

「你知道這是什麼嗎？」

「知道，普萊厄姆的戒指。」我想把它還回去。

「確定是普萊厄姆的？不是赫克特的？」

「是普萊厄姆的——他天天戴著，我想那是赫庫芭在他們結婚那天送他的禮物。」

「但你後來曾經見過？」

「見過，安卓瑪姬給我看過，說是你給她的，她說你人很善良。」

「哼。」

他回到椅子上。有一瞬間，我以為沒事了，但他接著說：「有時候，我覺得人們會把善良誤以為是軟弱。」

「我相信有人是這樣的，但安卓瑪姬不是那種人。」

「我給她一整盤的珠寶挑選——手鐲、項鏈……都是配得上王后的珠寶，而她選擇了一枚男人的戒指？」

「她用項鍊戴在脖子上。」我想不出他追查此事的理由，他是希望我把安卓瑪姬扯進埋葬普萊厄姆的事中。

「你真的相信那個女孩偷了它嗎？」

那個女孩。可憐的阿米娜，連個名字都沒有。為了爭取思考時間，我抿了一小口酒，拖延回答。為了幫助安卓瑪姬而撒的任何謊，都會讓阿米娜的處境更糟——不過，她的處境也無法再糟了，也許我該設法拯救還能被拯救的那一個？「聽我說，我只知道安卓瑪姬丟了戒指時差點沒瘋掉，她是真的、真的非常難過。」

「你對朋友真忠心。」

是嗎？我一點都不覺得。「你跟安卓瑪姬談過了嗎？」

「還沒，我想先從這個女孩口中套出真相。」

我試著不去想像「從這個女孩口中套出真相」可能涉及的事。在燈光下，他巨大的雙手擱在大腿上，如果他沒有遺傳到別的，起碼遺傳到了阿基里斯的手。我發現很難把目光移開。

他拍拍膝蓋，站了起來。「無論如何，告訴阿爾西穆斯，沒事了。」

沒事了？「好，我一定告訴他。」

我陪他走到門口，舒了一口氣，這場奇怪又令人不安的會面終於要結束了。但就在即將踏出門外時，他拿出普萊厄姆的戒指，好像要把它送給我。我往後退了一步。

「沒關係，收下吧，我希望你擁有它，因為……你知道的……」他指著我的肚子。

「我絕對不能收下。」我斬釘截鐵地說。我想起他把赫克特的盾牌給了安卓瑪姬，結果後來懊悔不已，他是那種一轉眼就反悔的人。「這是你殺死普萊厄姆的那天從他手中奪走的，現在是你的了。」

他想把戒指塞到我的手中，但我往後再退一步，總算讓他相信我不可能收下。他立刻將戒指戴到自己的拇指上，我彷彿看到他的臉龐掠過一絲的欣慰。他根本不是真心想送我，他總是在扮演某種形象，好像一生都活在鏡子前。

幸好我還記得對他說：「謝謝你，請不要以為我不知感激，你非常慷慨大方——我只是覺得不應該收下。」

我一面說，一面感覺熱血湧上臉龐。我希望他快快離開，又尷尬地說了幾句話，他總算是走了。我望著他穿過院子朝大廳走去，途中停下來與某人打招呼——一個斯基羅斯島的年輕人——兩人聊了幾句，一陣笑聲，一陣拍背聲，然後皮洛士跑上大廳臺階，被黑暗給吞沒了。

22

我本能地拿起皮洛士的杯子放到餐櫃，但對周圍的環境幾乎不知不覺，又想起皮洛士把普萊厄姆的戒指戴在拇指上那一幕，這個不經意的動作正是特洛伊淪亡的寫照。但奇怪的事情似乎發生了，我的手掌彷彿還感覺得到那枚戒指——我短暫地握過它——那次瞬間的接觸似乎莫名烙下了永久的印記。我知道這聽起來是芝麻小事，但絕對不是，對我而言不是。我想每個人都經歷過這種時刻，未必是一個充滿戲劇轉折的時刻，但事情開始改變了。你知道反覆思索沒用，因為思索無助於理解，你還未準備好理解這個改變，你必須以自己的方式活出這個改變的意義。

我又點了幾盞燈，站在房間中央，發現自己投下了重重疊疊的影子。當時約莫是八九點——絕對只可能更早，不可能更晚——皮洛士告訴我一些我需要知道的事：阿爾西穆斯去找梅涅勞斯，而梅涅勞斯是出了名地喜歡美酒佳餚，他的晚宴通常持續到三更半夜，所以我可以自由離開小屋，去探望阿米娜。我帶了食物和酒，想了一想，又拎了一盞燈，因為我不確定洗衣房裡有沒有燈。也許我不該去，阿爾西穆斯說過，現在我和阿米娜牽扯越少越好，但她一定很害怕、很孤獨。我不能不去。

翻過籬笆並不難，在這個懷孕階段，我的動作還算靈活，況且另一側有個桶子，可以協助我爬下去。把食物帶過去很簡單，塞進腰帶就行了，但燈籠和酒我不得不放棄。我迅速穿過院子。洗衣房很少有男人來，因為洗衣服和整理遺體都是女人的工作，大多數戰士恐怕不知道後頭還有一個院子。我試著推開門，但藉由肩膀和臀部使力，門照樣紋絲不動。我失望極了，往後退幾步。我本來很有把握可以推開門，一定進得去，只是門上有鎖，看來他們鎖上了。不是鎖上，就是門被卡得動彈不了。

我聽到隔牆有動靜，趕緊把嘴唇貼在木板之間的縫隙上。「阿米娜？」

「布莉塞伊絲？你不該來的。」

「我給你帶了些吃的。」

「謝謝你的好意，但是——」

「聽我說，你沿著右邊的牆走，大約走五步……」我一邊說話，一邊回想那個房間。「應該有一個缺口，看得到嗎？大約在肩膀的高度。」

我聽到她的手指刮過牆壁的聲音，「看到了。」

「我遞給你一些東西。」幾片冷肉，幾片麵包。我也帶了蘋果，但從縫隙遞不過去。「你的水夠喝嗎？」

「這裡水很多，不過有東西泡在水裡。」

「有人來看過你嗎？」

「有，問了很多問題。」

「他們沒有傷害你吧？」

「目前沒有，我想皮洛士可能會來。」

「嗯，聽著，如果他來了，就跟他實話實說……」

「我為什麼不實話實說呢？我沒有什麼好羞愧的。」

「你可以說……哦，我不知道，就說你認識普萊厄姆——他對你很好，還有——」

「我不介意這麼說——這是真的，但就算我從未見過普萊厄姆，我還是會埋葬他。」

「然後——對不起，阿米娜，我知道你不喜歡這樣做——懇求他，跪下來，如果有必要就卑躬屈膝，儘量懇求他吧。」

「你會這麼做嗎？」

「我會，有必要的話。」

「你真的認為他會可憐我嗎？」

「不會，但他是一個虛榮的人，喜歡人家覺得他很仁慈——你可以利用這一點。」

「你可以，我未必能。」她嘆了口氣。「回去你丈夫身邊吧，布莉塞伊絲，活下去，快樂地活著。」

「我不忍心見你死。」

「哎，拜託，你根本不喜歡我！」

（這也是事實。）「至少努力活下去。」

我真希望能看到她的臉，伸手握住她的手，但黑暗中我們兩個人只能透過牆縫竊竊私語。這還不夠，我感覺她正在從我身邊溜走，如同霧從指間穿過一樣。

「你為什麼想死？」

「我才不想！說這話太傻了……」

院子外傳來一陣笑聲，一群戰士走過去。

「因為一想到他碰我，我就受不了。」

「他沒有表現出要那麼做的跡象……」

「沒有，但他可以，隨時都可以，我阻止不了他。布莉塞伊絲，人是不一樣的，安卓瑪姬可以忍受那種事，我不知道她是怎麼辦到的，但她可以，我知道我做不到。」

更多的叫囂聲，更多的歡笑聲。戰士聚在灶火旁，準備痛飲一夜，我不能冒險被人撞見。「我得走了。」

我把手儘量伸進板條之間，感覺她的指尖碰到了我的指尖。

我說：「我明天早上設法給你帶點吃的來。」

我回到小屋，不知道還能不能再見到她。

23

從黑暗中走來時，他總會有一刻想起剛至軍營時所看到的房間。那是五個月前的事，如今快六個月了。當時，阿基里斯已經殉難十日，葬禮結束，屍體也火化了，墳墓堆成了土丘。當時，這個房間富麗堂皇，明亮溫馨，瀰漫著他父親的氣息，而今生活空間顯得荒涼了——如此之荒涼，他才踏進去，便立刻想轉身離去。軍營各處都有飲酒的聚會，他可以去梅涅勞斯的營區，那裡肯定歡迎他，到軍營任何地方都好，身為攻克特洛伊一役的大英雄，他的名聲保證他到哪裡都會受到歡迎——除了這個房間，就除了這個房間。

我還需要怎麼做？他努力抵擋這個問題，但它又一次跳了出來。你還想要什麼？

沒有了期待——這就是他的問題。沒有仗要打了，沒有榮耀可爭取了，運動會開始後，他認為他可能贏得戰車比賽，會令他興奮個一時半刻，但也不過是一時半刻而已。他心不在焉拿起一塊布，開始擦拭阿基里斯的盾牌。不是人人都舉得起這面盾牌，他不止可以，而且可說是輕而易舉。他把盾牌靠在牆上，在兩側各放上一盞燈，火焰溫暖著他赤裸的大腿。他對盾上的圖案已經瞭若指掌，但設計如此繁複，他總能發現新的東西。在海洋的環繞下，人類的歷史在他的面前展開：兩個男人解決血仇，一場訴訟，一場戰爭，一座繁榮的城邦，一座燃燒的城邦——一群在河岸吃草的牛群，一群舉著火炬前往婚禮的人，年輕男女跳舞，頭戴花環……

神鑄造的盾牌，你無法為它定價，因為天底下沒有任何東西能與之相比，但他擁有它，他擁有它的每一寸，全部是他的，全都是——除了盾牌的意義以外。不過他需要了解的，不是盾牌，而是曾經像他現在跪在盾牌前面擦拭金屬，直到燈裡的火焰找到隱藏在青銅深處其他火焰的那個人。阿基里斯呵一口氣——像他現在一樣——盾牌蒙上一層薄霧，而另一隻早已化為焦骨碎片的手，輕輕將薄霧擦去。

不久，單調的擦拭工作釋放了心靈，這就是阿基里斯經常做這件事的原因嗎？他自己需要決定的事——真的不能再拖了——相對來說，只是芝麻綠豆大的事，不過就是該怎麼處理那個可惡的女孩子？他仍然不敢相信全是她一個人所為，肯定還有其他人，不是赫勒諾斯，這一點從他一拐一瘸走進房間就能確定。那麼就是卡爾庫斯了，這件事對他來說簡直像探囊取物。不過奧特米登說得也沒錯，既然特洛伊已經覆沒了，他又何必還在這個時候開始盡忠呢？說得對——但他仍然覺得一定是卡爾庫斯，可怕的傢伙，太可怕了——不過看來他矇混過去了，要承擔後果的是那個女孩子。

這又回到最初的問題：什麼後果？他全權決定，因為她是他的奴隸，他可以對她為所欲為。他不想殺她，並非因為覺得自己已經殺人如麻，恰好相反，還遠遠不夠多，他的名聲還未鞏固。不消自誇，他知道自己在特洛伊驍勇作戰，先是在城門，接著在宮殿的臺階上，他面對幾十名的特洛伊戰士——不是幾乎分不清矛頭矛尾的新兵，而是深知自己是在為生命而戰的老將。他與他們惡戰，他贏了，但似乎沒人記得這件事，只記得他殺了普萊厄姆。這件事他也記得，他衝進王座大廳，看到普萊厄姆站在祭壇階梯上，拿著一支他幾乎舉不起來的長矛。問題就在這裡，就是這個問題。他因為殺了普萊厄姆而名聲大噪，還有普萊厄姆的小孫子和普萊厄姆的么女波麗克西娜，他在阿基里斯的墳墓前獻祭她。一個老人，一個嬰兒，一個女孩，這些死亡是必要的，他不後悔，只是有時夜裡他感覺有條胖乎乎的嬰兒腿在踢他的胸膛，掙扎著醒過來，發現那不過是自己的心臟跳動，才鬆了一口氣。英雄事蹟和濫殺暴行——誰又能說清楚界限在哪裡？

這太不公平，如果他能揮一揮魔杖，把普萊厄姆變成一個年輕力壯的男子，他這個世代最偉大的戰士，他一秒鐘都不會猶豫。他寧願如此。

所以，不——回到眼下——他無意取這個女孩子的性命，但必須殺一儆百，一旦容忍了奴隸的不服從，倒還不如乾脆放棄算了。鞭刑，這是最當然的答案，要確保其他女人都聽到尖叫聲。或者，把她賣給奴隸販子，省點麻煩，這確實也不失為一個好主意，軍營現在就有一群奴隸販子在各區穿梭，為不用隨船返鄉的奴隸討價還價。她很年輕，說實話，相貌平平，但身強體壯，可能還能生育，能賣得一個好價錢。好，就是她的結局了——一了百了，再也不用看到她。

但首先他需要喝一杯，酒是唯一能淹沒屋內可怕寂靜的東西。他扔下布，走到桌前，倒了一大杯。走過去時，他戰戰兢兢，避免看見鏡中的自己，因為他近來的倒影不太正常，有一兩次，他已經停下了腳步，倒影還繼續在動。第一杯咕嘟咕嘟灌下去，第二杯喝慢了一些，第三杯時，他遲疑了一下，然後決定不喝了，不如先把那女孩的事情解決，之後就輕鬆了。

幾分鐘後，他大步走在通往洗衣房的小路上。以前那裡是陣亡戰士準備火葬的地方，你把遺體抬到那裡，丟在石板上，留下乾淨的衣服和蓋眼皮的硬幣，就退了出去，留下洗衣婦開始幹活。她們臉龐蒼白潮濕，彷彿長了菌。洗衣房外，有一排積滿了尿液的尿槽，你會看到女人把裙子撩到腰間，站到裡面踩踏染血的戰衣，據說尿液清除血漬最有效。有時你會看到男人停下來對著尿槽撒尿，時不時把尿射向女人，女人一面尖叫，一面閃避。當然都是善意的玩笑，墨米頓人是一群好人。現在槽裡沒有了血衣，只是那股味道仍然縈繞不去——血腥味，陳年的尿騷味。還有另一種的味道，漂土嗎？是這個名字嗎？總之是女人用來漂白床單的東西。

走到門口，他停下來四處張望，尿槽是空的。特洛伊失守後，洗衣工作肯定輕鬆了不少，不再有染血的上衣，不再有繃帶。天知道她們現在靠什麼維持生計……

特洛伊失守後……這句話仍然具有驚人的力量。

那一夜，困在木馬裡，他告訴自己，局勢必須改變——也確實改變了。從他的角度來看，大功畢成。哦，他有時懷疑自己，但別人不會懷疑他。奧德修斯把阿基里斯的盔甲給了他，這不過是他應得的，但他仍舊很高興擁有它。此外，梅涅勞斯八九不離十會將女兒妙麗匹配給他，這會是一樁門當戶對的婚事：海倫的女兒，阿基里斯的兒子。只願希望她的容貌不是遺傳自她的父親。不管在哪裡，大家都聽從他的指示，徵詢他的意見，用餐時，他與諸王平起平坐。

除了這個女孩。除了這個奴隸。

他從燈座取下一支火把，上了門廊，一腳踢開內門，一股清新的香草氣息撲面而來，但還是驅散不了羊毛泡水的惡臭。在陰影的某處，他聽到抓撓的聲音，像是老鼠發出的聲音，但不是老鼠，是那個女孩子。他把火把舉過頭頂，壁上影子登時上竄下跳，但光影的混亂之中有一張蒼白的小臉。

他權且不理睬她，環視了一下屋子。中央是一張長長的大理石板，死去的戰士在這裡清洗身子，準備火葬。上方有兩個巨大的晾衣架，隨著氣流搖晃不定，吱吱作響，那是用來晾乾上衣的。晾衣架現在掛了幾件衣服，隨著架子的移動，投射出擺動的人形影子，給人一種不知身在何方的異樣感，彷彿屋內充滿戰鬥中的男人——然而卻又闃寂無聲。靠牆的長凳擺了幾十支燒得長短不一的蠟燭，蠟淚沿著燭身流下來。

「我們來點亮這些蠟燭吧？」

沒有回應，他也沒指望會有回應。他不慌不忙排好蠟燭——不知道自己為什麼不慌不忙——逐一點燃。他感覺女孩的目光追隨著他，從一個火苗到下一個火苗。不是所有蠟燭都能點燃，有的才點著就立刻滅了，但完成後，長凳上依然擠滿了小小的燈火，屋子不再是一個髒臭的洞穴，幾乎看不出是人類的生物苟延殘喘，過著悲慘的生活。不，這裡是一個宮殿，一個為新婚之夜布置的皇家臥室。

他點燃最後一支蠟燭，等著看它是否會燃燒，然後轉身面對女孩。相貌平平，略顯陽剛，但很引人注目。雖然想不出理由，當初一定是自己選了她，也許他沒有選擇她？也許那是他抽籤分到的女人。濃密的眉毛，突出的眼睛，方正的下巴，沒有一點令人心動的地方，絕對比不上海勒，也就是他看到在火堆旁跳舞的那個女孩。

他一時想不起她的名字，但隨即又想了起來。「阿米娜。」

沒有回應，她跟木雕沒有兩樣。他朝她走去，她身後是大理石板，所以無法後退。檯面散布著新鮮的草藥、鹽塊、刷子，還有一盆盆泡水的衣物，皺巴巴濕漉漉的衣服浮在汙水上，好像退潮時露出水面的岩石。現在這個房間有這麼多的光源，影影幢幢，但他們起碼能清楚看到彼此。他回到門口，把火把插在燈座上，慢慢朝向石板走去，享受地板在他沉穩腳步下發出的吱嘎聲。

他終於開口了：「你應該明白——」在長時間的沉默之後，他的聲音聽起來很奇怪。「這真的不需要成為一個問題，如果我告訴守衛不要告訴任何人，他們就不會說，非常簡單，我們都可以忘掉這件事。但你應該明白，多少人知情才是重點，你在外面還遇到其他人嗎？」

「只遇到布莉塞伊絲，她只是想阻止我。」

「所以你才會一直這麼強調。其他女孩呢？她們知道嗎？」

「不知道。」

「哦，得了吧，你一定說了什麼，我的意思是，你三更半夜離開小屋……她們以為你要去哪裡呢？」

「我只說我得出去，這是真的——我討厭被關在屋子裡。」

「這對你來說一定像噩夢一場吧？」他看到她目光飄忽，跟他自己一樣，被晃晃悠悠的影子弄得心神不定。「所以你沒有告訴安卓瑪姬？」

「沒有。」

「戒指不是她給你的？」

「是我偷的。」

直到聽見自己提出這些問題，他才意識到原來這是自己最在意的事——他無法忍受有人背著他進行密謀，而且他仍然不相信她們是清白的。影子開始令他煩躁。影子，寂靜，他們的聲音——甚至是她比他安靜許多的聲音——在牆壁上回響，卻又似乎沒有發出任何聲音。風颯颯吹著，但風聲過於熟悉，像自己的呼吸聲幾乎聽不到。屋子外面的一切——軍營，炊火，擁擠的小屋——彷彿不存在了，只剩下在這個屋裡和這個女孩獨處的這一刻。

「但你知道那是誰的戒指嗎？」

「普萊厄姆的。」

「不是赫克特的？」這種可能仍然讓他耿耿於懷。

「不是，我知道是普萊厄姆的，那是赫庫芭的嫁妝——她結婚那天送給他，他戴了五十年。我並不喜歡偷東西，但後來我想：嗯，那本來就是他的——不管怎麼說，他總得有什麼東西付給擺渡人。」

「付給擺渡人？你自己聽聽你在說什麼，你真的相信靈魂會因為沒錢付給一個根本不存在的擺渡人就永遠遊蕩嗎？那只是傳說，不是真的。」

「我知道我相信什麼，皮洛士大人。」她直視著他。「你知道？」

對一個奴隸來說，這也太大膽了。奴隸被訓練不能直視你，被訓練在你經過時面對牆壁。他應該牢牢掌控局面，但他沒有——他剛進屋子時，她非常害怕，他從她的身上聞到害怕的氣味。但她現在不怕了，應該稍微激她一下。

「布莉塞伊絲說她幫了你。」

「她說謊。」

「她為什麼要說那種謊？」

「她沒有幫我，沒有人幫我。」

她生氣了。看著她怒目圓睜，好像第一次見到她，但這並非第一次。自從守衛把她推進大廳後，有一件事始終令皮洛士忐忑不定，他現在總算明白是什麼事。她是王座大廳裡圍住赫庫芭的女人之一，他越看就越確信。瞪大的眼睛，青蛙似的嘴巴……那不是一張你會忘記的臉——就是她。是她，其他人都逃了，就只有她挺身與他對視。他過了一會兒才明白這代表了什麼——她都看到了：他的絕望，他的笨手笨腳，他反覆嘗試殺死應該像兔子一樣容易宰殺的老人。她都看到了。

「你當時在場，對吧？」

「沒錯。」

他不需要再說什麼了，他看到她眼中的輕蔑，記憶的洪流也再無法攔阻：普萊厄姆頭髮的滑膩觸感，對著羸弱老頭不要臉的劈砍，普萊厄姆的固執，他頑強拒絕死去的姿態。他怎麼不死呢？那些女人有多近？記不清了，直到一切結束，她們的尖叫讓他神經緊繃，他才真正注意到她們的存在。的確，他早看到了她們，並沒有忘記她們的存在，他始終都知道她們的存在，只是從來沒有把她們當成見證人，至少不是希臘戰士那樣的見證人，沒有人會聽她們說……但那不是重點。她們知道。

「你聽到他說什麼了嗎？」

她笑了——真的笑了。「當然聽到了，他說：『阿基里斯的兒子？你？你一點也不像他。』」

他給了她一拳——沒有猶豫，沒有選擇。她的頭猛地向後一仰，他掐住她的喉嚨——她的青蛙眼真的要蹦出來了。他想讓她看到自己的臉，他想讓自己的臉是她最後看到的東西。她的手在背後，在大理石板上摸索某樣東西——他沒有看到刀子，但感覺到了它，一股劇痛從肩膀傳到手臂。那一瞬間，他差點鬆手了。

他讓她倒下去。他站著擦擦嘴，感覺一股清涼如水的寂靜流過身體。她死了。她死了嗎？還在抽搐，但不對，她死了。她多麼渺小。他盯著屋內的蠟燭，蠟燭持續燃燒，兀自燃燒，彷彿什麼也沒發生過。的確是沒有什麼大事發生。他低頭看肩膀，淺淺的擦傷罷了。又看向蠟燭，但蠟燭現在變成了眼睛，數十雙眼睛，盯著，看著。他不想就這樣把她留在地上，便把石板上的雜物掃到地上，把她抱起來放在白色大理石上。她仍然微微抽搐著，脖子歪了，但他不想幫她扳直，他不喜歡摸到她的感覺，她柔軟的皮膚下有尖銳的骨頭。走到門口，他從燈座上取下火把，轉身回望。

蠟燭看著他。他殺死普萊厄姆時，廳裡有多少女人？有多少雙眼睛看到他拙手笨腳完成那件事？有多少副耳朵聽到普萊厄姆的臨終之語？三十個人？四十個人？那些女人遍布全軍營，晚上會在女營中低聲談論這件事嗎？他必須控制一下自己的思想，奴隸怎麼想、怎麼說，又有什麼關係呢？她們的耳語傷不了他——但確實傷了他。從現在起，無論他走到哪裡，都會聽到她們的聲音，她們的聲音像小小的蠕蟲，溜過他接觸的每一個表面、每一件事。他看著躺在石板上的女孩，環繞她的火苗變成了眼目。他，這輩子不曾逃過，現在卻只想逃跑。她死了，他茫然環顧著屋子對自己說，現在她傷害不了我了。

24

又是一夜的淺眠，做了迷迷糊糊的夢後，卡爾庫斯被一陣急促的敲門聲喚醒。他昏昏沉沉爬去應門，發現站在門檻上的是阿伽門農的傳令官，兩側站著衛兵。

他急切地說：「進來。」他一開口，頓時想起了角落的水桶。「不，不，等等，我出來就好。」

他顫抖著手指，伸手拿了最好的斗篷裹在身上，即使激動萬分，當上等的羊毛落到肩膀上時，他也感到瞬間的安心，他到底是一名祭司——一名被國王召見的大祭司。沒錯，大權在握的威嚴國王，但祭司也確實有自己的權威，他告訴自己，即使在國王面前亦然。

懷著這份自信，他一路走到阿伽門農大廳的臺階前。裡頭陰陰沉沉，只點著幾盞燈，他拖著腳步穿過燈心草，一團無刺的小昆蟲飛了起來。到了阿伽門農的住所門口，傳令官舉起手，卡爾庫斯只好停下來。跳梁小丑，毫無本領，魚腦袋都比他的大，之所以能得到這份工作，只因為他出眾的外表和高貴的出身。哦，別忘了，當然還有正確的口音！然而，他的職位讓他天天都能接觸阿伽門農，而卡爾庫斯幾週來卻一直被拒之門外。他又煩躁又不安，探頭從傳令官的肩膀上望向遠處的黑暗，但什麼也看不見。阿伽門農的門下沒有一絲的光，也沒有聲響，他拉長耳朵傾聽，但唯一的聲音是身後燈心草的沙沙聲。他轉過身，見到另一名傳令官，他的身後是紅著眼睛脾氣暴躁的奧德修斯。

奧德修斯到這裡做什麼？他顯然有很大的影響力，是他把這場曠日引久的戰爭帶到勝利的終點——如果你相信閒言碎語的話，他比以前更有權有勢了。內斯特病了——有些人說病入膏肓——阿伽門農和他的弟弟決裂，因此可能更加倚重僅剩的幾個幕僚。那麼，不是要徵詢意見，而是來開會的？檢討什麼做錯了？為什麼做錯了？

他們杵在原地，各自都急於想知道對方為什麼也被傳喚來，但又不願開口問。雖然自稱具備不具備的知識可能有風險，承認自己無知也很危險。在這種情況下，對話通常會轉向天氣，但這裡沒有這個選項，因為「天氣」正是爭論的焦點。於是卡爾庫斯對著空氣微笑，奧德修斯則來回踱步，低聲哼歌，真是氣人。

好不容易，黑暗中出現了動靜。阿伽門農的房門打開，一圈燈光映入眼簾，一個身影背著光，臉部藏在陰影中，但從那顯著的豐腴體型立刻就能辨認出來，是國王的御醫馬查恩。卡爾庫斯一顆心怦怦直跳，阿伽門農病了嗎？這是他們被召見的原因嗎？若是如此，這是一場比暴風更嚴重的危機。他退到一旁，對奧德修斯鞠了一躬，示意讓他先進去——你應該總是讓敵人先你一步陷入困境。反正，只要是最後一個進入房間，他被要求表示意見之前，就能有幾分鐘寶貴的時間來評估形勢。

阿伽門農看上去是病了，病得很厲害——這是卡爾庫斯的第一印象，不過馬查恩在場讓他早已料到了。他的眼下有深邃的陰影，三層眼袋，好像多年未眠，皮膚是老象牙的奶油黃。不過他一定不願自己像個病人，所以穿戴整齊，脖上戴著金箍，坐在充當王座的椅子上。在他的腦袋後方，椅背上鑲嵌的黃金象牙華麗裝飾在光下熠熠生輝。看來是一場正式的接見，馬查恩在四處點燈，只有他一副從容自在的樣子，但話說又回來，據說他長時間待在這個房間，這段日子裡可說是比任何一個國王都更有機會接近阿伽門農。

奧德修斯把手放在心口，深深一揖。卡爾庫斯跪下觸碰阿伽門農的雙腳，感覺這位大人物的腳趾縮了一縮，也知道奧德修斯和馬查恩在他背後交換眼神，瞧不起這種向上司長者致敬的方式。希臘人不喜歡，他們認為這是奴役的象徵，他們以挺拔的身姿顯示自己是雄壯高大的男子漢，獨立剛強，值得尊敬。真是大傻瓜。卡爾庫斯退到陰影中，靜下心來傾聽，迫不及待聽聽奧德修斯要說什麼，但阿伽門農開口之前，沒有人能說話。

等候時，卡爾庫斯環視了一下房間，伸出舌頭潤潤嘴唇。他注意到有一面銅鏡緊貼著牆，罩著一塊黑布，就像剛有人去世一樣。這個習俗源自一種迷信，認為鏡子是一扇門，死者可以經由它重返人間。這麼說來，阿伽門農害怕死人？嗯，的確有很多死人值得他害怕——前途光明的年輕人不甘心步入黑暗，他怕的是被欺騙的年輕人的憤懣嗎？可能不是，更可能是某一個特定的對象。

阿伽門農說：「我寧願死在特洛伊，也不要過這種日子，普萊厄姆睡得都比我還好。」

「沒錯，但你不想和他作伴吧？」

奧德修斯的話異常樂觀，不把阿伽門農明顯的苦惱當一回事，卡爾庫斯心想，等等說話要當心。

阿伽門農接著說：「我老做惡夢。」這句話直接對著卡爾庫斯說，好像他是屋內唯一的旁人。成為國王的關注焦點令人感到榮幸，但同樣也很危險。

卡爾庫斯支支吾吾：「好像很多人晚上都心神不寧，我想也許我們都想弄明白我們是做了什麼得罪了神……」

他說「我們」，不過懷疑屋子裡沒人把他視為「我們中的一分子」。有一回，他惹惱了阿伽門農，但那時有阿基里斯的庇護，沒人敢碰他一根寒毛，就連其他國王、就連阿伽門農本人也不敢。而今阿基里斯在地下長眠，卡爾庫斯孤立無援，倉惶驚恐地開始給阿伽門農講海鷹的故事——海鷹遭巨浪打下，無法抓著獵物飛走……但講得七零八落，畏懼使他磕磕巴巴，他還沒開始兢兢業業推敲這個徵兆的意義，阿伽門農已經揮手表示不想再聽了。

「但是，我們都知道了！我們知道我們不能離開，看在老天的份上，告訴我一些我不知道的事吧。」

卡爾庫斯說：「唔……我確實有一兩個想法，但需要時間，而且……」別囉嗦了。「您有什麼想法嗎？有時神會直接對國王說話。」

「哼，夜復一夜躺在這裡，我思考的時間可多了，我的第一個想法是：是他。」

他對馬查恩打了個手勢，馬查恩一臉驚慌——不意外——但阿伽門農的眼睛直直盯著蒙著布的鏡子。阿伽門農說：「布根本沒用，光靠布是擋不住他。」

奧德修斯問：「你說的是誰？」

「當然是阿基里斯。」

阿伽門農不情不願說出了這個名字。事實上，在那一刻，卡爾庫斯感覺一陣寒意瀰漫整個房間，那是對離奇神怪之事的恐懼……也許是對瘋癲的恐懼？

「你還能看見他嗎？」馬查恩問。

不過跟奧德修斯剛才一樣用錯了語氣，他像是一個經驗老道的大夫在安慰鼓勵患者。阿伽門農聽了這句話，只是注視著他，馬查恩只好尷尬地撇開視線。

現在屋內充斥著恐懼，那味道如同餿掉的油脂一樣明顯。卡爾庫斯問：「他多久出現一次？」問得恭恭敬敬，狡猾多詐如他，是不可能犯下與馬查恩相同的錯誤，況且他無論如何也不能排除阿基里斯確實現身的可能。

「每天晚上。」一個指尖猛然指向一個確切的地方。「就在那裡。」

「他說話嗎？」

阿伽門農搖搖頭。

「你想他為什麼無法安息？」

「嗯，他原本就是個靜不下來的人，不是嗎？」奧德修斯問——口氣幾乎是揶揄了。

從來不說錯話的奧德修斯，竟然再一次說錯了話。他今天有些莽撞，好像應付阿伽門農這些流沙般的怪念頭十年後，再也受不了了。不過他最好開始認真對待這件事，因為不管阿基里斯的現身多麼空幻不真實，阿伽門農的勢力是實實在在的。

阿伽門農說：「還用說嗎？我承諾給他二十個特洛伊最漂亮的女人——沒錯吧？」他盯著奧德修斯，奧德修斯勉為其難點了點頭。「好，照我的計算，到目前為止，他只得到了一個。犧牲波麗克西娜後，不到一小時，風向就變了……」

奧德修斯同意：「沒錯，我當時才剛上船。」

「那麼呢？你不覺得那是阿基里斯在說：『另外十九個呢？』」

阿伽門農坐回椅子，閉上了眼，有一個可怕的瞬間，他似乎打起了盹兒，進入了夢鄉。也許他確實病了，他的語氣顯然不若平日有威嚴，甚至無法正常發聲，卡爾庫斯站在房間的最後面，有些話很難聽清楚。那是在恐懼迷宮中追尋意義的線索，獨自度過太多無眠之夜的結果。這自然是無稽之談，比無稽之談更糟，是褻瀆神靈，彷彿任何凡人——即使是偉大的阿基里斯——都能造成大自然的混亂。這分明是神的傑作。但要怎麼說才不會像在駁斥阿伽門農呢？阿伽門農隨時可能從麻藥中清醒過來，堅持在阿基里斯的墳堆上獻祭更多的女孩，唯有不疏不漏信守承諾，他才有望安撫那個貪婪的靈魂。該如何阻止他？卡爾庫斯知道他不會從另外兩個人那裡得到任何幫助，奧德修斯只顧自己的利益，馬查恩則不會堅持自己的信仰來對抗這樣的瘋癲，因為他根本沒有信仰。他們都很理性，不忍再進行人祭，只是終究還是會同意讓步。

卡爾庫斯推開馬查恩，跪下來用雙手抱住阿伽門農的膝蓋——這是一個祈求的姿勢。

「國王，您告訴我們的事令我們深感不安，您可以讓我用一兩天的時間思考——以及祈禱，我需要斟酌各種徵兆，這可能是某個神透過阿基里斯的靈魂行事，如果能再給我一點時間……」

「好好。」阿伽門農揮開他的手。「你愛想多久就想多久吧，反正我不確定那是阿基里斯，我說過，那是我第一個念頭。我想我們都知道究竟發生了什麼，我弟弟，把那個該死的女人帶回來，死了成千上萬的好漢子，他滿腦子想的卻是跟那個婊子上床。你知道他提議把女兒嫁給皮洛士？那女孩本來是許配給我兒子的，從一出生就訂下的婚約。」

奧德修斯說：「皮洛士不會接受。」

「他一定會，他抗拒不了，忘恩負義的小混蛋。」

卡爾庫斯困惑地站了起來，退後一步，希望自己有膽看奧德修斯一眼，但千萬不能讓人懷疑他們之間有勾結的嫌疑。阿伽門農的目光不停地從一個人的臉龐掠到下一個人的臉龐，在這樣的精神狀態下，確實很容易開始想像根本不存在的陰謀。卡爾庫斯原本非常肯定阿伽門農在責怪阿基里斯……現在卻不知道是怎麼一回事了。

阿伽門農冷不防站起來。「不管怎麼說，我叫你來這裡，還有一個原因。」又是在對卡爾庫斯說話，「你來幫我主持婚禮吧。」

「為您主持婚禮？」

「媽的，你是鸚鵡嗎？對，主持婚禮，我要你們兩個——」他朝奧德修斯和馬查恩點點頭，「做我的見證人，怎麼樣？」他從一張臉看到另一張臉。「開心點，各位！這應該是個開心的時刻。」

奧德修斯連忙說：「對對，的確開心。」

隔壁房間傳來窸窣聲，片刻之後，門開了，卡珊德拉走進房間，一襲藍色束腰長外衣，髮上纏著銀帶。後頭跟著一位矮胖的小女人，稻草黃的頭髮，看樣子是她的侍女。卡珊德拉一臉茫然。阿波羅的女祭司，在雅典娜神廟遭到玷汙，而希臘人還要問他們是得罪了哪位神？眼前就有兩位了。

阿伽門農說：「來吧！幫我們主持婚禮。」

卡爾庫斯呆滯地從頭上取下猩紅色的帶子，繞在他們的手腕上，不假思索背誦起熟悉的禱文——也好，反正他的腦中一片空白。繫結時，他注意到卡珊德拉的手腕有瘀傷，好像藍色的手鐲，茫茫然地想著，與她的袍子很配。隨後交換誓言，卡珊德拉唸得結結巴巴，阿伽門農則充滿了信心，說得既響亮又清楚，雖然他必定知道這樁婚姻是非法的。他已有了妻子，國王想要擁有幾個嬪妃，的確就能擁有幾個，但按照習俗，結縭之妻只能有一位。除此之外，王位一律由王后的長子繼承，形成一條明確的繼承順序。有人拿出糕餅和烈酒，大家掰下一塊糕餅蘸著酒吃，卡爾庫斯的那一份卡在喉嚨，難以下嚥。奧德修斯輕鬆吞下了糕餅，不過話說回來，阿伽門農不管遞給他什麼，他都會吞下。就這麼結束了，一個隨意得不成樣的簡短儀式。

卡爾庫斯解開他們手腕上的帶子時，做了一件他本來承諾自己不會做的事——直視那女孩的臉。一雙山羊似的眼眸回望著他，同樣的鮮黃色，同樣被獻祭的麻木神情——一瞬間後，她又變回一個女孩子，一個腕上有瘀傷的女孩子。卡爾庫斯再仔細一看，她嘴巴兩側有紅印子，看來也被堵住了嘴。可憐的卡珊德拉，她這一生總是被某種方式被堵住了嘴，堵得最厲害的是旁人對她的不信任。這樁不敬不法的結合，不會有好下場，卡爾庫斯只希望隨之而來的詛咒能饒過他，畢竟他不過是奉命行事。

奧德修斯提議乾杯，阿伽門農謝謝他，接著也謝謝馬查恩。大家舉起酒杯，或說了祝賀，或接受了祝賀。「現在，你們全部給我滾吧。」阿伽門農一邊說，一邊揮手要他們往門口走。

退下時，他們看到阿伽門農牽起卡珊德拉的手，帶她走入隔壁的房間。

到了大廳，馬查恩「噗」一聲鬆了口氣。「你怎麼看？」

奧德修斯問：「你給他的東西裡有什麼？他半睡半醒的。」

「我那安眠藥沒問題，不要和烈酒一起喝就好。」

「說得好像他從來不喝酒似的！」

馬查恩說：「我有一刻還以為他打算犧牲更多的女孩子。」

奧德修斯說：「他也是會這麼做的。」

卡爾庫斯既震驚又氣惱，似乎沒有人質疑，為什麼阿基里斯生前對阿伽門農深惡痛絕，從未主動和他相處過一小時，死後卻要站在他的床腳。

馬查恩問：「你是怎麼想的？」

卡爾庫斯搖搖頭。

馬查恩說：「那小埃傑克斯呢？在處女女神的神廟玷汙一個處女祭司……他不是最有可能的替死鬼嗎？」

奧德修斯說：「不行，還有用到他的地方，如果要跟梅涅勞斯開戰，我們需要所有的盟友。」

開戰？卡爾庫斯仍然沒有說話，他越來越確信沉默是最好的選擇。有時，夜深人靜睡不著覺，他開始懷疑自己的信仰，在最黑暗的時刻，他覺得自己對神意的苦苦思索不過是自欺欺人，直到現在聽到了「替死鬼」和需要結盟的言論，他才知道他並沒有自欺欺人，不是自負，但他現在確信自己是與眾不同，他不會說自己更優秀，但就是與眾不同。他認為這一切之中埋著一個真理，不找出來，他不會甘休。

「那麼——」他開口說話，懶得掩飾自己的諷刺。「誰是我最佳人選？你們覺得我該怪誰？」

馬查恩說：「我是你，我就堅持是阿基里斯，好歹他已經死了。」

奧德修斯做了個鬼臉，「不，我會選那個『忘恩負義的小混蛋』。」

「皮洛士？」

「為什麼不選他呢？除非你喜歡被他踹屁股？」他們笑著連袂離開了。卡爾庫斯慢吞吞地跟在後頭，準備好面對又一場與風的角力，破曉前的幾個小時，風勢通常會暫緩，但現在又刮起來了。他走到門廊上，一陣陣惡毒的風把沙粒吹到他的臉上。

我會選那個「忘恩負義的小混蛋」，除非你喜歡被他踹屁股？

事發後，他立刻安慰自己，沒什麼人撞見，他心想，如果運氣好，這些流言只會限於皮洛士的營區，即使在那裡，沒過幾天也會被人忘在九霄雲外。只是他在軍營裡這麼多年，應該知道得更清楚，沒人跟他提這件事不代表什麼——他們肯定在他背後竊笑。別放在心上。但他怎能不放在心上？這件事夜以繼日啃噬著他，好像肚子裡窩著一隻老鼠。他的名譽確確實實受損了，在這個軍營，男人為名譽而活，也為名譽而死，名譽至上，如果別人開始認為可以蔑視他，那可就危險了——這不僅貶低了他的價值，也是對他所侍奉的神的侮辱。

卡爾庫斯仰望星空，風瘋狂地吹著，他覺得星星彷彿如同螢火蟲般成群起舞，看了幾秒鐘後，他頭昏眼暈，寧願看著地面。他想找人談一談，但誰也信不過，赫庫芭嗎？也許可以，但祭司照理只從他的神得到安慰，這是他在特洛伊阿波羅神廟中所受的教養，但即便在那個時候，他也從未真正得到這樣的安慰。他總是在夜晚，在普萊厄姆的果園，在樹下，在陌生人的懷抱尋找慰藉。他非常渴望死前再回到那裡，哪怕只有一次。

出於某種原始的衝動，他開始祈禱，祈求憐憫，但他知道諸神沒有憐憫之心——尤其是他所侍奉的神。

光之主，聽我所言，神之子，聽我所言，

黑暗的斬滅者，聽我所言……

可惜這些耳熟能詳的禱文未能撫慰他的心靈，他不停地走啊走，想把自己累壞，再回到獨自吃飯睡覺的小屋。天空逐步亮起，星星逐漸黯淡，太陽自洶湧的灰色大海中升起，如石頭一般，又小又硬又冷。

25

阿米娜的死改變了一切。我才這麼一說，心裡馬上就想：太可笑了！不對，沒有，什麼也沒有改變。在最初的幾天，她彷彿沉入海浪之中，沒有引起任何的注意，連一個氣泡也沒有留下。我一如往常去了女營，卻覺得那個纖細的鬼魂在人群邊緣飛來盪去。傍晚我們仍然一塊坐在屋外，但氣氛總是低迷不振。阿米娜去世大約一週後，某天晚上海勒說來點音樂吧，女孩子跟以往一樣大聲說出自己最喜歡的曲子，不過許多人都想要聽阿米娜唱過的那首歌。我不明白那首歌何以如此悲傷，它明明述說一個女孩愛上了一個少年，是一首沒有離別陰影的愛情頌歌，一兩個女孩卻當場哭了起來，就連海勒看起來也眼神異常明亮。

我睡得不好，有一晚睡得特別不安寧，於是穿著睡衣走到門廊上，肩上只披著一條毯子。幾個前往訓練場的戰士路過，好奇地瞥了我一眼。運動會進行得如火如荼，整座軍營氣氛緊張，幾乎興奮到狂熱的地步。我返回屋內，把阿爾西穆斯的早點放在桌上。床是空的，但被子掀開了，所以我知道他回來睡過了，一定是天未亮便出發前往訓練場，他這幾日經常如此。但過沒幾分鐘後，他進來了，我看到他的頭髮都是汗水。他不聲不響吃了一會兒，然後抬起頭，「你在這裡一定很孤單。」

「孤單？」

「嗯，你只有自己一個人……」

「很安靜，但我還好——我不介意。」

「我只是不知道你和別的女人住在一起會不會更快樂？」

我心想，會，然後會有另一個女人在走廊盡頭的房間裡等你。因為他有別的女人，我知道他有，所有希臘男人都有。平心而論，所有特洛伊男人也一樣。

「如果你要我搬過去，我就過去。」我不敢抬起眼睛。「但那裡非常擁擠。」

「是嗎？」他當然不知道，只有皮洛士可以進入女營。「我不希望你不舒服。」

他瞥了一眼我的腹部，那裡好像有一隻小腳動了一動，回應它所得到的關注。「運動會進行得怎麼樣了？」

他的臉龐登時一亮。對戰士來說，運動賽事取代了戰爭，訓練進行得頗為順利，非常順利，雖然有時他們會被熱情衝昏了頭腦，適才練習時，一個年輕的笨蛋居然把他們一等一的摔跤手的肩膀弄脫臼了！不過好歹每個人都意識到，如果他們希望比賽繼續進行下去，就不能每次一輸就跟對方打得不可開交。

我聽他說話，偶爾誇讚一兩句，偶爾表達同情。飯後他看起來很開心，我目送他前往訓練場，然後背靠著門站著，閉上眼睛。我的確太常只有自己一個人——阿爾西穆斯說得並沒有錯——去女營根本沒有用，因為那裡的每個人都依賴我，我必須留意自己一言一動，一顰一笑，絕不能表現出沮喪、悲傷或害怕。我不介意，我也認了，但這表示我永遠不能做我自己。麗特塔，我想起了麗特塔，我需要去見她，但允許自己去見她以前，我還得去見另一個人——另一個早該去見的人。

我向赫庫芭報告阿米娜的死訊，她沉默了大半晌。她這一陣子過得不好，她坐在那裡，好像一隻斑駁的老蜘蛛。

「自盡？」

「有些人認為是自盡。」

「可你不這麼認為？」

「我儘量不去想這件事。」

她身體微微前後搖晃，這個消息給她帶來的震撼超乎我的預期。

「你知道吧，她是波麗克西娜的朋友。」

「我不知道。」

「她們的生日只隔了兩個月。」她不停地把上衣的下擺打褶又弄平。「唉，一個年輕生命就這麼悲哀地結束了。」

可憐的女人，她見證太多年輕生命的悲哀結局。我無法想像，活得比兒孫還久，那會是什麼滋味，當你以為不會再有更壞的事情發生時，又失去了么女，除了悲傷、憤怒和復仇的渴望——她絕對沒有希望獲得滿足的渴望——她還剩下什麼呢？

她看著我，眼神一如既往的犀利。「你認為發生了什麼事？」

「我認為皮洛士殺了她，雖然我不知道為什麼——他沒必要下手。」

「還有一件事我們得感謝他。」

對於這句話，我不知道該說什麼，因為你明白，皮洛士是阿基里斯之子，是我孩子同父異母的哥哥——也是敵人。明擺著的事實。

沉默了一會兒後，赫庫芭說：「卡爾庫斯來看過我，你到的時候，他才剛離開。」

「他想要什麼？」

「這是個非常無情的問題。」

我們相視一笑。

「他只是來告訴我卡珊德拉結婚了。」

我又想起卡珊德拉抵達軍營的那天：她歡欣若狂，在擁擠的小屋跳舞，把火把舉在頭頂上旋轉，招呼她的母親姐妹到她的婚禮跳舞。她深信她與阿伽門農的婚姻將直接導致他的死亡。

赫庫芭搖搖頭。「我從來沒想過他會這麼做，我的確看得出他被迷住了，但萬萬沒想到他真的會娶她。他已經有妻子了！」

「他顯然不相信她的預言。」

「那是當然的！」

「你信嗎？」

她不安地挪動身子。「我認為很多都是信口捏膿，大家常說阿波羅透過她的嘴說話，我看不出來，我覺得那只是她為了自己的方便編了一些事。不管怎樣，我怎麼想都不重要——我得見見她。」

我說：「嗯，可不容易，我在阿伽門農的營區住過一段日子，幾乎不許走出小屋。」

「沒錯，但那是奴隸的待遇，她現在結婚了，他總不能把他的妻子關起來吧。」

我倒認為阿伽門農很可能這麼做，但我知道能夠見到卡珊德拉一面對她非常重要，所以我自然回答：「我來想法子。」

赫庫芭想說話，但哽住說不出口，只能緊緊握著我的手。

「這就是他想要的嗎？告訴你卡珊德拉的事？」

我非常好奇卡爾庫斯的來訪，想不出這對他有什麼好處。赫庫芭沉默了一會兒，終於說：「不是，他來問我普萊厄姆去找阿基里斯的事。」

「他怎麼會對那件事情有興趣？」

「哦，一定有他的理由。」她陷入了沉思和回憶之中。「我那時不希望普萊厄姆去，我**求**他不要去，我認為阿基里斯一定會殺了他，老實說，我不認為他進了城門還能撐過五分鐘，但他只是說：『我得試一試，他是人，不是狼——如果他是人，我們就能溝通。』**溝通？溝通？**我才不會跟他溝通，我會先用牙齒撕開他的喉嚨，然後再跟他**溝通**。他取了我兒子的命還不夠，還拖著他繞城牆，當著眾人的面摧殘他的身子——取了他的命還不夠啊。」

「希望你沒看到吧？」

「沒有，普萊厄姆叫人把我拉走，但他看到了，他都看到了，卻還是去見他，我說破了嘴也改變不了他的心意。」她的手指又忙碌起來，摺起外衣下擺又撫平。我看著她的手，因為我不忍心看著她的臉。「我跟著他進了庫房，在火把的光下，只有他和我，沒有閒雜人等，我可以說出我的內心話。他拿了色雷斯杯，那只杯子他愛不釋手，確實是一件美麗的物品，但無所謂，他還是要用杯子贖回赫克特。我告訴他，他是個傻瓜，我還告訴他，阿基里斯比瘋狗還沒有同情心，但他就是不聽。最後我只好放棄了，我猜再也見不到他了，所以想鄭重跟他道別，端給他一杯離別酒。」她露出笑容。「他換上一件破舊的外衣，坐到農用馬車上——我覺得他從來沒有如此像一個國王。我祈求宙斯保佑他，他吻了我。正要駕車離開時，他說：『你看！』有兩隻老鷹在宮殿上空飛翔，雙鷹齊飛是非常罕見的景象，他說是個吉兆，當然我也附和了，只是心裡並不以為然。但是，你看，我錯了——他果真把赫克特的屍體帶回來，簡直是一個奇蹟，那些可怕的傷痕，通通不見了，赫克特就像睡著了一樣。」她停頓了一會兒，陷入回憶之中。「知道嗎，當我們掀開布時，裡面放著新鮮的香草，一定是誰放進去的。」

「我放的。」

「是嗎？」她微微一笑，「我也這麼猜想。」

我們繼續默默地坐著，我勸她喝幾口酒。

「卡爾庫斯想知道普萊厄姆回來時說了什麼，我叫他去問卡珊德拉，那時卡珊德拉跑出去迎接普萊厄姆，我則忙著為兒子傷心。」

語氣非常苦澀，也許還有一些嫉妒，看來卡珊德拉和普萊厄姆非常親。我拍拍赫庫芭的手臂，站了起來。「我會盡快去看她。」

屋外，一場摔跤比賽剛剛開始，一大群觀眾安靜下來，看著兩個男人繞著競技場轉，互相打量，抹了油的身體在銅色光線下閃閃發光。每個人都緊張地等待比賽開始，他們卻只是不停地繞著圈子。一個人喊道：「快點開始！」坐在他周圍的人都笑了，也有幾個聲音叫著：「媽的，閉嘴！」

在競技場上，摔跤手在無聲的泡影中交手，跌到地上，扭打成一團。

26

我和卡珊德拉之間從一開始就存著疙瘩，不是她的錯，也不是我的錯。

一個女僕開門，帶我進入起居室，我見到卡珊德拉坐在雕花扶手椅上紡羊毛。她站起來轉身迎接我時，我看到了她的項鍊——火蛋白石鑲銀項鍊。我應該沒有流露出詫異，但我其實震驚得說不出話來。那條項鍊是我母親的，那是我父親在結婚當天送給她的新娘禮物，呂耳涅索斯淪陷後，項鍊隨著其他的戰利品落入阿伽門農的手中。我猜想，在卡珊德拉的婚禮當天，阿伽門農把項鍊當成她的新娘禮物送給了她。卡珊德拉只要一動頭，乳白色寶石就會閃現火一般的光。我看得目不轉睛，卡珊德拉抬手摸了摸項鍊，似乎誤認了我注視的方向。

她說：「我知道，看起來很可怕，不是嗎？」

我有些困惑，接著才發現她指的是她手腕上的繩印。

「大家好像以為我又踢又叫，被拖到阿伽門農的床上，其實沒有。」她那雙令人驚心動魄的黃眼珠盯著我。「我是自願去的，因為我知道，發生得越早，他就死得越早。」

「你告訴他了嗎？」

「沒有，我不能說，他們堵住我的嘴，橫豎說了也沒用，沒人會信我。」她兩隻手忙著把甜點擺到盤子上，排放到滿意後，抬起頭說：「他的妻子會殺了我們，你知道嗎？」

「是嗎？」

「我是說，她有充分的理由……不能怪她，你知道他做了什麼嗎？」

我正想說「知道」，但卡珊德拉沒理我，繼續往下說。「他犧牲了他們的女兒。他設了一個陷阱，告訴妻子要把女兒嫁給阿基里斯，你也知道的，這是一樁門當戶對的婚姻，所以他們趕緊做了新衣，一夥人前往位於奧利斯的紮營地。結果呢，她被帶上祭壇，獻給了阿提米絲，換得了順風，艦隊順利出航前往特洛伊。」她笑了一聲，在那一瞬間，我發覺了她與赫庫芭的相似之處。「要我，我會殺了那個混蛋，你呢？」

「我也會。」

「哦，真高興我們意見一致，我就知道。」

我從未碰過卡珊德拉這樣的人，既像個孩子——有時幾乎顯得弱智——又經常令人不寒而慄，非常奇特的矛盾性格。我不知道該怎麼回答。

她遞給我一盤甜食。「嚐嚐看，真的很好吃。」

我拿了一個，然後我們坐回椅子，黏糊糊的東西塞了一嘴，幾乎無法說話。當她的下巴終於不再黏著時，她說：「我的家人是不是該謝謝你？」

我只能搖頭。

「你設法埋葬了我父親吧？」

我淡淡地說：「不是我，是阿米娜，她也為此付出了代價。」我不想因為一樁我無意中涉入的事而受到感謝。

她調酒時，我們繼續聊天，氣氛有些奇怪，我想了好一會兒才弄明白原因——卡珊德拉好像不記得我們上次見面的事。也許是癲頭癲腦的天性，她記不起自己某次「發作」的言行舉止，也可能記得清清楚楚，但選擇不說出來。

她遞給我一杯酒，「我猜你應該去看過我母親了吧？」

「沒錯，去了好幾次。」說到這裡，她應該要自然而然問起她母親的狀況，但她沒有。我遲疑地說：「我相信她會很高興見到你。」

「我也這麼相信。」

「那麼，為什麼——？」

「我還不想去，我會去，我不會讓她不辭而別——但現在還不行。」

「為什麼這麼難呢？」

我不指望她會回答，話還沒說完，就後悔問了這個問題，所以她直截了當地回答時，我很驚訝。「一開始不是這樣，直到海倫出現——才真正開始出現狀況。你知道嗎，我看到他們——帕里斯和海倫——駕車駛進城門，我看到我父親歡迎她，我知道，我知道會發生什麼事，不是什麼隱約的預感——我看到了特洛伊在火焰中焚燒。所以我抓傷了海倫的臉，我心想，如果我能讓她不再美麗，哪怕只是幾天的功夫，帕里斯也一定會清醒過來，還有我父親和所有人，他們會把她送回她的丈夫身邊，她屬於那裡。結果，被送走的人不是她，是我——問題就是從那時開始的。顯然誰靠近我，我就攻擊誰，我母親過來想安撫我，我也攻擊了她，他們便把我關起來，強迫我進食，我不要吃，我不想要海倫那樣搖搖晃晃的大奶子。他們派女人來照顧我，其實就是看守，她們不能打我，也不用打我——赫庫芭已經打過了，她拿梳子打我。我認為她很厭惡我，因為我是她完美家庭中的污點。

「後來我好了，但回家時，一切，一切，都繞著海倫打轉，帕里斯為她神魂顛倒，赫克特也好不到哪裡去——就連我父親也是！她能把他耍得團團轉。有人提議把我嫁出去，我猜他們其實早安排了某個可憐的笨蛋，只是後來又發生了，再次發生。這個時候，看來是沒有人肯娶我了，即使能當上普萊厄姆國王的女婿，也彌補不了瘋癲的污點，誰希望家裡出這種人呢？所以赫庫芭決定讓我去做祭司——一個處女祭司。普萊厄姆同意了，她的話普萊厄姆幾乎沒有不同意的，我就這樣被送去神殿了。」

「你當時多大？」

「十四歲。」

「你一定很想念家人？」

「不盡然，我一點也不想念我的母親！但我想念我的父親，還有赫勒諾斯。當然，從赫庫芭的角度來看，問題解決了，現在我發瘋時，她可以說那是神給予我的瘋狂，就沒那麼丟人現眼了。假若我信神，事情可能好辦一些，偏偏我不信——反正那時是不信的。你一定知道那個故事吧？阿波羅吻了我，賜予我預言的能力，我拒絕與他共寢，他就往我嘴裡吐口水，確保永遠不會有人相信我？」

「我聽說過，這故事是真的嗎？」

「千真萬確。」

聽她滔滔不絕的自我辯解，我開始覺得厭惡。「我甚至不確定我知道什麼叫做預言。」

「好，舉一個小小的例子吧……我起床後就沒離開過這張椅子，也絕對沒往門外看過一眼，但我看到你走在沙灘上，知道你會到這裡來。」

「哦。」

「你聽起來好像不信？」

「唔——我來是問你一個問題，我來之前就知道了答案，這算預言嗎？」

「不，那只是智慧。」她目不轉睛地看著我，我想這是她第一次真正看見我。「你經常觀察別人，對吧？」

「聽我說，她是你的母親，你剛結婚——走幾步路有這麼難嗎？」

「你不知道有多難。」

我開始認識真正的卡珊德拉。雅典娜全副武裝從宙斯的腦袋裡蹦出來，卡珊德拉也一樣，她的生命不歸功於發生在女人雙腿之間的那檔事，所以她可以將赫庫芭視為一個不重要的人甩開，她——至少在這方面——與我截然不同。

總之，我已經有了答案，於是放下杯子——我幾乎沒有碰酒——準備起身，這時有人開始敲門。卡珊德拉一隻手拉住我的胳膊，「先別走，是卡爾庫斯，他跟我一樣想和你談談。」

我聽到門口的女僕讓他進來，「我想不出他跟我有什麼好談的。」

「真的嗎？你這麼聰明的女孩，我以為不用說你也知道。」

卡爾庫斯進入房間，我嗅到他皮膚上的鹽味，還有他臉上塗抹的白膏，那味道不太令人舒服。他身著祭司袍，手持繫著猩紅色幡巾的法杖，這是對卡珊德拉成為阿伽門農妻子的新角色的讚美？還是他們共同的祭司身分的明顯提醒？雖然年紀相差甚遠——卡爾庫斯肯定至少大她十五歲——他們在同一座神廟受訓，甚至睡在同一個小房間，終究有著共同的經歷。卡爾庫斯坐下來喝了酒後，他們開始回憶一起指導他們的祭司，然後——我想是懷著更深的感情——回憶被關在神廟院子裡的烏鴉。烏鴉的翼羽被剪了，所以飛不走，成了他們的兒時夥伴、他們的朋友——而且從頭到尾都是同一批烏鴉，在圈養環境下，烏鴉壽命極長，每一隻都有自己的名字、個性、小把戲。聽著聽著，我的腦海中浮現兩個孤孤零零的孩子，還沒準備好離開家，就被送走了。我覺得非常感動，改變了對他們兩人的觀感，尤其是卡爾庫斯，我一向認為他有點虛偽，但現在不再那麼肯定了。

卡爾庫斯把注意力放在甜食上，以驚人的速度吃完，稍作停頓後，談起了普萊厄姆拜訪阿基里斯一事。那一夜，普萊厄姆潛入希臘軍營，懇求阿基里斯歸還赫克特的屍體。卡爾庫斯對卡珊德拉說：「我相信，他一回去，你就跟他說話了吧？」

卡珊德拉說：「沒錯，我在城垛上等了一整夜，但什麼也看不見，即使天逐漸亮起，依舊伸手不見五指，因為霧非常濃。接著他突然駕著那輛搖搖晃晃的老舊農車出現了，我跑上前迎接他，命令他們打開大門，然後爬上駕駛座，坐在他的旁邊，我們一起駕車進城。」

卡爾庫斯說：「好像凱旋歸來。」

卡珊德拉怒斥：「哪裡像凱旋了，車子後面載著我哥哥的屍體。」

卡爾庫斯微微欠身，也許是在為自己的粗魯道歉。「普萊厄姆有沒有提到阿基里斯？我是說，他有沒有說阿基里斯怎麼接待他？」

「他對阿基里斯是滿口的稱讚，他說阿基里斯走在農車旁，目送他安全離開軍營，據說阿基里斯的最後一句話是：『特洛伊陷落後，請設法給我捎個信——我如果能來，我會來的。』普萊厄姆說：『當特洛伊陷落時，你已經與死者同在冥府了。』阿基里斯只是笑了笑，然後說：『那麼，我就不會來了，不是嗎？不管你派多少信使。』」

我現在才知道最後的這段對話，但我能想像阿基里斯的語氣——還有他的笑聲。

卡爾庫斯轉向我，「赫庫芭說你那天晚上在場？」

「對，但回答任何問題之前，我想知道這是怎麼一回事。」

他是不是看起來有點吃驚？太難看清楚他藏在脂粉面具後的表情。

他說：「我跟赫庫芭談過，她告訴我普萊厄姆怎麼死的，她當時在場，你知道嗎？她都看到了。她說，一個人就算是殺豬，也不會像皮洛士殺普萊厄姆那樣。」

「我知道，但我能不能為皮洛士辯護一句——普萊厄姆全副武裝，準備戰鬥，他寧願光榮死去，也不願被迫跪在阿伽門農面前。」

「沒錯，但這阻止不了我的憤怒。他年事已高，穿著盔甲，連站都站不穩，慘遭毒手而死——而殺他的人卻被譽為英雄。他不是英雄，他是一個惡毒的小流氓。阿基里斯有很多可以批評的地方，但他絕對不會是那種人。」

他的憤怒我看到了，想不看都不行——他氣得臉上的脂粉都龜裂了。那一刻，我忘記了，至少把我對卡珊德拉的本能厭惡擺到一旁，也放下了對卡爾庫斯為自身利益編派預言的猜疑，我們不過是三個特洛伊人，在敵營中心的房間中交談。

卡爾庫斯說：「聽我說，我們必須確認一件事，那就是阿基里斯和普萊厄姆究竟是什麼關係。你應該知道，他們很有可能只是做了筆交易，『贖金拿去，你看這樣夠不夠。』『夠了，屍體你拿回去吧。』然後就結束了。但如果不止於此，如果阿基里斯把普萊厄姆奉為客人，那麼他們就建立一種關係，賓主之誼的關係，情況就大不相同了，因為殺害一個曾經作客的朋友是不對的，即使你們在戰爭中對立，即使你們在戰場上相逢，也不能殺死一個做過客的朋友。賓主之誼一旦形成，就會父傳子、子傳孫。所以，如果阿基里斯和普萊厄姆確實具有賓主之誼，那麼皮洛士和普萊厄姆之間也有賓主之誼——那麼普萊厄姆的死——」

卡珊德拉說：「屬於謀殺。」

我抬起頭，發現她正用那雙明亮的黃眼睛看著我。

「你現在明白為什麼回答卡爾庫斯的問題很重要了吧？」

我點點頭，整理了一下思緒，開始告訴他們那晚的故事。但在我說話的同時，另一個更複雜的故事浮現在我的腦海中。那晚，是我人生中最重要的一晚，一切都在那晚改變了。首先是見到普萊厄姆的震驚，他手無寸鐵，孤身潛入敵營。隨之而來的是令人迷惘的機會，我求普萊厄姆帶我一塊走，苦苦哀求，但他堅決拒絕了。他說，戰爭的起因是他的兒子帕里斯違背待客之道，勾引（有人說是強暴）梅涅勞斯的妻子海倫，因此他不能濫用阿基里斯的盛情，拐走他的女人。那是我得到的答案，但我不能——也沒有——接受，當馬車緩緩駛向大門時，我躲在赫克特的屍體旁，意識到阿基里斯就在一旁，只有幾步之遙。然後……然後我改變了心意，想想還是作罷。那時，包括普萊厄姆在內的所有人，都明白特洛伊即將戰敗，這個時候到特洛伊還有意義嗎？不是又要忍受一個城邦遭到洗劫，忍受自己二度淪落為奴嗎？因此我沒有逃，反而回到了阿基里斯的大廳，回到了阿基里斯的床上。雖然沒有女人可以確定這檔事，我相信我就是在那天晚上懷上了孩子。

卡爾庫斯不需要知道這些，他對我不感興趣，只想把我當成見證人。所以，我以見證人的身分，給了他想要的東西，不多也不少。

「我們剛吃完晚餐，門就開了，有人走進來，我抬頭一看，竟然是普萊厄姆。他打扮得像個農民，但我一眼就認出他。阿基里斯沒見過普萊厄姆，所以沒有認出他，當他明白到那是誰時，頓時勃然大怒。他說：『你他媽的是怎麼進來的？』普萊厄姆說了『我得到神的指引』一類的話，阿基里斯一聽更加憤怒。他指責普萊厄姆賄賂守衛，這時其他人也知道了他是誰，通通圍了上來，阿基里斯卻吩咐他們退下。普萊厄姆跪在阿基里斯的腳下，緊緊抱住他的膝蓋。他說：『我做前人從未做過的事，我親吻殺死我兒子的人的雙手。』」

我輪流看著卡爾庫斯和卡珊德拉，不知道他們是否能夠體會那一刻的震撼和力量。

「阿基里斯隨時可以殺掉普萊厄姆，但他選擇不這麼做，反而還邀請普萊厄姆進入他的住處。啊，我記得他換了一件普通的外衣，因為普萊厄姆明顯打扮得像個農夫。然後他們一起坐下來用餐，普萊厄姆連刀子也沒帶，所以阿基里斯擦乾淨自己的刀子，隔著桌子遞給他。坦白說，我也沒有伺候他們，只是把酒放在桌上，阿基里斯就自己倒起酒來，那是他最好的酒，還為普萊厄姆切肉，甚至端著盆子讓他洗手。後來普萊厄姆顯然累壞了，阿基里斯要我給他準備一張床，我記得他說：『如果你喜歡，把我床上的皮草拿去吧，我不希望他著涼。』第二天早上，我送水給普萊厄姆洗漱，阿基里斯則一大早就起床，穿上全副的盔甲。他告訴普萊厄姆，越早離開營地越好，他說他不想讓阿伽門農發現他來了。普萊厄姆說了像是『但你願意為我而戰？』的話，阿基里斯回答說：『願意，我願意挺身而出，我不需要一個特洛伊人教我待客之道。』」

卡爾庫斯向前傾身：「你確定他說的是『待客之道』？」

「一字不差。」

「還有其他人聽到嗎？」

「不知道，阿爾西穆斯和奧特米登當時在後方的廊下，但我不知道他們有沒有聽到，不過他們可以證實，阿基里斯陪著普萊厄姆走到大門口，目送他安全離開軍營。」

我說完後，卡爾庫斯大聲呼出一口氣，往後靠在椅子上，望向卡珊德拉，又回過頭來看著我。

我說：「所以你的意思是，普萊厄姆的死是謀殺？你認為希臘人會接受這個說法？」

「我認為不無可能，想想看，人總是說他們需要一個解釋，但其實想要的並不是解釋——他們要的是一個可以責怪的對象。」

「我想他們寧可責怪梅涅勞斯。」

「哦，那是當然了——他們想看到海倫被石頭砸死，不過這麼一來會有戰爭。」

「所以你打算用皮洛士來代替？特洛伊的英雄？阿基里斯的兒子？」

「我說我認為有可能，沒說很容易。」

卡爾庫斯安靜下來，顯然在苦思冥想。他是一個難纏複雜又有魄力的怪人，但我認為他對普萊厄姆的忠心是真的，行徑雖怪，但還是讓人敬佩，只是我一點也不信他會成功完成這個計畫。皮洛士是攻克特洛伊的英雄，大權在握，擁有難以超越的聲望。況且，卡爾庫斯的指控有一個很大的弱點，他的證詞來自於卡珊德拉和我，卡珊德拉描述普萊厄姆返回特洛伊後的情況，而我記得阿基里斯當晚的言行。但是我們都是女人，女人的證詞有別於男人的證詞，在法庭上，若一男一女意見相左，會被接受的是男人的說法，幾乎無一例外。在法庭上是這樣，在這個軍營中更是如此，所有的女人都是特洛伊奴隸，唯一真正的法律就是武力。卡爾庫斯需要去找奧特米登或阿爾西穆斯來證實我所說的一切，但我多數時候只和普萊厄姆與阿基里斯單獨在一起，因為阿基里斯認為普萊厄姆和一個特洛伊女孩相處，會比和全副武裝的希臘戰士在一起更自在。但願阿爾西穆斯和奧特米登起碼願意說出他們所知道的事實，不過我懷疑他們對皮洛士的忠誠——他是阿基里斯的兒子——會凌駕於一切之上。

卡珊德拉打斷我的思緒。她說：「我想看到我父親入土為安，我想看到皮洛士跪在泥土中爬行。」

我突然很想逃離這個悶熱的房間，因此猛然站了起來，這一次卡珊德拉沒有挽留我，但還是把我送到門口。她說：「我會去看我母親，但現在還不行。」

我覺得她把這個承諾當成獎勵，鼓勵我這個乖女孩。傲慢自大的賤人。她以為自己是繞著皮洛士所編織的大網的中心，但我認為她是在自欺欺人。卡珊德拉跟父親較親，心態經歷迥異於其他女人，無法充分了解赫庫芭的全部力量。但卡爾庫斯明白，每當他提到赫庫芭時，語氣都很溫柔，一種其他時候絕對沒有的溫柔。也許他年少時愛過她，也許在胭粉、玩世不恭和陰謀詭計之下，他仍然愛著她。

27

那天晚上，像往常一樣，我和安卓瑪姬在晚餐時斟酒。我們及時趕到，開始倒第一輪酒。火把點著，新鮮的燈心草鋪妥，金盤子在皮洛士的桌上閃閃發光，我注意到他使用色雷斯杯喝酒。阿基里斯活著時，在他陣亡前的最後十天，我見過這個杯子，但我現在以全新的眼光來看它，因為我知道了，當赫庫芭說服普萊厄姆不要前往希臘軍營，不要指望阿基里斯不存在的仁慈時，普萊厄姆一直拿著這個杯子。

男人吃吃喝喝，火把熊熊燃燒，溫度持續飆升，我不時瞥一眼桌子對面的安卓瑪姬，她又瘦又蒼白，自從阿米娜去世後，益發消瘦無血色，但似乎還稱得住，只是我注意到她仍然避免看著她所服務的男人。男人正在聊著比賽：哪個裁判瞎了眼睛（所有的裁判），哪一隊是廢物，誰最有希望贏得戰車比賽。賽事似乎進行順利，一場摔跤比賽之後，發生過激烈的衝突，導致一名參賽者終身殘疾，但沒有其他驚天動地的騷亂。我很高興看到阿爾西穆斯一天比一天更有信心。

我們該離開時，安卓瑪姬被告知要留下來，她絕望地回頭看了一眼，隨後消失在住處。我決定去女營瞧一瞧，到了那裡，女孩們已經準備好食物，是一道簡單但非常美味的蒜味檸檬雞，她們的廚藝可真是越來越好。我們坐在小屋外頭吃。在她們之中，叫我擔心的女孩是梅爾，她像個傻大姊，沉默寡言，老是鬱鬱寡鬱。我們女人難免常常透過俘虜我們的人的眼光看待彼此，恐怕和其他人一樣都有這個毛病。皮洛士為什麼會選擇她？她很胖，胖到連走路都搖搖晃晃，而且顯然對自己的身材感到羞愧，自從來了以後，天天穿著同一件寬鬆的黑袍子，拖著腳走來走去。坐在她身旁的海勒，身材苗條結實，動作優雅，渾身煥發著健康的光芒。儘管兩人構成鮮明的對比，她們卻建立了友誼，至少梅爾時不時會跟海勒說說話，她和其他人則沒那麼多話好說。

最後我們把盤子收拾乾淨，生了火，拿出鼓笛。阿爾西穆斯的琴已經還了——我確定完好無損——但他好心找了一把比較普通的琴給女孩子使用。一個話不多的女孩舉起手說她會彈，「但沒有阿米娜彈得那麼好。」一提到她的名字，我幾乎看到大家的臉龐都掠過一抹陰影。

海勒立刻站起來，拍手引起大家注意，叫大夥學一首新歌，一首飲酒歌。女孩面面相覷——女人不唱飲酒歌。海勒接著說，所以她們必須先舉起杯子，痛痛快快喝上一大口。

的確是一首飲酒歌，在呂耳涅索斯，水手經常在港邊的酒館妓院唱這種歌。

男人變老，睪丸變冷，
龜頭藍藍的，
中間的洞尿不出來，
他能給你講一兩個故事。
他能給你講一兩個故事！

女孩子笑得渾身亂顫，有幾個一臉震驚，但似乎都非常想學會這首歌。營裡到處有人唱這首歌，歌詞有些出入，不過主角都是一個無法滿足的女人，她性慾極強，非得用長矛插進陰道，才能到達高潮。不用說，這個女人的名字總是叫海倫。

希望海勒夠聰明，在最後一段前停下來，因為特洛伊有許多女人正是這麼死去的──我認識一個女孩，親眼見到她懷孕的嫂嫂從藏身處被拖出來，遭長矛刺死。我不知道海勒原本打算怎麼做，因為她才唱到第三節，梅爾就嘔吐了，人人都轉身盯著她看。

我跪在梅爾的身邊，探探她的額頭，她沁了點汗，但摸起來不太熱。我又摸摸她的下巴，沒有腫脹。我說：「來，我帶你進去。」

床已經鋪好了，我要她躺下，為她蓋上毯子。我看到海勒在門口徘徊，告訴她：「她不會有事。」我一點也不擔心，以為她只是胃不舒服，這在軍營中很常見。「梅爾？睡一會兒吧。」

我不大想回到火堆旁的人群中，在大廳服務後，我很累，腳踝也腫了，得躺回床上休息。歌聲再次響起，我很高興聽到換了一首比較合適的歌，所以心想我可以悄悄走了。

才走到廊下，海勒就從我後面的門衝了出來。「你不能就這麼**走**了！我不知道該怎麼辦。」

「她不會有事的，在床邊放個盆子，免得她又吐了。」

她盯著我，「你不知道，對吧？你怎麼會不知道呢？」

突然間，我好像被潑了一桶冷水。我知道，只是你們都比我早知道，不是嗎？請容許我為自己辯解幾句，一個胖女人懷孕，第一次懷孕，尤其是當她想隱瞞時，並不如你想像的那麼容易被人發現。但即便如此……我自己也懷孕了，怎麼可能沒有看出來呢？

「我當然會留下來，你回去找其他人，儘量別讓她們進來。」

我回到小屋，蹲在梅爾身邊，她滿頭大汗，在屋內搖曳的光線下，臉龐彷彿一輪熠熠發光的滿月。「你還想吐嗎？」

她搖搖頭，嘴唇動了動，我不得不湊近一些才能聽清楚她的話。「我知道下場。」

懷孕的下場？嗯，沒有獎品……但後來我意識到她指的是那首歌。

「那不會發生在你身上！」口裡這麼說，我心裡卻還是想：為什麼不會？有什麼不同嗎？「你不會有事。」我拍拍她的大腿說。

我需要麗特塔，我這一輩子從未像現在如此需要麗特塔。但我聽到醉醺醺的戰士三三兩兩走過，每一個營區都有許多這樣的人，我無法找她過來，當然也無法派個女孩過去。我們只好自己想辦法了，每天有數不清的女人分娩，有人生子就像母狗生小狗一樣，自己一個人就生了，是能有多難呢？

我跪在梅爾旁邊，問她疼痛是否有規律，她點點頭。我又問，什麼時候開始痛的？「今天下午。」所以她幾個小時前就開始分娩了，卻沒有告訴任何人。我越是想理解她的行為，就越覺得她瘋了，但我想她根本就沒想清楚，可憐的女人。

有四五個女孩進來拿毯子，用一種害羞好奇、略帶尷尬的眼神瞟著梅爾，我聽到她們回到火堆邊後喋喋不休，非常興奮，準備熬夜不睡，在星空下喝酒……果然還是小孩啊。

梅爾翻來覆去，我坐在她身邊，看著陣痛一次次襲來，達到頂點又逐漸減弱。痛得厲害時，梅爾弓起背部，哼哼唧唧，但沒有發出其他聲音。她等一下可能需要咬著什麼，我們可不能冒著風險，讓清清楚楚的分娩尖叫吵醒軍營的人。趁著陣痛停歇之際，她開口說話——至少對我說得以前更多。她以前是一所大房子的廚房奴隸，生來就是奴隸。我以為孩子的父親是她的主人，因為奴隸——即使是像梅爾這樣相貌平平的奴隸——也經常被用來泄欲，結果我錯了，孩子的父親也是奴隸，在農場幹活，經常送蔬果到廚房。梅爾說：「有一天，他帶了花送我。」你從她的臉龐看到那一刻的驚喜，此後梅爾就經常溜去看他，在果園裡，在乾草倉庫裡，甚至在田野上……

知道嗎？其實我很羨慕她，我結過兩次婚，是偉大的阿基里斯的榮譽獎，但是從來沒有男人送花給我。

她說話時，我開始明白她和海勒為什麼合得來。這兩個女人一點都不像，但她們有著相同的奴役經驗，對她們而言，特洛伊的陷落不代表從自由淪為奴役，不過是換了一種奴役罷了。

過了一會兒，女孩子陸續回來，帶進了木柴的煙味。她們輕聲耳語，脫衣準備過夜。一盞盞的燈熄了，最後只剩下梅爾床邊的燈亮著。大家都很興奮，不過酒、熱食和新鮮空氣讓她們昏昏欲睡，多數女孩不多久就睡著了，但不是所有人，我環顧屋子，在黑暗中不止一次捕捉到一閃而過的眼白。

夜緩緩地流逝，梅爾的疼痛卻越來越微弱，間隔也越拉越長，她甚至在陣痛間歇時打起了盹。我猜我自己一定也迷迷糊糊睡著了，因為當梅爾伸手抓住我的手時，我嚇了一跳。「我想尿尿。」

夜壺在屋子的另一頭，到底要怎麼辦……？嗯，只好這麼做了。我和海勒扶著梅爾坐起來，再拉她站起來，我趁機脫掉她的黑袍，她底下只穿了一件單薄的白色內衣，我的天，她的體型！我們在兩排睡鋪中間艱難地挪動著，海勒在前面拉，我從後面推，推推拉拉，吵醒了每一個人。我們扶著梅爾蹲在尿桶上，海勒的臉因為用力而扭曲——她力氣比我大得多。

梅爾排出的不是淑女般的涓涓細流，而是一陣急流，好像母馬撒尿。我一時間愣住了，但馬上意識到她的羊水破了，這是人人都知道的分娩常識，不是嗎？羊水破了，我和海勒面面相覷，然後望著通往梅爾睡鋪那條漫漫長路——沒錯，只有幾碼遠，但是一條很長很長的路——然後海勒對著最靠近我們的女孩說話了：「對不起，親愛的，我們需要你的床。」

那女孩看起來很震驚——她才剛醒來，真可憐——但立刻爬了起來。我們把梅爾放到她的床上，海勒拿來燈籠放在一旁的地上，這時所有女孩都坐了起來，我想那天晚上沒有人再睡著了。

之後，疼痛加劇，梅爾開始大聲叫喊，我把我的面紗打了一個結讓她咬著，但她嘴巴很乾，不停地把面紗結吐出來。

我低聲說：「你必須保持安靜。」

我用不著多說，梅爾很清楚理由，但隨著一次次陣痛的來臨，她越來越難保持安靜。女孩子紛紛點起燈，我們靜靜等著。每當陣痛開始，梅爾就咬住面紗結，你可以看到她像爬山一樣，奮力爬上每一座山巔，然後又從另一頭滾落下來。片刻的平靜之後，子宮再次收緊。海勒不斷餵她喝一小口水，但她根本喝不下去，所以我們只能潤潤她龜裂的嘴唇。一切發生在一群驚悸的女孩面前，她們幫不上忙，也做不了別的事，只能陪在她身邊。

我不知道梅爾如何忍住沒尖叫，但她做到了——雖然面紗後方傳來一些可怕的呻吟聲。接著開始發生不一樣的事，我先從梅爾的表情看出端倪——她面露疑色。我瞥了海勒一眼尋求確認，她卻只是搖頭，一直對我們所做的一切心存感激的梅爾，突然變得脾氣暴躁，動不動就生氣，我們說的或做的都不對。海勒又想潤潤她的嘴唇時，她用力推開杯子，杯子滑落在地上。

我問：「你需要什麼？」

她不知道自己要什麼。然後，在下一陣疼痛中，她開始用力推擠，我以為馬上就要結束，就差幾分鐘了。她每一口的吸氣都在使勁的尖叫聲中吐出來。「噓！」我不停地說，同時緊張地望著門口，但梅爾已經控制不住尖叫了。

海勒站起來，低聲對女孩吼道：「唱歌！快點，別光坐在那裡——他媽的給我唱！」她們唱了起來，她們一定唱遍了所有會唱的歌，連那個中間的洞尿不出來的老頭的歌也唱了兩遍。海勒喊著：「大聲點。」仍然圍著火堆喝酒的戰士聽到歌聲，鐵定心想：她們玩得真開心。在嘈雜聲的掩護下，我和海勒不斷互看對方，對自己的無知感到害怕。我們撐過了一回又一回的陣痛，終於得到了回報——安卓瑪姬的腳步聲在門廊上響起。

她緊緊咬著下巴，低頭走進來，什麼也沒看到，一抬起頭，才發現每個人都醒著，還有一個女人躺在地上呻吟。她面露困惑。「怎麼了？」她問。

海勒說：「她要生了。」

「生？」安卓瑪姬低頭看著梅爾，搖了搖頭，這個動作表示：我才不管。「我得去洗個手。」

說完，她穿過驚慌失措的女孩，走到院子。屋內響起竊竊私語，我和海勒互看了一眼後，尾隨安卓瑪姬走入夜色。火堆還在熊熊燃燒，一旁的草地上有一大鍋的熱水，安卓瑪姬蹲下來，叉開大腿，用一塊折成墊子的亞麻布狠狠擦洗著自己的身子。我出於本能撇開視線，但她好像不介意我在一旁，她不再需要隱私，因為她的身體已經不屬於她。我懂這種感覺，把剛想說的氣話咽了回去。我別過臉等她準備好。

她把墊子扔進大鍋說：「好，來看看我們能做些什麼。」

我跟著她進了小屋，擁擠、氣味和體熱再一次嚇得我畏縮了。安卓瑪姬跪到梅爾的腳邊，等著下一次的陣痛，然後立刻做了我不敢做的事：把梅爾的衣服推到她的腰上查看情況。幸好我沒有這麼做，因為那只會讓我驚慌失措，那畫面簡直匪夷所思。疼痛漸退，梅爾發出長長一聲刺耳的尖叫，頭往後一仰。

安卓瑪姬說：「你沒有努力！你得用力推呀！」

「**我在用力推了！**」

「不夠用力。」

語氣非常嚴厲，但這種粗暴似乎把梅爾從麻木中喚醒來——不管是不是巧合——接下來的疼痛更加劇烈，安卓瑪姬低聲對我說：「你知道，因為有一層脂肪，她其實相當狹窄。」她面有憂色，如果說她在擔憂的話，那我就是要瘋了。我說：「加油，梅爾，你可以的。」

梅爾搖搖頭，安卓瑪姬打她一巴掌，雖然不重，但這時隨便一巴掌都很殘忍。「看著我，梅爾，看著我——我們失去了一切，家園、家人、一切，但我們不會失去你。」

可憐的梅爾，我們聽起來一定很像惡魔，催促她完成不可能的任務。她轉向海勒，海勒拉起她的手說：「加油。」然後半笑不笑地打趣說：「沒有你，我該怎麼辦？」

梅爾搖搖頭，下一回的疼痛已經開始了。

「很好！」安卓瑪姬說：「我看到頭了——黑色的長髮，好漂亮，跟你的一樣。」

我只看到一團血淋淋的東西，但這番話似乎鼓勵了梅爾。

安卓瑪姬說：「加油，快結束了。」

我們紛紛替梅爾打氣，不自覺跟著她的呼吸節奏，只顧著等待下一次的陣痛，沒有人聽到她用力的尖叫了。安卓瑪姬把手放在梅爾腹部堅硬的小丘上，點點頭，「好好利用這一次，繼續，深呼吸，撐住——用力推。」

嬰兒的頭出現了，在我們的注視下，它轉了過來，好像也想幫忙，好像它知道該如何出生。

安卓瑪姬說：「現在是肩膀了，加油，再忍一陣痛，一切就結束了。」

撲通一聲，一團東西湧出，屋裡多了一個從未出現過的新生命。此後我參與過許多次的分娩，也有了自己的孩子，但始終不曾做好迎接這一刻的準備。如同死亡一樣，無論你多早料到那人的離去，當他咽下最後一口氣後，悠長的沉默總讓人感到震驚。

安卓瑪姬把他抱起來，揉了揉他的胸口，他發出一聲微弱困惑的哭啼。一開始，他是成熟李子的藍紫色，但隨著不斷的嚶嚶哭泣，他變成了健康的紅色。

把他抱起來。

揉了揉他的胸口。

他變了顏色。

屋裡鴉雀無聲，除了咿咿呀呀的嬰兒哭聲外，沒有半點的聲響，我意識到少了一樣東西——男嬰出生後的勝利歡呼。一個健康的男嬰誕生了，迎接他的卻是憂慮，我想這是特洛伊史上頭一回。安卓瑪姬還沒把嬰兒交給梅爾，梅爾開始焦慮不安，剛才疲憊得連頭都抬不起來，現在猛然坐起身，從安卓瑪姬的手中搶過嬰兒，放到自己的胸前。她的乳頭那麼大，我不知道嬰兒如何含進嘴裡，但氣餒哭了幾聲後，他成功了，臉頰開始用力吮吸。梅爾驚訝地哼了一聲，顯然這種感覺不如她的預期，接著她寬慰地歎了口氣。

安卓瑪姬無意識地繼續做該做的事，從梅爾的兩腿之間伸出手來，捧著一個羊肝似的東西，幸虧女孩子都拉長脖子欣賞小寶寶，我聽見其中一個說：「看他的指甲！」

安卓瑪姬緊緊抓住我的手臂，「我們需要談一談。」

我和海勒對看了一眼，心裡可能都在想：簡直就是一場噩夢。我們跟著安卓瑪姬走到院子，以掩埋胎盤為藉口，私下聊幾句。

海勒說：「應該殺了他，如果讓他們動手，她只會更難受。」她扭過頭，指著在籬笆外大吵大鬧的希臘戰士。

我說：「不行，他們是敵人，我們應該是她的朋友。」

安卓瑪姬說：「反正已經來不及了。」

海勒說：「是嗎？」

有一瞬間，我們彷彿凝視著深淵。

我說：「的確來不及了，她已經餵過他了。」

遭到殺害或任其自生自滅的新生兒並不少，天生畸形的男嬰就不用說了，但也有很多完全正常的女嬰遭逢此一命運。原則上，必須在母親親餵孩子前進行。梅爾從安卓瑪姬的手中奪過她的孩子，抱到胸前，因而救了他的小命。

至少暫時如此。據我們所知，「特洛伊男丁必死」的法令仍然有效，皮洛士殺了安卓瑪姬的兒子，我們沒有理由信任他。如今戰鬥的激情已經消退，我不知道他是否還有膽量殺害一個甫出世的嬰兒，但我絕對不想親自確認。

我說：「把他包起來吧。」

在出生的頭幾週，特洛伊嬰兒會被緊緊裹在包巾中，牢牢綁在母親的胸前，除了小手小臉，什麼也看不見，甚至就連小手小臉也藏在母親的披肩內。我們可以隱瞞嬰兒的性別嗎？我想應該可以，只要女孩記得喊孩子「寶寶」就瞞得住，若是能喊他「妹妹」，那就更加保險了。

海勒以非常權威的口吻說：「她們一定會記得的。」我是否聽到了一絲「否則——」的脅迫呢？如果聽到了呢？我希望她當女孩子的領袖，她也確實逐漸開始帶領她們。那就這麼決定了，我從我的小屋拿來一張床單和一把剪刀，跟著海勒和安卓瑪姬一起製作包巾，嬰兒包好後，我們三人各自對女孩們交代了幾句話，她們點點頭，低聲同意，沒有人需要被說服，因為許多女孩子在特洛伊已經目睹了她們這個年齡——任何年齡——不該目睹的景象。

從那一刻起，梅爾的孩子成了一個女嬰。翌日，我隨口向阿爾西穆斯提到嬰兒出生的事，他一點也不感興趣。晚餐時，有一兩個男人聊到前一夜的歌聲，我說：「我們在慶祝，梅爾生了一個女嬰！」還是沒有人感興趣。一個奴隸生下一個奴隸，沒人會覺得這是新聞。

除了女營。那裡的氣氛完全變了，女孩子有了新的焦點，梅爾也樂於成為眾人關注的中心。天黑後，她們圍在火堆旁，嬰兒如同一個幸運符，從一個懷中傳到下一個懷中，梅爾含笑看著他們。但我發現嬰兒回到她的身邊時，她總是感到非常欣慰，那份母愛中有一種強烈的東西，似乎在說：那是我的，不是你們的。

輪到我時，我會有這樣的感覺嗎？我敢肯定很多女人會告訴我：「別傻了——你當然會！」「孩子自己會帶來愛。」如果每次聽到有人這麼說，我就得到一枚金幣，我已經是天下第一富人了。

這不是真的——我知道不是真的，未必會有愛，特別是如果嬰兒是非自願結合的結果，特別是如果嬰兒是個酷似生父的男孩。我見過很多這樣的男孩子，從小到大得到良好的照顧，母親盡力把他們養得白白胖胖，但幾乎沒有人碰他們，沒有人抱他們，沒有人愛他們。相信我，這樣的孩子無法茁壯成長。所以每次望著梅爾和她的孩子，我都在想我自己將會如何。當墨米頓人拍著我的肚子，談論阿基里斯的兒子時，我總是不禁失笑，但我也認為會是一個男孩。

只有安卓瑪姬遠離這股迷戀嬰兒的熱潮。她的冷漠讓我有幾分吃驚，我本以為她會寵溺這個嬰兒，但她很少瞧他一眼。一天晚上，我們有幾分鐘的獨處時間，我問她原因。她說：「赫克特死後，赫庫芭心智有些失常，常常叫我的寶寶『赫克特』，不是一兩次而已，她會糾正自己，但一兩分鐘後，又開始這麼喊，我猜她是真的糊塗了。有一天，我走進嬰兒房，發現她想要把她乾癟的小乳頭塞進孩子的嘴裡，我連忙把孩子從她懷中搶走，大聲說：『**滾出去！**』我扯著嗓門，全宮殿一定都聽到了，想一想，我居然敢叫赫庫芭滾出去！但他是我的孩子，我只有他了，這就是為什麼我不想……」她搖搖頭，我看到她竭力忍住淚水。「他是她的孩子，不是我的，我已經有過自己的孩子了。」

至於我，我對那個小男嬰的感情強烈到連自己也詫異，他跟我一點關係也沒有，我卻鐵了心要讓他活下去。我認為，只要還在軍營，他就安全無虞，梅爾除了坐在廊下，很少離開小屋，沒有一個希臘戰士對她的孩子表現出興趣。海上航行挑戰較大，不過我們仍然會把他裹在包巾中，而我猜女人會被關在船艙裡。不管怎樣，我現在不能擔心這些，我不停地告訴自己，不會有事，如果運氣好，我們一定能瞞過去。

28

孩子出生三四天後，我被阿爾西穆斯走動的聲音喚醒，立刻起身去侍候他。我在他面前擺上新鮮的麵包和酒，他問我過得好不好。阿米娜過世後，我們難得見面，不過主要是因為他忙著組織比賽，而我也樂於這麼認為。現在賽事只剩兩個項目，一是拳擊，保證會造成嚴重傷亡的血腥運動，但備受歡迎。二是運動會的壓軸好戲：戰車比賽，比賽將在岬角上的訓練場舉行，他們已經投入大量時間和精神改善賽道。

他問：「你怎麼不來看看呢？」

我有點意外，他從來沒有提出這樣的建議，我自然說我會去，我很樂意去。

「不過留意一下我在哪裡，好嗎？我不希望你一個人站著，下注的人很多，我想場面會有點混亂。」

「你想誰會贏？」我對戰車比賽、對任何比賽都沒有興趣，但我們又開始聊天了，這對我來說非常重要。我想讓他感覺我關心他，我也確實是關心他。

「我想是狄俄墨德斯吧。」他做了個鬼臉，狄俄墨德斯在戰車比賽中幾乎戰無不勝。「不過皮洛士還是有機會。」

「皮洛士？不是奧特米登嗎？」帕特羅克洛斯陣亡之後，奧特米登接掌了阿基里斯的戰車馭車手一職，普遍被認為是營中駕車技術第一的人。

「是皮洛士，他絕對是最厲害的，奧特米登也會毫不遲疑地這麼說。」他喝光了杯中的酒。「的確，他幾乎沒有經驗……但是，我不知道，他的車隊有最優秀的馬。」

我知道這支車隊，沒有人不知道——黑駿馬「烏檀」與紅棕馬「鳳凰」，我看過他把牠們從特洛伊驅趕回來，普萊厄姆鮮血淋漓的屍體在後面一顛一簸。我送阿爾西穆斯到門口，向他揮手告別，一邊微笑，一邊心想：混蛋。

我決定去看比賽，也說服安卓瑪姬跟我一起去，身為皮洛士的榮譽獎，她應該在場，他贏了，就為他戴上花環，他輸了，就幫他擦擦額頭或該擦的地方。不管怎樣，那天晚上大廳肯定有很多人爛醉如泥——而我必須在場，因為安卓瑪姬非常討厭這種場合，她忍著厭惡的情緒，勉為其難逐桌走動，一個國王的女兒被迫扮演一個普通侍女。我心想：可憐的安卓瑪姬，接著又非常反感地想：可憐的我。我要去。

安卓瑪姬已經起床穿好衣服，女孩們在後院看梅爾給嬰兒洗澡。那個小娃兒，有著水汪汪的黑眼珠，非常夢幻，吸引了每個人——這幅景象總是讓我十分感動，我真希望能帶她們一塊去看戰車比賽，出門走走——好比快步走去訓練場——對她們有好處，能讓她們從悲傷中解脫出來，可惜她們不許離開小屋，而安卓瑪姬去觀賽卻是理所當然。

我們爬上陡峭的山路，一路無語，她對我——對每個人——還是很拘謹，不過我覺得她今早氣色紅潤了一些，穿著方面也用了些心思。我們越往上走，風就刮得越烈，只是沒有像平常那樣逼著我們前進，不過一有急風捲來，我們還是不由自主小跑幾步。我覺得風如同神的氣息，像小時候一樣讓我充滿著朝氣，那時未來彷彿充滿著希望與無限可能。現在不一樣了，但風和陽光似乎仍然在暗示著我，在軍營的限制之外，可能還有一種更開闊、更自由的生活。

遇到成群結隊的希臘戰士，我們便讓路給他們先走。主要的人潮會在拳擊比賽結束後湧入，不過已經來了相當多的人，他們寧可早點到，占據一個看得更清楚的位置。阿爾西穆斯說下注的人很多，我確實感受到了緊繃的氣氛，比賽顯得更加刺激。希臘人什麼都能賭，我聽過一群戰士拿兩滴雨打賭，賭哪一滴更快從盾牌上流下，他們當時哈哈笑，但心態不全然是開玩笑。

參賽者開始集合了，太陽越爬越高，色調變得更加豐富，不再顯得那麼酸溜溜，整個場地沐浴在檸檬黃的陽光下，戰車熠熠生輝，馬背閃閃發光，馬夫在黎明之前就起床工作，以期盡善盡美。在比賽結束時，煙灰色的人駕著灰撲撲的馬從團團塵土中奔出，但出發時各個看似宛如駕著太陽戰車的太陽神阿波羅。在起跑線的人群之中，我看到皮洛士的紅髮和狄俄墨德斯絲滑的黑色捲髮，梅涅勞斯也在行列之中，顯然打算參賽——我有點驚訝，這幾個月來，他變得臉紅肚子凸，看上去忽然比他的年齡老了許多。

阿伽門農也來了，衣著華麗，坐在寶座般的椅子上，正與奧德修斯交談。在他身後，邁錫尼的金紅色旗幟在風中獵獵作響。他應允提供獎賞，冠軍是一匹賽馬，亞軍是一只巨大的銅鼎。我仔細地再瞧了瞧，鬆了一口氣，沒有女奴被拖出阿伽門農的織布棚，被迫站在終點瑟瑟發抖。我回想起帕特羅克洛斯葬禮的戰車比賽，阿基里斯把我的朋友艾菲思當成第一名獎品，她因而消失在狄俄墨德斯的營區，由於他的女人很少被允許離開小屋，從此以後我再也沒見過她。我不願多想這段記憶，因為這場戰車比賽吸引觀眾盛裝出席，四處旗幟飄揚，是這個軍營所能舉辦最盛大的活動。

內斯特由長子駕駛戰車蒞臨，是最後一個到達的國王，他向阿伽門農致意時，全場歡呼雷動。此時，我在他們身後的人群中尋找卡爾庫斯，相信他應該在那裡。我最後找到了他，他站在人群的最後，身材高大，臉色蒼白，手持他的金色法杖。令我驚訝的是，幾個斯基羅斯島的年輕人推擠著他，明目張膽地嘲笑他的衣著，我不禁感到不安，因為我從未見過這種缺乏尊重的態度。卡爾庫斯自尊心極強，在塗脂抹粉裝腔作勢的外表之下，恐怕有一顆非常敏感的心。他遭到圍攻，沒有人幫他一把——幸好，這時宏亮的號角聲宣告比賽即將開始，斯基羅斯島年輕人湧上前支持他們的英雄。

阿爾西穆斯大手一揮，馭車手紛紛登上戰車，他們坐定後，阿爾西穆斯高舉一頂頭盔，走在戰車隊伍中，馭車手一一將籤票投入。阿爾西穆斯把頭盔搖了一搖，交給阿伽門農，由他來抽籤唱名。阿伽門農的聲音比我印象中虛弱許多，我發現四周有一兩個人顯得很訝異。狄俄墨德斯抽到了好位置，真遺憾，這麼一來，比賽的結果更不出所料了，這裡有多少人敢賭他輸呢？他們現在一定非常沮喪吧。但我記得阿爾西穆斯說過，狄俄墨德斯的車隊不是頂尖的，場上最好的馬是烏檀，但話又說回來，狄俄墨德斯可是具有豐富的實戰經驗。

在阿爾西穆斯的起跑信號下，戰車馭車手揚起馬鞭出發了，馬鬃隨風飄揚，車輪捲起漫天沙塵，有些地方車轍縱橫，戰車顛簸得很厲害，馭車手緊緊抓牢，在平原上疾馳而去。遠遠可以看到折返點，那是一株枯木，兩側有花崗岩巨石，賽道在這裡縮窄，迫使戰車互相靠攏，這是一個潛在的危險：車輪碰撞可能導致翻車，對人馬造成嚴重甚至是致命的傷害。所有的拿手絕藝都將在折返點展現，馭車手有超車的機會，但將冒上——儘管經過深思熟慮——巨大風險。

梅涅勞斯領先進入彎道，不過狄俄墨德斯只落後幾步，隨時可能超越。皮洛士排在第三，瘋了似地趕著馬，好像以為自己和他的馬是不死之身。接著，非常令人氣惱，馬蹄揚起的塵土把他們全遮住了，觀眾齊聲發出哀號。然後是一陣緊張的寂靜，人人都瞪大了眼，等著看誰會率先折返回來。在漫天的紅塵中，逐漸浮現了戰車和揮鞭馭車手的影子，在我的正前方，一個男人高喊：「是狄俄墨德斯！」一站在他旁邊的人說：「不是，是梅涅勞斯，你瞎了眼嗎？」儘管他們什麼也看不見，他們果然是希臘人，這就開始爭吵起來，各持己見，若非周遭的人開罵，要他們閉嘴，他們恐怕打起來了。

低語聲漸漸平息，人人口乾舌燥，期待著馭車手的出現。我猜測狄俄墨德斯會先出現，我想每個人的預料也都是狄俄墨德斯——即使是為其他人加油的人。當第一個朦朧的身影終於從漫天風沙中出現時，狄俄墨德斯的支持者發出一陣粗嘎的歡呼。可是馭車手灰頭土臉，根本無法辨認，觀眾轉而盯著馬看：一匹是黑色，一匹是紅棕色……真的嗎？畢竟兩匹馬身上都覆滿了紅土，沒有人能確定牠們的皮色。但隨後戰車朝我們疾馳而來，領頭的馭車手摘下他的頭盔，露出一頭火紅的頭髮。

阿爾西穆斯應當保持中立，所以勉強忍住了歡呼，但周圍所有墨米頓人都發出震天價響的吼叫。有人能追上他嗎？這是下一個問題。不到一分鐘後，跟著他後方現身的，不是眾所預料的狄俄墨德斯，而是梅涅勞斯。皮洛士一邊鞭打著他的馬隊，一邊吶喊——應該就是領先了——衝過了終點線。

墨米頓人歡聲雷動，一擁而上，圍著戰車恭賀他。但皮洛士沒有倒到他們張開的懷抱，而是從戰車的邊緣爬到烏檀的背上，再從那裡跳到地上，最後用雙臂摟住烏檀的脖子。「我的寶貝。」他不停地說。「我的寶貝。」他把臉貼在馬頭上，閉上眼睛，在眾聲喧嘩中獲得片刻的寧靜。人與馬的完美結合，每個人都感受到了，也都欣羨不已。皮洛士伸手拍拍鳳凰，也許是想確保牠不會覺得受了冷落，但你可以看出他真正愛的是烏檀。

這時我無意中看了一圈，見到了卡爾庫斯，他臉上的脂粉在高溫下龜裂，眼睛正注視著皮洛士。他離我一定有五六碼之遠，但即使隔著如此遙遠的距離，我也感受到他身上所散發出的恨意。

在終點線上，賽後一貫的爭執開始了。狄俄墨德斯名列第三，皮洛士把他逼出賽道，他大發雷霆，罵他是「愚蠢的小笨蛋」，所有人都聽到了。他沒有受傷，但他的自尊心無疑受傷了。阿爾西穆斯對皮洛士說：「他只是吃不到葡萄說葡萄酸。」把手放在皮洛士的肩膀上，堅定地引導他走向等著頒獎的阿伽門農。另一方面，奧特米登跳上戰車，把韁繩綁在腰間，準備將戰車駛回營區。皮洛士擁抱阿伽門農，然後轉向人群振臂揮拳。在熱烈的喝采聲中，墨米頓人一擁上前，把他舉起來扛在肩上，隨著他的戰車走下小路。我心想，他們好像一群螞蟻，把一隻特別多汁的幼蟲馱回蟻窩。

我轉頭看安卓瑪姬，她臉色相當難看，我明白她的心思，疲憊地告訴她：「哎，不用擔心，他們今天會大喝特喝，他早在那之前就喝暈過去了。」

29

皮洛士辦了一場盛大的宴會慶祝他的勝利，火叉上烤著山羊和綿羊，酒流如水……梅涅勞斯是座上賓，但阿伽門農沒來，其他國王也跟著缺席。皮洛士發表演說，把梅涅勞斯捧上天，讚美他的勇氣、智慧和駕車技術，也為將他逼出賽道道歉，起碼近乎像是道歉。梅涅勞斯起身回應，受到熱烈的歡呼——大家都喜歡輸得起的人——雖然忍不住說了一兩句帶刺的話，責備為所欲為的性急年輕人，但大致上彬彬有禮。他最後說，皮洛士接受他把女兒嫁給他的提議，希望日後兩國關係更加緊密。

哇，大廳頓時沸騰了起來，你還以為他們也要結婚了呢。我站在後頭看著，想到皮洛士如此無憂無慮，如此受人吹捧，如此光榮，我的大腦深處鑽出一條憤怒輕率的小蟲子，昂起了頭，左右搖擺。

發言一結束，男人就開始痛快暢飲，又是唱歌，又是鼓掌，又是跳舞。進行到一半時，奧特米登向我和安卓瑪姬示意，我們該退下了。我陪同安卓瑪姬走回女營，她在臺階下停下腳步，給我一個擁抱，令我感到有些意外。那天晚上她沒有被召喚，海勒也沒有，不過我懷疑火堆旁的女人度過了一個艱難的夜晚，但願她們分到了幾口酒。

次日早上醒來，營區像是荒廢了，接下來的幾個小時，男人才逐漸一個個出現，圍著火堆，嚷著要吃早點。但沒有幾個人真的有胃口，有人一見到食物就呻吟，然後直接回床上睡覺。

天空一小時比一小時還要昏暗，到了中午，幾乎成了黑色，每一樣東西都像是染上了黃疸，人的皮膚也不例外，天底下彷彿只有黃色和黑色，而這兩個顏色在大自然中都是警戒色。的確，這一天的氣氛也越來越險惡，幾個人指著籠罩在海灣上空鐵砧狀的雲，但也有人說這是好事，他們正需要來一場暴雨。打雷，滂沱大雨，接著風向就會終於轉變了。

那天晚餐氣氛沉悶，沒有人想多吃，幾個年輕人想以酒解酒，不過大多數人喝得很少。風在大廳周圍呼呼吹著，少了平日的喧鬧和歌聲，聽起來比以前更加響亮。所有人都想早點休息，有人已經起身準備要走，這時門外傳來一陣喧鬧，每個人都轉過頭去看。阿伽門農的傳令官進了大廳，循著中間的走道往前走，皮洛士好像吃了一驚，但隨即起身迎接。傳令官深深鞠了一躬，表示有話私下對他說，皮洛士便叫阿爾西穆斯和奧特米登跟著，一夥人離開了大廳。其餘的人逗留了一會兒，好奇地想知道發生了什麼事，但皮洛士沒有回來。

我把安卓瑪姬送到女營門口就走了，空氣潮濕難耐，但我覺得不像是要打雷。暴雨來臨前夕，往往有一段可怕的寧靜，但那天晚上沒有寧靜，只有風不斷的呻吟，它不能休息，也不讓任何人休息。回到小屋，我很開心地關上門。

一小時後，阿爾西穆斯進來了，他說：「阿伽門農要召開大會，明天中午。」他坐在床上，開始解開涼鞋帶子。「我還真驚訝他沒有早一點召開。」

回想阿伽門農憔悴的臉龐，我不禁思索他是否有能力做出決策。「那不是件好事嗎？」

「能讓大家團結起來，當然是好事，但也有反而讓分歧公之於眾的風險。」

「大家不都早知道了嗎?你看,阿伽門農都沒有出席宴會了。」

「哎呦,他怎麼能去?梅涅勞斯去了,你能想像阿伽門農坐在那裡,聽梅涅勞斯宣布婚事嗎?她本來是要嫁給阿伽門農的兒子。」

我說:「可憐的女孩。」

阿爾西穆斯面無表情脫下外衣,我彎身想拾起衣服時,他抓住我的手臂。「你沒事吧?」

「我很好。」

他放開了我,但也許有些不情願。有一瞬間,我們似乎可能共度一宿,縱然只是一個稍縱即逝的可能。我忽然覺得必須說話,說什麼都好……「你後悔娶了我嗎?」

「我為什麼要後悔?」

「這不是你的選擇。」

「但我娶了天下第二美人——怎麼可能後悔呢?」

什麼樣的男人會深深凝視著妻子的眼睛,告訴她她是天下第二美人?當然只有阿爾西穆斯這種男人。你未必會喜歡他所說的話,但你可以相當肯定他說的都是真心話,我沒見過比他更老實的人。這自然也是阿基里斯選擇他的原因,我記得阿基里斯說過,他痛恨口是心非的人,「如同痛恨死亡之門一樣」,沒有人會因此責怪阿爾西穆斯。

他仍然坐在床邊,顯然想說點別的。「我很高興你去看了比賽。」

「比賽很精采。」

就這麼結束了。我轉身走向門口，回頭看了一眼，他已經拉起被子，所以我拿起一根蠟燭，帶著我「第二美人」的稱號上床休息。

床很窄，也很硬，阿爾西穆斯的床較大，但只要阿基里斯躺在我們中間，再大的床也不夠寬。偉大的阿基里斯，非凡的阿基里斯，閃耀的阿基里斯，神一般的阿基里斯……我們活在那龐然的陰影之下——這就是我的婚姻問題，我找不到補救的辦法。也許孩子出生後，阿爾西穆斯會把我視為一個普通的女人？或者對自己產生一些信心，相信自己未必只能不可救藥地屈居第二？也許吧。

問題是，阿爾西穆斯相信——確切地說是假定——我愛過阿基里斯，而且現在仍然愛著他。他絕非是唯一有這種想法的人。當時——以及現在——別人似乎都認為我理所當然愛著阿基里斯，怎麼會不愛呢？我的床上躺著他那一代中最迅速、最強壯、最勇敢、最俊美的男人——我怎麼可能不愛他呢？

他殺了我的兄弟啊。

我們女人是奇特的生物，通常不會愛上殺害我們家人的凶手。

但這件事還有另一個思考角度，從我的立場來說，一個不大舒服的角度。那天晚上，普萊厄姆潛入希臘軍營，懇求阿基里斯將赫克特的屍體交給他，我躲到普萊厄姆的馬車上，當馬車顫晃晃駛向大門時，我知道阿基里斯走在馬車旁邊。我可以留在車上，一路回到特洛伊，但如此一來，我將會面臨又一座城邦的洗劫，又一次淪落為奴。我有十足的理由放棄逃亡，但阿基里斯問我為什麼回來，我卻只是簡單地說：我不知道。而他，只是點點頭。他始終知道我的打算，但沒有阻攔我，打算讓我離開，只是我卻回來了。所以，再次相遇時，我們已不再是單純的主奴關係，有的羈絆比愛情更加深刻。不過，如果你一定要雞蛋裡挑骨頭的話，也可以說我從一開始就下定決心要活下去，而我知道在希臘營地，在阿基里斯的庇護下，活著的機會大過於在特洛伊。

思考了這麼多，我有什麼收穫？完全沒有，我仍然躺在狹窄的床鋪上，聽著風聲，意識到搖籃正開始搖晃了。剛到軍營時，我偶爾會祈禱情況改變，但現在不再祈禱了，沒有必要。正在發育的胎兒帶來的改變就夠多了，要阻止未來——不管未來是好是壞——比阻擋潮水還難。

30

狂風刮了一整夜。每一群男人中午走入競技場時，狂風破壞的痕跡歷歷在目。所有的神像中，以位於圓形場地中央的阿提米絲最易遭受風吹雨打，昨夜神像倒了，所以戰士不是爬過去，就是——基於某種也說不清的敬意——繞道而行。神像倒塌也不全然屬於意外，這幾個月來，它就像岬角上那些歪七扭八的樹木，逐漸被風吹得歪斜了。雖然不意外，但一尊傾頹的神像在灰黃的光下顯得相當不祥，我看到不止一人經過時做出避邪的手勢。

我走向內斯特大王的大廳，希望在他的門廊旁觀集會。到達時，內斯特已經出門了，我看到他穿過人群，沉沉倚著兩個年紀較大的兒子，只有回應人群的歡呼時，手臂才暫且離開他們的肩膀。荷克米蒂在門口迎接我，我一跨過門檻，便聞到了焦糖和甜肉桂的味道，大廳的長桌上擺了許多托盤，我猜她一定烤了一上午。不久，卡珊德拉在麗特塔的隨侍之下也來了。見到麗特塔我很開心，但我不喜歡卡珊德拉對她的態度，我想她們之間建立了一種難以言喻的關係，麗特塔目睹卡珊德拉最瘋癲的時刻，幫助她，支持她度過難關，成了卡珊德拉的依賴，但卡珊德拉也憎恨她，甚至畏懼她，畢竟麗特塔知道的太多，看到的也太多了。我看到卡珊德拉對她粗聲厲語，頤指氣使，有時又看似十分鄙夷她，我真為麗特塔捏了一把冷汗——這絕對無法增加我對卡珊德拉的好感。我看到卡珊德拉從荷克米蒂的托盤裡拿了甜食，連一句謝謝也沒說，於是刻意熱烈地對荷克米蒂表達感謝，卡珊德拉聽了一驚，不禁退了一步。

我們生硬地聊了幾句，就把盤子端到門廊。競技場轉眼已經坐滿了人，每當有國王入場時，隨從就會發出粗嘎刺耳的歡呼，當國王入座時，那呼聲更是震耳欲聾。終於所有人都到齊了，每一雙眼睛都投向阿伽門農的空椅。每一次集會，他總是最後一個入場，浩浩蕩蕩，派頭十足，前有傳令官開道，旁有號角聲鳴響。我倚在欄杆上，他衣著華麗，舉止傲慢，其實面帶病容，垂垂老矣。我猜能察覺得到的人並不多，你要記住，我曾與阿伽門農近距離地接觸——太近了，夜裡我偶爾還會感覺到他汗津津的身體壓在我的身上。

麗特塔碰碰我的手臂，「你沒事吧？」我把手放在她的手上，但沒有說話。

我看著他們互相問候，奧德修斯和狄俄墨德斯穿過競技場迎接阿伽門農，阿伽門農則罕見地奮力起身，走去與內斯特寒暄。兩兄弟明顯沒有打招呼，梅涅勞斯，不管是有意還是無意，總是看向另一邊。皮洛士坐在阿伽門農的正對面，距離過於遙遠，不便接觸，但阿伽門農應該會以某種方式向他致意，畢竟兩天前他才在戰車比賽中頒發首獎給皮洛士。但我沒有看到任何表示。小埃傑克斯啃著鬍子——他的鬍鬚在全盛時期也稍嫌稀疏——緊張地左顧右盼，他在雅典娜神廟中玷汙了卡珊德拉，此時簡直就是一隻被選中獻祭的山羊拴在這裡。我很意外，他沒有跟任何人打招呼，也幾乎沒有人跟他打招呼。

阿伽門農最後站起來，清了清嗓子，用那對眼皮沉重、眼神陰沉的眼睛環視全場。他說：「現在我們都該要回到家了才對。」他以這句話吸引在場每個人的注意力。「就算是你，伊多梅尼歐，倘若順風，也該在家中陪著你心愛的妻兒。即使是奧德修斯，也要抵達了天邊的伊薩卡。然而，我們仍然在這裡，遭到神意的阻攔，而我們甚至不知道自己究竟哪裡冒犯了神。」

真的嗎？我心想。

「但這是神的本性，祂們在人類知道自己的罪行前就先懲罰人類。因此，我今天邀請了卡爾庫斯，一位昔日經常給予我們建議的著名預言家，再次向我們講話。我只想對你們大家說：請仔細聆聽，好好思考他所說的話。」

卡爾庫斯穿著全套的祭司服，從兩排小屋之間走出來，法杖上掛著阿波羅的猩紅幡布。他一出現，阿伽門農發言後的喧鬧立刻平息下來。在競技場上，他是一個眾人熟悉的身影，或許不太受人喜愛，有時甚至遭受嘲笑，但身為預言家，大家對他還是有幾分敬意。在場有許多人記得，當初軍營發生瘟疫時，他指責阿伽門農，說他對一位祭司的不敬激怒了阿波羅，阿波羅才會把瘟疫之箭射入軍營，使得人畜皆難逃一死。阿伽門農因而對卡爾庫斯懷恨在心，只是卡爾庫斯終究是對的，不是嗎？阿伽門農送回了祭司的女兒，就再也沒有新的病例發生，有一些已感染的人甚至奇蹟般地痊癒了。卡爾庫斯曾經挺身反對阿伽門農，說出了真相，因此他們現在願意聽他說話。

卡爾庫斯卻不要他們聽。

他說：「看啊，看看這些神像。」

全場紛紛轉頭。

「它們在這裡十年了——你們在這裡多久，神像就豎立了多久。艦隊靠岸後，阿伽門農國王做的第一件事，就是下令清出一塊空地祭奠眾神，你們於是雕了神像立起，自此以後，軍營中的所有爭論，各國國王之間的爭論，都在神像的注視下進行。我們對它們習以為常，也許你走過競技場，卻從不會看它們一眼。兩天前，這裡才辦過拳擊比賽，更早之前，還有摔跤比賽，但有多少人願意仰望這些神呢？有多少人注意到祂們的雕像已經嚴重褪色腐朽了呢？昨夜阿提米絲的雕像被狂風吹倒了，你們很多人直接跨過雕像走到自己的位置，很震驚，對吧？圓形場地中多了一個缺口，祂的雕像底座絕對早已腐爛多年了。」

和其他人一樣，我看著那些神像：剝落的油漆，腐爛的木頭，波賽頓的鼻子不見了，雅典娜貓頭鷹般的眼睛黯淡無光，阿波羅傾著身子，岌岌可危，彷彿在關心他倒地的妹妹。

「我不是要說，因為忽視雕像，我們激怒了眾神，所以祂們送來一陣風懲罰我們。我要說的是，忽視雕像暗示一種更嚴重的冒犯：我們不尊重比我們偉大許多的存在。」

卡爾庫斯熱得滿頭大汗，臉龐的脂粉脫落，黑色的眼線暈開，加上他那高大的身軀，看上去也像一尊正在腐朽的雕像。第十三尊神。

他說：「朋友們，我們都知道，當一座偉大的城邦淪陷時，在理想世界中不會發生的事情就會發生，並非是誰的錯——我沒有責怪任何人。戰爭必然殘酷，而戰爭是眾神強加於希臘人，因此免不了要做出殘酷的舉動。但事實依然是事實，神廟遭到褻瀆，躲在祭壇後的婦女被拖出來玷汙，連處女祭司也無法倖免於難。」

卡爾庫斯小心謹慎，沒有看著埃傑克斯，但其他人都轉頭看過去。我突然意識到卡珊德拉就站在我身旁，低頭一瞥，她握著欄杆，握到關節都發白了。

卡爾庫斯繼續說：「接著神廟被放火燒了，許多燒成了灰燼，你們有誰能說這不是嚴重冒犯了神？但神是仁慈的，祂們不求我們重建神廟，只要我們修復神像，國王在神像面前獻祭——營中所有的人都洗滌了罪，祂們就心滿意足了。」

極輕的懲罰，只要一隊熟練的木匠，神像一週內就能修復，營中有很多這樣的人才。埃傑克斯貌似鬆了一口氣，他也確實應該寬心了。全場騷動起來，緊張的情緒緩和了。

但卡爾庫斯紋風不動，等著聽眾再次安靜下來，然後說：「在揭示諸神的旨意時，我可能會得罪一位偉大領袖，一個以勇氣和戰鬥技巧著稱的人。」他轉向阿伽門農，「阿伽門農國王，我必須請求您的庇護。」

阿伽門農舉起手。「你有我的庇護，遵從神的指示，說吧，用不著害怕。」

「朋友們——」卡爾庫斯又喊了一次（這一大群人中，他有一個朋友嗎？我很懷疑）。「朋友們，我們都知道，宙斯仁慈，為人類制定法律，一個聰明的人，倘若希望看到後代子孫繁榮昌盛，就應該謹慎遵守這些法律。最重要的是，宙斯為我們制定了好客之道與賓主之誼，主客關係不止是神聖的，更是一輩子的。我們也知道，這種關係一旦建立，就凌駕於其他所有的忠誠之上。做過客的朋友不許互相廝殺，即使他們在戰爭中屬於對立的雙方。有人可能還記得，狄俄墨德斯在戰場上遇到祖父的友人，拒絕與他交戰，這個表現非常得體，沒有人會責怪狄俄墨德斯閃避那次的交鋒，因為即使在戰爭中，也不該殺害做過客的朋友。」

全場靜悄悄，沒有人事情會如何發展，狄俄墨德斯雖然被點了名，但他開脫了罪名。埃傑克斯，大家最愛的罪魁禍首，似乎也脫了身……卡爾庫斯繼續說：「現在我要談談棘手的部分。大家都知道，偉大的阿基里斯尚在我們之間行走時，殺了普萊厄姆之子赫克特，在強烈的復仇欲望驅使下，他把赫克特的屍體拖回軍營，屍體傷痕累累。到了深夜時分，普萊厄姆國王單人獨馬來見阿基里斯，獲得阿基里斯的禮遇與尊敬，當普萊厄姆帶著赫克特的屍體準備離開軍營時，阿基里斯全副武裝，親送至大門，為了保護他，甚至準備不惜對抗他的希臘同胞。毫無疑問，他們之間建立了賓主之誼，這份關係傳承給了阿基里斯之子皮洛士大人。宙斯是賦予人類好客之道的神，而皮洛士在特洛伊的宙斯祭壇上殺死被他父親奉為上賓的朋友。

「有比這更侮辱神的行為嗎？朋友們，把我們囚禁在這個海灘上，就是宙斯，就是眾神和人類之父。」

頓時所有目光都落在皮洛士的身上，他茫然不解，左顧右望，顯然從未想到這是大會的結果。我看到奧特米登向前傾身，一隻穩定的手搭在他的肩膀上。卡爾庫斯接著說：「你們可能會說，皮洛士大人不知道他父親和普萊厄姆之間的關係，這或許是事實，但無知之中所犯的罪仍然是罪。我現在要宣布宙斯所要求的懲罰：普萊厄姆必須以國王應有的禮儀安葬，在火葬以前，皮洛士大人必須以他的黑色駿馬做祭禮，也就是他贏得戰車比賽時所駕御的那一匹。」

皮洛士跳了起來。「**不！不**——你這個臭狗屎，要我這麼做，我寧可先去地府找你。」

阿爾西穆斯伸手想制止皮洛士，皮洛士一把將他推開，縱身躍過競技場，邊跑邊拔出長劍。阿伽門農的衛兵衝上前保護卡爾庫斯，卡爾庫斯縮到宙斯雕像前，舉起雙臂護住自己的臉龐。在最後的關頭，皮洛士遲疑了片刻，奧特米登趁機揪住他的頭髮，把他拽了回來。阿爾西穆斯站到卡爾庫斯的面前，舉起雙手，示意他沒有攜帶武器，阿伽門農一聲令下，衛兵紛紛退下。此時，墨米頓人將皮洛士團團圍住，他只能忍受被自己人繳械並拖走的屈辱。

場內立時一陣騷動，所有人都從座位站起來，振臂吶喊。阿伽門農試圖維持秩序，叫了好幾聲，才勉強讓自己的聲音被聽見。與會者總算安靜後，阿伽門農感謝卡爾庫斯的睿智之言，表示皮洛士的苦惱可以理解——他年輕極輕，他們都知道，年輕人缺乏判斷力，必須接受更有智慧的長輩指導……等等。他相信，當皮洛士大人有時間反省時，他自會明白事理——並服從諸神。

語畢，阿伽門農的隊伍重新整隊，離開了競技場，留下梅涅勞斯思忖一件事：他在軍營中唯一僅存的盟友，也就是他剛承諾要把女兒託付予他的人，如今名譽掃地了。另一方面，墨米頓人擠成一團，以皮洛士的紅髮為中心，簡直像是從戰場抬走一名負傷的戰友。我回到大廳，坐在長凳的一頭，雙手擱在桌子，跟著我進來的卡珊德拉坐到我的對面。

她說：「嗯，你怎麼想？」

我倒不用問她是怎麼想的——她的瞳孔放大，眼珠子都像是黑色的了。我好奇她與卡爾庫斯這一番話有多大關聯，從很多方面來說，這不太像卡爾庫斯的風格，沒有解夢，沒有提到鳥類飛行——甚至沒有看見一頭擱淺的海鷹。「裡面有多少是你的功勞？」

她聳聳肩，「重要嗎？我已經學會不要太執著自己的預言，我只有找一個男人來傳達，才有人肯相信。」她用手指敲著桌子。「我還在等著聽你的看法呢。」

「我不知道。當然，我希望普萊厄姆入土為安……只是希望卡爾庫斯別把這件事和私人恩怨混為一談。」

「私人恩怨……哦，你是說那匹馬。」她盯著我，黃眼睛比我以前看到的更加明亮。「還不夠，還差得遠——不過我願意接受。」

麗特塔和荷克米蒂也進來了，荷克米蒂立即開始準備晚餐，內斯特馬上就要回來了。

我站起來，「我想我們應該走了。」

我們走出大廳時，人潮開始變稀疏，但我決定還是到沙灘上走一走，我知道沒有必要趕回去，阿爾西穆斯一定在大廳裡，陪皮洛士及奧特米登收拾殘局。我不羨慕他這項任務，他必然得說服皮洛士遵循神意，犧牲他除了自己以外——我其實也不確定是否有這個例外——唯一能付出愛的生命。

31

我在海灘上徘徊了一會兒，回到營區便直奔女營，大多數女孩都在後院，梅爾正準備幫嬰兒洗澡。嬰兒脫下包巾和尿布，躺在毯子上，踢著小腿，發出滿足的咕咕聲，一個女孩拿著一塊亞麻布為他遮陽。我們非常幸運，這個嬰兒的性情很好，吃一吃奶便會睡著，醒來繼續吃奶，接著又再入睡，不像許多初生嬰兒因為腸絞痛而連續啼哭幾個小時，引起別人的注意。不過，在他的外貌上，我們運氣就差了一點。大多數嬰兒看不出男女，這一個可不同，一看就是個小壯丁，連蜷縮的手指看起來都像拳頭。

安卓瑪姬走出來坐在我的旁邊，我告訴她競技場裡發生的事，我們猜測皮洛士的反應，一致認為今晚大概不用在晚餐時過去倒酒。嬰兒離她只有幾步，她瞧也沒瞧他一眼，很快就回去了小屋。

過了一會兒，我躺下閉上眼，把臉迎向陽光。烏雲散去了，只是強風依然呼呼吹著，幸好這裡比軍營其他地方更能遮遮風，女孩們的嘰嘰喳喳逐漸遠去。我一定是睡著了，猝然驚醒時，感覺四周一陣混亂，女孩們倉皇地站了起來。我睜開眼睛，見皮洛士高高站在一旁，高高站在所有人之中。還有嬰兒，咕咕噥噥，想把拳頭塞進嘴裡。皮洛士低頭瞧了他一眼，我見到他的神情變了，懷疑他並沒有看清楚眼睛所看到的東西——一個分明是男性的裸嬰——但這不代表他日後不會想起來。糟糕。我緩緩站起來，他行了個禮，問我能不能和他說幾句話，我當然說好。我們一同進了小屋，屋內很涼爽，但不知為什麼反而令我更加昏昏沉沉，思路混亂。我真不該睡著。

幾個女孩子正坐在床上聊天，一個替另一個梳頭。我們進去時，她們轉過身來，一見到皮洛士，慌成一團。我朝一旁點了點頭，她們便跑去了外頭。

皮洛士說：「阿爾西穆斯建議我跟你談談。」

接著是一陣沉默，無聲無息的沉默。我一面等待，一面絞盡腦汁，想找些話分散他對剛剛看到的東西的注意力，什麼話都好。

「我們去大廳吧？這裡太擠了。」真沒用，但我只想得出這句話。

這句話根本沒什麼說服力，因為我們就站在一個除了我們之外空無一人的房間，不過他非但沒有質疑，反而還主動地朝門口走去。

我們穿過院子，走上廊下臺階，進入燈火通明的大廳。新的草席鋪好了，晚餐桌子也擺好了，一切準備就緒後，皮洛士才取消了晚宴。他沿著中央走道往前走，我自然也跟著走，我以為會被帶進他的住處，但他似乎在最後一刻改變了心意，改坐到主桌阿基里斯的椅子上，手指捲入咆哮的獅口，他的盤子旁擺著色雷斯杯，上面鑲著馬頭和飄逸的鬃毛。他伸手拿起杯子，粗大的手指握著杯柄。

「阿爾西穆斯說，普萊厄姆來的那個晚上，你也在。」

我說：「沒錯，我在場。」

他問了和卡爾庫斯同樣的問題，我給了同樣的答案。這一回，要不帶感情更難，因為我就坐在事發的屋子裡。當時我站在阿基里斯的椅子後方，身子累了，腳也疼了，希望這個夜晚早點結束。阿基里斯不再假意吃東西，但仍然癱在椅子上，他不離開，沒有人能離開。不過他似乎無精打采，帕特羅克洛斯去世後，他老是提不起精神，但他每天會振作一次，有時兩次，把赫克特的屍體綁在戰車後頭，高呼他撼動人心的殺喊聲，繞帕特羅克洛斯墳墓走三圈，才驅策大汗涔涔的馬，滿臉污穢返回軍營。赫克特的屍體接著被丟在馬廄院子，體無完膚，骨骸全斷，簡直看不出那是一個人。有時，當阿基里斯踉踉蹌蹌走回大廳時，他怎麼給赫克特毀了容，自己臉上也有同樣的傷痕。他看見了，我知道他看到了——我看過他凝視鏡子，遲疑地抬起雙手去摸自己的皮膚。

皮洛士全神貫注聽我講到故事的結尾。「阿基里斯說：『願意，我願意挺身而出，我不需要一個特洛伊人教我待客之道。』」

「你確定他是這麼說的？」

「一字不差。」

「好，但是你認為他真的會這麼做嗎？為了普萊厄姆跟其他國王戰鬥？」

「我相信他會，他不是那種說一套做一套的人。」

「好吧，我想我必須接受這個事實，他們確實具有賓主之誼。」他用雙手拍打桌面，這個奇怪而克制的動作絲毫沒有掩飾內心的暴力。「我只是替烏檀難過，牠為什麼得死？牠又沒做錯什麼。」

難道他真的指望我會同情他的馬嗎？但說也奇怪，我確實很同情，我從沒想過要看到烏檀死去。

我說：「我該走了。」

皮洛士立刻站了起來。「我送你回小屋。」

「哦，不用了——天還亮著呢。」

他站在臺階上，看著我穿過院子。我慶幸他沒有堅持送我到家門口，其實一等到他進屋去，我就悄悄溜到女營，女孩們都圍在梅爾的身邊。梅爾滿臉懼色，她會害怕也是自然的。我找了安卓瑪姬和海勒商談對策，很快就達成共識：我們必須設法將嬰兒帶出去。幸好有她們商量，如果我自己處理，可能會害怕反應過度，擔心解決一個問題的同時製造出另一個問題，最後無所適從。如果梅爾選擇逃跑，她會面臨所有針對逃奴的懲罰，那些懲罰慘無人道，知道其他人也認為逃跑風險過高，我就放心了，畢竟皮洛士火爆脾氣，報復心又重——的確，他為人慷慨，驍勇善戰，但也殘暴不仁。殺害安卓瑪姬的幼子勉強算是情有可原，畢竟戰爭剛落幕，又有阿伽門農的直接命令，他承受龐大壓力，不得不服從。但阿米娜怎麼說呢……那又有什麼藉口呢？不，我們沒理由相信他會放過梅爾。如果他被迫犧牲烏檀（看不出他有脫身計），他可能會把痛苦傳播給盡可能多的人。公開蒙羞後，他會想要對他的手下——以及再次對他撒謊並再次違抗他的奴隸——樹立自己的權威。我看根本不能指望他會手下留情。無論如何，我們必須把嬰兒弄出去，而且必須趁著今晚全營都忙著準備普萊厄姆的葬禮。達成共識後，我們分頭行事，海勒去告知梅爾這個消息，我則回家等候，因為天黑前什麼也做不了。

32

看著那個女人——布莉塞伊絲——走過院子後，皮洛士轉身回到大廳。燈火燭光在空盤上投下一圈又一圈的光暈，他該要餓了才對，甚至飢腸轆轆，畢竟吃過早點後，他一口東西也沒吃。但他不覺得餓，硬要說有什麼感覺的話，他其實覺得有些噁心。快走吧，他告訴自己，但兩隻腳彷彿生了根。他揭開眼前的熟悉表層後，注意到椽上的光影彷彿在搏拚一般，無論下方的聚會多麼輕鬆快活，它們每晚進行同樣的戰鬥，製造出一種衝突感——只是底下的人倒也未必總是輕鬆快活。他想著瑣碎表面的事，這樣就不用去想……他一定就站在普萊厄姆那晚站著的地方，注視大廳中一個癱坐在椅子上的男人，那男子像冷天的蜥蜴提不起勁，但依舊危險——從昏沉到暴怒，只要幾秒鐘的時間。兩側是肌肉發達的背牆，得要有多大的勇氣，才能提起腳步，沿著桌間的走道向前走去。

皮洛士緊隨著普萊厄姆的步伐，穿過大廳，走向最後那一張空椅子。但他好像根本沒有移動，而是椅子朝著他而來。他停在椅子前，想著怎麼會有人像普萊厄姆那樣跪地：他抱著阿基里斯的膝蓋——一個懇求的姿勢——說道：「我做在我之前沒有人做過的事，我親吻殺死我兒子的人的手。」

這正是叫皮洛士情緒崩潰的地方，徹徹底底的崩潰。在這之前，他以為自己能夠理解。普萊厄姆單槍匹馬，手無寸鐵，潛入了希臘陣營，展現出大勇。阿基里斯應該有所回應，因為他總是回應他人的勇氣。但那真的是一個勇者會說的話嗎？聽起來更像是讓步。在那一刻，阿基里斯的行為改變了，他冷不防邀請普萊厄姆進入他的私人住處，拿出上等佳釀，像一名平民僕人侍候他用晚餐，他怎麼不叫阿爾西穆斯和奧特米登進來房間，讓他們來呢？侍候皇家貴客是他們的本分啊。就是這個關鍵，就是「貴客」這兩個字，他不是貴客！他是闖入的外敵——他只是從院子走進來。然而，阿基里斯自己也用了「客」這個字……

大家似乎都同意一點：阿基里斯和普萊厄姆以「敵人」身分開始那個夜晚，以「朋友」——來作客的朋友——身分結束了那個夜晚，阿基里斯甚至不惜與希臘同胞戰鬥，也要保護普萊厄姆。不過是一次的相逢，怎麼讓一個人從堅持不懈追求的那條路轉向另一條不同的路呢？皮洛士無法理解。他和阿爾西穆斯、奧特米登、布莉塞伊絲都談過了，確實清楚了當晚的情況，但就是無法理解。那九年來，他的父親始終是特洛伊人的心腹之患，怎麼會和普萊厄姆成為朋友？甚至願意在特洛伊陷落時幫助他。在心中最深、最黑暗的角落，皮洛士冒出一個念頭——如果阿基里斯還活著，他會在祭壇臺階上捍衛普萊厄姆。

不管怎樣，大家都去哪裡了？他環顧空空蕩蕩的大廳，才想起是自己取消了晚宴。也好，今晚應該獨處，因為明天……明天……大家都說這是神意，不，他媽的才不是。這是阿伽門農的敕令，不止這樣，更是卡爾庫斯的操縱，早知道就殺了那混蛋，不止是踢他的屁股，唉，太遲了……

大廳蕩漾著模糊的回聲，他受不了，走進自己的住處。如往常一樣，已經有人準備好了乳酪和葡萄酒，他倒了一杯，一飲而盡，伸手又拿起酒壺，這時感覺鏡子在身後甦醒過來。他沒有理會，再倒了一杯，然後——

無聊！無聊！

他慢慢放下杯子。

不，繼續，繼續，做你平常做的事吧！

再也無法繼續忽視，他轉身走向鏡子，但是他的倒影並沒有隨著他的靠近而放大，反而越來越小，越來越小，最後只剩下一個光點。不久以前，他曾經穿上阿基里斯的盔甲，站在鏡子前冷眼睥睨，直到眼前的影像變得模糊，讓人不禁以為站在那裡的人就是阿基里斯本人。他酷似他的父親，人人都這麼說，但現在他看到的是一個冷譏熱嘲的小人，他非常清楚那不可能是阿基里斯，也不是任何來世的化身。這就是他——他的一小塊大腦碎片。

現在不用跑去找爸爸哭訴了吧？

從來不曾。

做孤兒一定很不容易吧，希臘一定沒有其他無父的孩子吧？天啊，老兄，你振作點。

他盯著這個嘲諷漫罵的小人，那張臉是誇張滑稽版本的他。他猛然想起一件可怕的事情。從你腦海底層的沉積物中挖掘記憶，正是這種傢伙的拿手好戲之一，而挖掘出來的，絕對不會是什麼美好的記憶。他想到第一次有人企圖埋葬普萊厄姆之後，赫勒諾斯被帶來問話，他因為被奧德修斯折磨過，迫不及待想說出他所知道的一切——其實他什麼都不知道。不過皮洛士還是拔出了匕首，若有所思地翻來轉去，刀刃閃著藍光，然後他不露痕跡地注意到赫勒諾斯臉龐的懼色、肌肉的緊繃。沒有使用暴力的必要，但他仍然將匕首刺入赫勒諾斯的腹部，只刺進了不到半寸，恰好讓一股細細的血流淌下來，沒有造成真正的傷害，痛也只是輕微的刺痛——但根本無此必要。他現在為自己的行徑、為自己當時的興奮感到羞愧，想起赫勒諾斯不由自主倒抽一口氣的情景，他更覺汗顏了。這是卑鄙無恥的小動作，完全配不上偉大的阿基里斯之子。

但這就是你的一貫作為，不是嗎？討人厭的小男孩扯下蒼蠅的翅膀。你還記得嗎……

我沒必要聽你的。

但你聽了，不是嗎？你會一直一直聽下去。

他鼓起全身的力氣，轉過身背對鏡子，抓起斗篷，衝進了黑夜。

在外面，呼吸著涼爽的夜晚空氣，他停下了腳步。馬廄？不，他非常想與烏檀在一起，但他太恐懼那個痛苦了。也許晚些時候吧——或者明天一早過去，他想監督麻醉藥泥的調製，最好他自己做，還要給烏檀梳洗，幫牠編鬃毛……但不是現在，不是今晚。今晚，他想要……

他想要什麼？懲罰。這個答案令他意外，因為他不知道自己犯了什麼錯，也不承認自己確實應該負責。他怎麼會知道普萊厄姆和阿基里斯之間存在著賓主之誼？無知之中所犯的罪仍然是罪，沒有藉口，沒有寬容，沒有憐憫——不無情也就不叫做神了。好吧，要懲罰就懲罰吧，但懲罰的對象應該是他，不是烏檀。

他不想要有人陪，更何況軍營現在也沒幾個地方歡迎他了。去海邊吧。他走上穿越沙丘的小路，又一次察覺自己始終在追隨阿基里斯的腳步，在這座軍營中，不管走到哪裡，都是在追隨他。選擇自己的路是什麼感覺？根本沒有這個選擇。來到海灘，雷聲轟鳴，他看到巨浪滔天，浪花四濺，而在這排巨浪之外，另一波浪已經蓄勢待發。到了水邊，他踢掉涼鞋，讓外衣落在腳踝，做足心理準備——在海水把他噴回陸地之前，他要忍受幾分鐘的酷寒，但彷彿海豚逐波嬉戲的情景，對他是絕無可能。他蹚水走了一段路，翻起的浪花衝擊著膝蓋，隨著潮水的退去，趾間的沙子也跟著流失。即使是偉大的阿基里斯，也在這樣的大海中游泳嗎？沒錯，而且還樂在其中！皮洛士往外游了咫尺的距離，海水正在為下一波攻擊蓄集力量……

「如果我是你，我不會下水。」

一個冷酷而頑皮的聲音。皮洛士轉過身，險些被下一個浪頭打翻在地。什麼都看不見，他卻可笑地舉起一隻手捂住眼睛，像在遮擋陽光，但把腳邊的濕鵝卵石照得蒼白的卻是月光。從陡峭礫石堤岸上俯瞰的朦朧身影，似乎有著一雙碩大的腳。皮洛士打了個哆嗦，但瞬間意識到那人不過是赫勒諾斯，他的腳依然裹著數層的破布。剛剛才想起他的肚皮插了一把刀（雖然只是刺入了一點點，不會痛，起碼痛得並不厲害），居然馬上就看到他，好奇怪的巧合，這種奇怪的感覺讓他沉默不語，等待赫勒諾斯先開口。但赫勒諾斯或者覺得他的沉默帶有威脅，已經開始後退了。

他說：「不要走。」赫勒諾斯立刻停下腳步。「你來這裡做什麼？」聽起來又是一場審問的開始——他一點也不希望如此。

「其實，我是來洗腳的。」

「洗腳？」

「對，嗯，你應該知道……鹽分可以舒緩。」

「確實。」

赫勒諾斯小心翼翼坐下來，開始解開破布，皮洛士遲疑了一下，爬上斜坡朝他走去，但動作緩慢，沒有靠得太近。「透透氣也許比較好。」

赫勒諾斯屈起腳趾，「你說得對。」

皮膚可以癒合，心靈卻難以痊癒。皮洛士知道該結束這次尷尬的偶遇，不過他告訴自己，是赫勒諾斯先挑起的，他根本不用說話。另一方面，他又很想知道赫勒諾斯為什麼要先出聲，所以不顧自己的理智判斷，看著赫勒諾斯走入水中。波浪在赫勒諾斯的腳踝掀起水沫，他皺起眉頭，腳步踉蹌，但確實往外走了一小段路，才轉過身來，掙扎地返回岸邊。一個衝動下，皮洛士伸出了手，赫勒諾斯緊緊抓住，尷尬地嘲笑自己的軟弱，然後任由自己被拉上陸地。他累得氣喘吁吁，雙手放在膝蓋上。他的皮膚黝黑，濃密的腳毛被海水沖刷成半月形和圓形，有點像是海草在岩石上留下的圖案。不知何故，看到這種相似之處，皮洛士的腦海釋放出一塊空間，人開始放鬆下來，心情也稍微開朗了一些。

「看起來確實好多了。」一句莫名其妙的評論，因為這是他頭一次見到赫勒諾斯的腳傷。他說的話好像沒有一句是對的。

「我走路好一些了。」赫勒諾斯望向大海，然後又看向皮洛士。「你要游泳嗎？」

「我想還是算了。」

「非常明智的決定。」稍微猶豫了一下。「明天是個大日子。」

皮洛士儘量不露聲色地說：「你一定很高興。」

「這樣做是對的。」

「我不需要一個特洛伊人來——」他把話咽回去。「你知道，做阿基里斯的兒子並不容易。」

赫勒諾斯哼了一聲。「你以為做普萊厄姆的兒子就容易了嗎？至少你沒有背叛你的父親。」

「想也沒機會啊？根本沒見過那個混蛋。」但這句話實在太冷酷直率了，嚇得他自己又縮回他的洞裡。「我得走了，還有很多事要做。」

皮洛士拿起外衣和涼鞋，走過赫勒諾斯身邊，赫勒諾斯把手放在他的胸前阻止他。

「馬的事我很遺憾，牠們是很棒的車隊。」去他的車隊，都是烏檀的功勞。他心痛難忍，粗魯地點點頭，大步走開了，不過只走了幾步路，赫勒諾斯就在他身後喊道：「當偉大的阿基里斯還活著時，他連神也敢藐視。」

皮洛士懶得轉身，側著頭喊道：「你怎麼知道？」

「大家都知道。」

皮洛士只是搖搖頭，加快了步伐。他必須遠離大海沙灘，遠離讓月亮成了寡婦的濃灰色浮雲，回到他的世界：稻草和乾草，皮革和皮革皂的氣味，烏檀溫暖的肩膀，牠線條有力的頸子。到了馬廄，他發現一個人也沒有，馬夫都去哪了？可能在岬角上吧。全都去了？搭一個火葬臺是需要動用多少人力？只是費工夫的不是建築，而是拖運原木。他發現拉車的馬都不在馬廄。人不在這裡也無所謂，馬已經餵飽喝足，準備好過夜，更何況他寧可一個人。就在他這麼想的時候，那個小傻瓜從馬廄衝出來，唾沫星子亂飛，結結巴巴說他很想幫忙。皮洛士揮手叫他走開，沿著馬欄走去，烏檀發出歡迎的嘶鳴。他從門邊袋子挑了幾顆乾癟的蘋果，先給鳳凰一顆——他總是假裝對所有的馬匹一視同仁，但其實厚此薄彼，有的馬對他來說很特別，有的馬只是普通的馬，原因是個謎。以前魯弗斯很特別，現在烏檀很特別。

穿過狹窄的通道，他用手掌送出一顆蘋果，烏檀輕巧地叼走，開始大口咀嚼，嘴角出現綠色唾沫泡沫，接著幾次點頭和大力搖頭：還要！「那就一顆，但是最後一顆，你已經吃過乾草了。」不能請烏檀吃太多點心，因為牠的作息必須儘量維持正常，直到皮洛士舉劍的一刻。烏檀從皮洛士的掌上咬走另一顆蘋果，弄得他的手指全是綠色口水，他往外衣邊上擦了擦，拿起一把乾淨的稻草，開始替烏檀擦身子。這是多此一舉，烏檀的皮毛總是閃閃發光，牠受到的照顧勝過許多小孩子，不過皮洛士就是喜歡幫烏檀擦身子，身體隨著手的動作移動，陶醉在快樂之中。這份工作有種催眠的效果，烏檀也開始昏昏欲睡，皮膚微微抽動，閃著光芒。他不追悔過去，也不畏懼未來，但在內心深處總不禁想著明早的事。

只剩幾個小時了。

他一邊撫摸烏檀的脖子，一邊估計那一刀的準確角度和力度——這一次絕不能有任何可恥笨拙的失誤，烏檀絕不能像普萊厄姆那樣死去。

最後，皮洛士丟開稻草，往後一站。他很想就在馬廄過夜，靠牆坐著，能睡多久就睡多久。但他不能，他需要休息，烏檀也需要正常作息。他明天一起床就來監督麻醉藥泥的製作，不過他不知道是否有這個必要，見到人群聚集在岬角，烏檀可能誤以為又要賽跑了，牠喜歡賽跑。牠從來沒有受過虐待，所以即使皮洛士舉起劍，牠也不會感到害怕。

當偉大的阿基里斯還活著時，他連神也敢藐視。他不知道赫勒諾斯這句話什麼意思，他真的在暗示烏檀用不著犧牲嗎？如果是這樣，他就是個傻瓜，藐視眾神只會落得瘋癲和自毀的下場，看看藐視了眾神的阿基里斯。皮洛士把頭靠在烏檀身上，輕輕對著翕動的馬鼻孔吹氣，很久以前他也會對魯弗斯這麼做。他說：「對不起，烏檀，對不起，對不起，對不起。我不是那個人。」

幾分鐘後，他跌跌撞撞走上廊下臺階，來到大廳正門，沒有注意到暗處蜷縮著一個人，所以那人移動時，他嚇了一大跳。一定是赫勒諾斯，現在沒時間、也沒有耐心理他。「你想幹什麼？」

「我們的父親有賓主之誼，代表我們之間也有，你好歹給我點吃的吧。」

皮洛士打算拒絕，但低頭一看，發現赫勒諾斯又冷又餓，又驚又怕，孤單單一個人。他想起自己空蕩蕩的住處，只有一面會說話的鏡子，一把沒有舌頭的七弦琴。說真的，他還能做什麼呢？所以他讓到一旁，把門開大一點——讓未來走進來。

33

外頭天色終於暗了，離開小屋前，我裝了一整碗的黑莓，加上一勺希臘戰士莫名上癮的稠粥。到了女營，我看到梅爾坐在她的床上，嬰兒在她的胸前狼吞虎嚥，海勒在她身後徘徊。

「先不要動。」我在碗邊壓碎幾顆黑莓，混入灰糊糊的粥中，然後把粥抹在她的臉龐胸口上，不多，但足以讓好奇的人退後一步。

海勒問：「那是什麼？」

「瘟疫。」

「瘟疫？看起來一點也不像。」

「你有更好的點子嗎？」

梅爾把孩子遞給我，攤開披肩，預備將他包起來。我感覺懷裡沉甸甸的，暖洋洋的，胸膛有微微的濕潤觸感，低頭一看，他的眼睛慢慢閉上了。睡覺，吃奶，繼續睡覺。他的眼瞼有細微的藍色血管，上唇有個喝奶喝出的灰色小水泡。梅爾準備好了，我把他遞回去，原本暖和的地方頓時變得冰冷空虛。女孩子簇擁著梅爾向她道別，望著層層疊疊的披肩，想看孩子的臉龐最後一眼。有一兩個女孩不禁哭了出來，她們對這個孩子寄予許多的希望——太多太多的希望。我們都是一樣。

梅爾穿上黑袍，我到門邊等她，讓她做最後的道別。安卓瑪姬走來祝我順利，梅爾和嬰兒要走了，我不知道她是否會暗暗高興。像往常一樣，讓我吃驚的是海勒，她隨著我和梅爾走到門廊，用不容爭辯的語氣說：「我也一塊去。放心，我不會留下，我知道我不能留在那裡，不過人多才安全——況且，我有這個。」

她拉開斗篷，我看到她握著一把刀——骨柄長刃，看起來很嚇人，一定是她某天晚飯後從大廳偷來的。看到這把刀，我一點也不覺得安心，海勒身強體壯，但遠遠不是希臘戰士的對手，最後不過是送武器給他們罷了——何況她容易引人側目，吸引每個路過者的眼光。我認為我和梅爾單獨行動比較安全，但她想要一塊去，我總不好拒絕她與朋友多相處幾分鐘的機會。

我勉為其難地說：「好吧。」看得出來，她們等著我帶路，除了海勒偶爾穿過院子到大廳之外，她們自從抵達之後從未離開過小屋，對軍營的布局一無所知。我說：「我們從海灘走過去，來，走這邊。」

海勒說：「我們要去哪裡？」

「我要帶他們去找卡珊德拉。」

「你信任她？」

「不信任，不過我認為她會答應幫忙，而且她確實擁有一定的權力。」

這件事我煩惱了大半天，麗特塔和荷克米蒂若能幫忙，肯定願意伸出援手，但她們實際又能做什麼呢？唯有卡珊德拉才能解決這個問題。

我們儘量躲在陰影裡，繞著院子的邊緣走。我繃緊了神經，生怕嬰兒會猝然醒來哭鬧。我們穿過一圈火把時，我察覺到他醒了，但他沒有動，也沒有出聲，也許母親的走動安撫了他，或者像許多幼獸一樣，他知道附近有捕食者時必須安靜。不久我們離開了火把和炊火，踏上通往海灘的小徑，黑雲不時遮蔽月亮，但黑暗對我來說不成問題，剛到軍營的那陣子，我經常在破曉之前與深宵時分走在這些小徑上，通常不是這個時刻，因為在這個時間我必須在大廳裡侍酒。

走到沙灘後，我有些放鬆下來，但立刻又僵住了——有兩個男人站在水邊，一個涉水走了一小段路，似乎打算要泅水。在波浪拍打聲中，我聽到他們的聲音，但聽不清他們所說的話，其中一個像是皮洛士，但我不能確定，因為他的頭髮在月光下看起來是黑色的。我不敢亂動，深怕引起他們的注意，反正我們也需要歇口氣，梅爾已經喘不過氣來，她在最健康的時候體力就不算好，況且分娩時失血過多。我向右轉，抬頭望著海岬，只見黑壓壓的人影舉著火把走來走去，巨大的影子在草地上忽隱忽現，他們應該是正在替普萊厄姆建造火葬臺吧。從沙丘小徑的暗處，我小心翼翼朝左方探出頭，阻礙清除了——在水邊，一個男人拾起他的外衣，大步走開；不久之後，另一個男人也起身跟著走了。

梅爾呼吸順暢了些，我說：「來吧，我們繼續走。」

我覺得海岸的風勢太大，所以帶頭繞過海灣，沿著那一排架起的船隻前進。我們快步移動，從一片陰影閃到另一片陰影。從到軍營的那一刻起，索具敲擊桅頂的聲音始終縈繞在我的夢裡，以前我覺得那是一種心力交瘁的聲音，但現在的我更加堅強，一心只想把梅爾和她的孩子送到安全的地方，至少是那個營區裡所謂安全的地方。誰都無法保證安全。

接近競技場時，一大群戰士從船隻中間衝出，蜂擁奔向海灘，好幾個人持著火把。大部分人開始奔跑，可能要趕到下一個營區喝酒，三個掉隊的男人碰巧注意到我們站在船身的影子下，其中一個遲疑了一會兒，隨後聳聳肩走開了。

「姑娘們，你們好哇！」

我面前的男人身材消瘦，滿頭大汗，醉得相當厲害。他不討人厭，也不具威脅——至少還沒有。我們無法繞過他，也無路可退，受困在兩艘船之間的狹隘空間。我摟著梅爾，假裝攙扶她，海勒也做出同樣的動作，但我感覺她的身體僵了一僵，但願她沒有伸手去拿刀子。我說：「我們要去醫務所，她發燒了，如果我是你，我就不會靠得太近。」他看著梅爾，梅爾汗流浹背，氣喘吁吁，根本不需要演戲，在鬆軟的沙地中掙扎半個小時，已經考驗了她的極限。「我想可能是瘟疫。」聽到了暗示，海勒把梅爾的斗篷從她的臉上和脖子上拉開，我則緊抓著披肩，以免孩子被人發現。在船隻的暗影下，火光一照，原本在小屋中顯得非常虛假的紫色結痂令人寒毛直豎。對瘟疫的恐懼是營地生活的常態，不到一年前，這裡才爆發過一場非常嚴重的瘟疫，大多數人都有認識的人死於瘟疫。那人猛然停下腳步，他身後的人喊道：「快走吧，別管了。」

他轉身溜走了，但走到安全距離後，停下來祝我們好運。我的眼角餘光瞥見海勒的刀在閃動，「快把那該死的東西收起來！」

但我不得不承認，獨力護送梅爾和孩子並不容易，有海勒在，我確實輕鬆許多。最後孩子由我抱著，海勒扶著梅爾。幸好，我們沒有再遇到人。我們聽到男人圍著炊火喝酒，唱唱叫叫，但比平日安靜一些，誰也不知道第二天將發生什麼。最後，我們走到阿伽門農營區，這一回，我沒有工夫細思一跨入大門就感到的那種荒涼感，醫務所在正前方，帳內的光照得帆布閃閃爍爍，我要其他人留在外頭，躬身走進帳篷尋找麗特塔。工作檯有兩個女人正在往酒壺裡倒酒，但麗特塔不在那裡，除了和卡珊德拉在一起，我想不出她可能還會在哪裡。

從阿伽門農的大廳，傳出了吃喝聲、笑語聲、零星的歌聲，還鍋碗瓢盆的碰撞聲，外面的院子卻是寂若無人。我敲敲卡珊德拉的門，一名女僕應門，顯然不太樂意讓我們進去，但我聽到卡珊德拉問：「誰來了？」我喊了一聲我的名字，不一會兒女僕就請我們進去了。梅爾和海勒惴惴不安停在門口，我走進起居室找卡珊德拉商量，她披頭散髮，穿著一件不合身的黃袍子，還戴著我母親的項鍊。

「什麼事？」她沒有直視我的眼睛，我想她因為那一身的裝扮而自覺羞愧——她意圖挑逗誘惑，卻由於完全缺乏經驗，弄巧成拙。大廳的晚餐自然就快結束了，她正等候阿伽門農的召喚。我很好奇她的感受。想像自己頭戴桂冠，橫掃冥府之門，被所有特洛伊的亡靈譽為勝利者——這幅情景固然美好，但在那之前她得躺在床上，忍受阿伽門農在身上氣喘如牛，大汗淋漓。但或許她不介意？甚至或許樂在其中。她並非自願成為處女祭司，是赫庫芭代她做出這個選擇。

我正要解釋來意，麗特塔就捧著一頂頭飾和面紗走進來，她一定聽到了我的聲音。卡珊德拉喝令她放下東西，轉回身來對我說：「那麼，我能為你做什麼？」語氣幾乎不帶敵意。

我解釋了狀況，喚梅爾和海勒進來，因為我認為嬰兒是他自己的最佳辯護人。梅爾已經抹掉黑莓做成的「瘡痂」，一張臉紫通通，海勒則是一臉兇狠。卡珊德拉掃了她們一眼，立刻將她們歸入根本不值得她關注的一類。梅爾把層層披肩從嬰兒的臉上推開，顯然以為他能喚醒卡珊德拉的憐憫之心。卡珊德拉的目光掠過嬰兒——僅僅一轉瞬的時間——但表情高深莫測。她應該多年前就已經放棄做母親的希望，而她顯然相信自己的預言——她與阿伽門農來日無多——所以未來也沒有成為母親的希望，對她來說，嬰兒除了是痛苦的根源，或許也帶來了遺憾，除此之外，還能有什麼呢？我以為梅爾這個舉動會令她對我們更加冷酷無情，不過她只是別過身，拿起頭飾，開始心不在焉地玩弄，最後說：「哎喲，好吧，我想她可以在廚房工作。」她看向麗特塔，「你可以安排一下嗎？」

麗特塔看了我一眼，然後像趕鵝一樣，張開雙臂，把梅爾和海勒掃了出門。

也許卡珊德拉希望我和他們一起離開，不過我還是對著她坐下來，因為我想給海勒充分的時間和朋友道別。直到聽到前門關上的聲音，我才說：「你晚餐不用倒酒嗎？」

「我是他的妻子。」

我說：「哦，是，當然，完全不同。」

我們，兩個先後與阿伽門農同床的女人，礙於禮節，不得不交談，但談話只是有一搭沒一搭進行著，沒有說出口的話把我們壓得喘不過氣來。她不敢看我一眼，我懷疑卡珊德拉不曾與別的女人有過親密的交談，一陣尷尬的沉默後，她最後說：「你是什麼感覺？」

「蠻橫粗暴。」

她往我的方向看了一眼。

「他生阿基里斯的氣，所以拿我出氣。」

「每次都這樣嗎？」

我笑了。「只有兩次，然後他站在競技場上，對著所有的神發誓，他從來沒有碰過我一根指頭。」

「阿基里斯相信他嗎？」

「才不信！」我看著她。「你是他的妻子——你是對的，不一樣。」

「卡爾庫斯說這樁婚姻不合法。」

「阿伽門農說合法就合法，他就是法律。」

我希望麗特塔有充裕的時間安頓梅爾，但願一切順利，但願阿伽門農的廚師不會反對。話說回來，他們似乎人手始終不足，梅爾有廚房的工作經驗，阿伽門農根本不會知道她在那裡。我更擔心的是海勒，她不容易交到朋友，少了梅爾，對她影響很大。不過卡珊德拉這種常常生氣又時時戒備的情緒實在讓人受不了，所以門一打開，我就鬆了一口氣。我抬起頭，以為會看到麗特塔，沒想到卻是女僕來傳達阿伽門農的召喚。卡珊德拉站起來，無助地看著頭飾面紗，於是我拿起來幫她戴上。她情緒似乎很激動，蛋白石隨著她的每一次呼吸閃爍紅光，我們的臉龐只隔幾英寸，她忍受我的手指在她的髮絲中穿梭，我的呼吸拂過她的皮膚，在整個尷尬的過程中，沒有與我對看過一眼。

「我相信麗特塔馬上就會回來。」她說著退到一個更舒適的距離。「你在這裡等沒關係。」

她走了以後，我獨自坐在燈下，直到麗特塔和海勒回來——沒有梅爾。「不用為他們擔心，他們不會有事，我會照顧他們，而且廚師人很和善。」我抱了抱麗特塔，希望我們能多聊幾句，但我還有把海勒安全帶回女營的壓力。她陪我們走到門口，向我們揮手道別。

我們沿著海灘走，儘量靠近船隻的避風處，水上月影來來去去。海勒還是不說話。如果是其他女孩，我可能會摟著她，或者給她一個擁抱，但海勒不行，她刻苦耐勞地訓練、驕傲自滿地展示的身體不是用來觸碰的，我想那不但是血肉之軀，更是她的戰袍盔甲。

我們在女營門口道別，我不想進去，海勒自然會告訴她們發生了什麼事。即將跨越門檻的最後一刻，海勒回過頭，舉起緊握的拳頭，彷彿在說：我們辦到了，我們把他們救出去了。她顯然認為他們現在安全了。也許，不管怎樣，確實都比待在皮洛士的營區安全。

34

女人通常不參加葬禮，所以我也沒想過要去參加普萊厄姆的葬禮。從清晨開始，整個軍營就充斥著期待的聲響，墨米頓人在牧場附近的岬角堆起一個高大的火葬臺，普萊厄姆的盔甲從庫房搬出來，擦得光彩熠熠。對於獨自坐在小屋裡的我來說，這是真正值得安慰的一天——縱使安慰並不多——我卻覺得越來越煩躁不安，也不知道自己想待在哪裡，最後乾脆出門去，到海邊走一走，懷念普萊厄姆。還有阿米娜。

在一天的這個時候，海灘通常空無一人，今天卻是黑壓壓的一片，男人三五成群，在海邊進行淨化儀式。多數人正在往身上抹油，洗完熱水澡後，抹油是非常愜意的事，但這裡風大沙多，沙子黏在油膩膩的皮膚上，怎麼刮也刮不乾淨。接下來又要浸在海水中，海水不止冰冷，還浮著骯髒的黃色泡沫……實在不怎麼愉快。有人唱著頌歌讚美宙斯，但海水衝擊著破皮的皮膚，一陣陣刺耳的尖叫淹沒了歌聲。

我躲在船隻附近觀望，過了一會兒，覺得自己刻意躲開其他人非常自私，營裡有人比我更有理由悲傷，比如赫庫芭，尤其是赫庫芭。於是我轉身背向比軍營還要擁擠的海灘，朝她的小屋走去。她已經下床了，換了乾淨的上衣，消瘦的臉頰有兩抹的潮紅。前不久，我有時還以為她活不到明天，沒料到她有如此堅強的意志力，能夠堅持下來。我跪地撫摸她的雙腳，站起來時，她把我拉進懷裡抱緊了，她的頭頂幾乎碰不到我的下巴。

「我已經派人去叫奧德修斯了。」她一邊說，一邊摸了摸頭髮，確保頭髮整齊。

派人去叫？她可是他的奴隸。看著她那熱切而晶亮的眼睛，我想她一定是終於瘋了——只有瘋女人才會這樣說話。我儘量安撫她說：「嗯，你知道，他可能不能來……」

她拍拍我的手臂，態度幾乎有些傲慢，「他一定會來的。」

她興奮得靜不下來，在小屋不停地走來走去，像一個生日得到新衣裳卻還沒獲准穿上的小女孩。我最後勸她坐下來保留體力。我說：「路很遠，別把自己累壞吧？」但根本不信她會去任何地方。我給她一杯稀釋過的葡萄酒，她喝了幾口就推開。當門口暗下來時，她抬頭望去，分明期待見到奧德修斯，來的卻是荷克米蒂。她帶了麵包和乳酪，麵包才剛出爐，尚有餘溫，乳酪不止濕潤鬆軟，還混了香草。但赫庫芭什麼也吃不下，她不吃，我們吃就顯得不敬了。

荷克米蒂說：「內斯特大王要去參加葬禮，卡爾庫斯說所有國王都必須出席。」

赫庫芭神色一亮。「咦，如果那個老態龍鍾的老傢伙都能去，我肯定也能，實在不行，我就用走的，或者請哪一個年輕人背我過去。」

「你不能去！」我說。我很少對赫庫芭這麼強硬，但這真的太離譜了。

幾分鐘後，又一個身影擋住敞開屋門的光，赫庫芭再一次抬起頭。我聽到了她呼喊奧德修斯的名字，但這一回也不是他，而是卡珊德拉——高䠷、年輕、強壯，而且衣著華麗，很有邁錫尼未來王后的風範。她或許只能享受這種地位幾天，頂多幾個星期，但她顯然打算好好利用這個機會。我和荷克米蒂連忙起身迎接她，赫庫芭變得非常安靜。

這不像是母女相逢。我一生都在思念我的母親，以為會有淚水、擁抱、大和解……都沒有。卡珊德拉向前走了一步——我想是不情願的——跪下來摸摸她母親的腳，然後把臉頰靠向她的母親，兩人尷尬地隔著一臂的距離。卡珊德拉穿著一件刺繡精美的綠袍子，在骯髒的小屋裡好像一隻洋溢著異國情調的熱帶鳥。擁抱結束後，赫庫芭坐回腳跟上，用明亮而懷疑的目光看著卡珊德拉，內心有很多的痛，但她隱藏得很好。

「卡珊德拉，你看起來氣色很不錯。」她一面說，一面打量卡珊德拉的衣服、精心梳理的頭髮、項鍊戒指……

「還可以吧。」一個緊張的停頓。「你知道我結婚了嗎？」

「知道，所以他真的做了……我得說，我從沒想過他會這麼做，你想他的妻子會怎麼看這件事呢？」

「我想她不會高興的。」

卡珊德拉毫不掩飾對周圍環境的厭惡，坐下來時，像貓一樣靈巧地將雙腿藏在身子下。不管這兩個人多想建立真正的聯繫，其他人在場只會阻礙他們，所以我對著門口點點頭，荷克米蒂便和我退下，不再打擾他們。來到門廊，見到麗特塔寬闊的背影和稻草色的亂髮，我心頭一喜，在她旁邊坐了下來。我們互相擁抱，哭了一會兒，然後轉身去看男人修復競技場中的雕像。

「所以，你現在是卡珊德拉的侍女？」

「看來如此。」

「你還會去醫務所嗎？」

「不怎麼去了，工作比以前少，沒有那麼多年輕的笨蛋張牙互咬……但也就這樣了。」

即便如此，麗特塔仍舊是一名醫女，在阿伽門農的營區，卡珊德拉想選哪一個女人當侍女都不成問題。

荷克米蒂碰了碰我的手臂，「我得走了，內斯特需要很多人手幫忙。」

我們目送荷克米蒂離去，她避開倒地的神像穿過了競技場。

我問：「她情況如何？」我指的是卡珊德拉。

「情緒還是有點起伏不定，有時就像小孩子，但是你應該知道……我看過她最壞的時候，有時甚至尿褲子，但她心高氣傲，偶爾連見到我都受不了。」

「照理她應該很感激你才對。」

「沒錯，但是我們都知道事實未必如此。」

我們看到一隊人預備把雅典娜雕像放倒在地，兩人拉繩索，其他人扶著雕像，以防雕像陡然下降進一步受損。

麗特塔說：「不管怎麼說，你一定很高興，普萊厄姆要火葬了。」

「還沒有！」

「還沒，但一定會。至於那個小混蛋……我認為卡爾庫斯應該可以做得更狠，我倒想看看他跟在普萊厄姆的遺體後面爬行。不過他起碼會失去那匹馬，一匹馬賠一條孩子的命，也不算什麼吧？」

我不知道她指的是哪一個孩子，安卓瑪姬的孩子？波麗克西娜？阿米娜？在她的眼中，那些女孩子絕對就像孩子一樣。我正想說話，一個影子落在我們的身上，我抬頭一看，簡直不敢相信我的眼睛，奧德修斯竟然真的來了。我們在臺階上讓開道路，他低頭進了小屋。

麗特塔的表情和我一樣驚訝，我說：「你知道是她派人去叫他的嗎？」

「哎，這就是人生，活著的時候，你怎麼看待自己，別人就怎麼對待你。在她的心中，她仍然是一位王后。」

我們身後傳來一陣低語。奧德修斯的聲音低沉有力；赫庫芭的嗓音虛弱，不時喘息，但語氣堅定；卡珊德拉嗓子尖銳，夾著一點的鼻音。「她跟卡爾庫斯的那番話有多大關係？」

麗特塔聳聳肩。「我不知道，他們兩個確實商量過，但沒有你，他們做不到。阿爾西穆斯和奧特米登原本死不肯說，直到發現卡爾庫斯橫豎都已經知道了。」

小屋出現動靜。過了一會兒，奧德修斯走出來，朝我點點頭，但沒理睬麗特塔，直接朝他的大廳走去。不久之後，卡珊德拉也出現了，對麗特塔說：「去我母親那邊，她要人幫忙她走下臺階。」

我毫不避諱站了起來，跟著麗特塔進到小屋，赫庫芭比剛才更加亢奮，我覺得很危險。

她說：「他要派一輛車來，他說我可以用他的戰車，但坐戰車得站著，所以我說『不，不用，我坐馬車已經可以了，我這人並不自大。』」她站在她那狹小的狗窩，宛如一個自大的縮影。

我找了梳子，把她的長銀髮往後梳，以為或許能安撫她，但那天什麼也無法讓她靜下來，她幾乎是忘形了。我總是難以理解她的情緒，那天也不例外，我當時太年輕，不明白欣喜只是悲傷的一種表情。在葬禮上，在全希臘軍隊的面前，她就是普萊厄姆。那不就是我們最終處理悲傷的方式嗎？不高明，也不文明，像野蠻人一樣，我們吞噬我們的死者。

我給她梳完頭，聽到馬車停在外面。她突然焦慮起來，問我：「你會跟我一起去吧？」

我原本打算步行，但我當然說好。奧德修斯派來了一隊馬，而不是平日拉車的騾子，趕馬的是一個年輕小夥子，面容清秀，臉上有些薑黃色的雀斑。他顯然覺得駕馬車有失身分，如果我沒認錯，他是奧德修斯的馭車手。不過他抱赫庫芭入座時，動作倒是非常輕柔，赫庫芭又狼狽又驚喜，甚至有點輕浮。坐定後，她興致勃勃四處張望，看看競技場，看看神像，看看從海灘歸來的人群，好像我們要去郊遊似的。卡珊德拉坐在她身旁，面無表情盯著前方。

前往火葬地點的路漫長而艱辛，煤渣小路車轍累累，車輪一路顛簸，赫庫芭不止一次得靠著馬車側面，但始終挺直腰身。四周是剛從海邊完成淨化儀式的人，髮梢與皮膚夾帶的濕氣撲面而來，見了女人，他們一臉驚訝——我說過，女人通常不參加葬禮——但仍舊走到路邊讓我們通行。許多人公然盯著赫庫芭，好像意識到自己正在見證歷史的流轉。

卡珊德拉詢問車夫，他要送我們去哪裡，車夫指出了位置，卡珊德拉說：「不行，必須再近一些。」此時，赫庫芭看到了火葬臺，抿緊嘴唇，那是她悲憤欲絕時偶爾會流露的表情。我想伸手摸摸她，但忍住了，任何關愛都無法打破她此刻的孤立。

好不容易，漫長的顛簸總算停止了。車夫下了馬車，走去找他的同伴。我們停在一個小斜坡上，可以清楚看到一切，當然，沒有墳墓，挖墳埋骨是之後的事。墨米頓人建了一個巍然的火葬臺，高出人群十至十二英尺。人潮一下子多了起來，仍然有人持續從小徑湧入，不過海岬上的山坡早已萬頭攢動，馬車成了茫茫人海中的一座孤島。國王們尚未蒞臨達，待所有人集合完畢，他們才會進場。

接著，他們一個接一個出現了。首先是奧德修斯，他遮著眼睛，掃視山坡，也許是在尋找赫庫芭，總之他的目光似乎落在我們的身上，然後他轉身向埃傑克斯打招呼。內斯特贏得一貫的掌聲與喝彩，我瞥見荷克米蒂走在他的戰車旁。阿伽門農當然是最後一個登場，他看了梅涅勞斯一眼，略帶輕蔑地作了一個揖。他就坐時，全場鴉雀無聲，只聽到海鷗在頭頂盤旋的狂鳴亂啼。

我們開始等待。

終於，遠處傳來鼓聲與步伐聲，起先沒有其他的聲音，只有單一音調的咚咚聲。送葬隊伍慢慢蜿蜒進入了視野，我和麗特塔扶起赫庫芭，讓她站到凳上觀看，兩人都抓著她的裙子，像扶著一個想沿著牆頭走路的小女孩。直到覺得她沒有危險，我才看向煤渣路和迎面而來的隊伍。普萊厄姆的遺體裹在一張金紫色的布中，由六名墨米頓人扛在肩頭。我認得那塊布，那是他來見阿基里斯那晚我鋪床用的被子。隊伍走近時，戰士開始以劍擊盾，這是他們過去每天早上赴戰場前的習慣，那聲音莊嚴肅穆，但也充滿威脅。在劍盾的撞擊聲中，風笛開始演奏阿基里斯的輓歌，他死後的幾星期，這首樂曲在我的耳邊縈繞不去，幾乎讓我瀕臨瘋狂。

緊跟在普萊厄姆遺體後的是烏檀，牽馬的是那個反應遲鈍的小男孩，他非常擅長安撫馬匹，不過必然也覺得這是一大挑戰。烏檀受到人群刺激，不停甩頭、迴旋、跳躍……也許牠以為又將展開一場戰車比賽，殊不知自己已經戴上獻祭的花環。皮洛士全副鎧甲，垂首跟在馬後幾步遠的地方。所有墨米頓人也都全副鎧甲，不過我想擔任一個國王的送葬隊伍，這樣的裝束再合適不過。他們離開小徑，鑽過穿著束腰外衣和斗篷的人群，形成一條閃閃發光的奇妙小溪。在希臘語中，墨米頓是「螞蟻」的意思，我常常在想，對於那些堅毅獨立，敢於質疑權威，靠自己爭取他人之尊重的人來說，這是一個多麼愚蠢的名字。但見到他們此時的身影，聽到——也經由馬車的振動感受到——他們行進腳步的力量和精確，我終於明白了，這是我是頭一次明白他們在戰場所激發的恐懼。

他們最後在火葬臺腳下停下來，抬棺人將普萊厄姆抬上陡峭的山坡，放在靈柩上，其他人在木柴上塗抹牛油脂膏。所有人不出聲看著，但我聽到赫庫芭在身邊輕輕啜泣——我以為我聽到了，但回頭一看，卻發現那是卡珊德拉所發出的聲音。赫庫芭既沒有動，也沒有說話。

一個孤單的聲音開始吟唱讚頌宙斯的頌歌，漸漸一個個的聲音加入，最後眾人齊聲高唱：

我要歌頌宙斯，
眾神之首，至高無上，
無所不知，萬物之主……

在希臘世界各地的神廟，我都聽過這首讚美詩，但從來不如那天的感人。在歌聲中，卡爾庫斯從阿伽門農身後的人群中走出來，站在火葬臺下。音樂漸漸歸於寂靜時，他呼喚普萊厄姆，「願你在冥府一切安好，你的敵人在此向你致敬。」接著，阿伽門農一聲令下，全軍立刻高喊三次普萊厄姆的名字——「普萊厄姆！普萊厄姆！普萊厄姆！」停歇的海鷗再次起飛，在空中啼叫不止。

卡爾庫斯向皮洛士點了點頭，皮洛士看了一眼身後的人，然後向前走了一步。一直在撫摸烏檀脖子安撫牠的小夥子，牽著烏檀走上前，烏檀看到皮洛士，發出嘶鳴向他問好。全場闃寂無聲，皮洛士拔出佩劍，轉身面對阿伽門農和其他國王。

「昨日卡爾庫斯當眾表示，我必須在普萊厄姆的火葬臺下犧牲我的馬烏檀。」他停了一下，環視一圈他所熟悉的面孔。「我想了很久，想了很多，說老實話，我不信神會要求我這麼做。」

人群中響起一陣急促的喘息，四周的人面面相覷，表情各異，有人訝異，有人震驚，甚至也有人恐懼不安。皮洛士舉起雙臂，等待全場肅靜後才再次開口。

「所以我要做出另一個更個人的犧牲。」

他一手舉起長劍，一手將粗大的辮子往前拉，儘量貼近頭皮把髮辮割下。貌似一個無關緊要的犧牲，對旁觀者來說卻是非同小可。希臘戰士曾經——現在依然是——以自己飄逸的長髮為豪，相信自己的力量存在自己的長髮中，男人可能把一綹頭髮扔到父親或兄弟的火葬臺上，但很少會割下整條髮辮，除了阿基里斯曾為帕特羅克洛斯這麼做過，我一時半刻想不出其他例子。皮洛士幾秒鐘就割下來了，轉身把辮子拋到普萊厄姆腳邊的木柴上，不等任何人反應，就從一個衛兵手中奪過火把，點燃火葬柴堆。其他人立即也紛紛拿著火把爬上柴堆，儘量在不同的地方點燃火種，不管脂膏塗得多均勻，柴堆仍有燒不起來的可能，帕特羅克洛斯的葬禮就發生過這種事。不過今天沒有這種風險，長期乾旱，木柴乾燥無比，瞬間便燃起熊熊大火，從海上直吹而來的強風，更是助長了火勢，將黑煙和火星捲向高空。一兩個人站在臺頂附近，險些遭到火焰吞噬，趕緊跳到安全的地方。

赫庫芭看到柴堆開始燃燒，就立刻高聲哀歎，發出無言的悲鳴，周圍的人默然無聲。皮洛士和卡爾庫斯仍舊對視，我注意到皮洛士已經拔出了劍，身穿盔甲的墨米頓人也在他身後集合，往兩側散開，形成一個長矛林立的半圓形陣勢。卡爾庫斯不安地看了阿伽門農一眼，阿伽門農微微搖頭，揮手示意他退下。此時，兩隻在海岬上築巢的海鷹飛越火葬臺的上空。

皮洛士指著天空說：「瞧！宙斯接受了祭品。」

相信這句話對墨米頓人有利。我猜想其他人並不相信，但見到墨米頓人堅定不移支持首領，做好了不惜一戰的心理準備——並且已經全副武裝——沒有人想要反駁。

火葬臺將徹夜燃燒，通常由死者的兒孫、兄弟和男性晚輩守夜，只是已經無人能為普萊厄姆做這件事，說不定赫勒諾斯天黑後會爬上海岬，最後一次孝敬他的父親，也可能因為太害怕了，或是太羞愧了，所以不會上來。

人群開始逐一散去，有一兩個人從馬車旁走過，似乎有些怨言，「卡爾庫斯是說用馬當祭品，誰說頭髮可以了？」「如果是我們，我們就得照樣犧牲。」眾聲附和。「沒錯，就是這樣，對他們是一套——對我們又是另一套，總是差別待遇。」這些牢騷雖不響亮，但持續不斷，皮洛士的危機還未解除，最後風向不是變了——就是仍舊不變。

我猜赫庫芭一個字也沒聽到，她繼續注視熊熊燃燒的火葬臺，風吹得她的白髮像火焰似地在頭上旋轉。我仍舊拉著她的外衣，不料她還是摔了下來，我踉蹌了一步，幸好輕鬆抱住了她——她一點也不重——讓她坐回到長凳上。

她稍微恢復精神後，我溫和地說：「很順利，他們給了他所有的榮譽。」她點了點頭，好像從中得到若干安慰，但是卡珊德拉嚴厲地說：「他應該犧牲那匹馬，卡爾庫斯說得清清楚楚。」她的父親以一個偉大國王應得的所有榮耀火葬，這對她來說還不夠，可以的話，她會把皮洛士扔到火裡，以他身上的脂肪餵火。我想起了阿基里斯，在帕特羅克洛斯的葬禮上，他犧牲了十二個特洛伊青年，他們各自是家族的驕傲和希望。永遠無法滿足的復仇欲望，是卡珊德拉和阿基里斯的共同點。特洛伊淪陷後的幾天，阿基里斯的輓歌在我的腦海中不停迴盪，我曾經心想：我們需要一首新歌。那時候需要，現在也需要，但一首歌不會只因為一個女人的聲音吟唱而算是新歌。

我四處尋找我們的車夫，想儘快送赫庫芭回家上床休息。我最後看見了他，他大步朝我們走上山來，看到了赫庫芭後，露出擔憂的臉色，對我說：「別擔心，親愛的，我們馬上就把她送回家，只是先等這些人過去吧。」他讓一群落單的人先走，才搖搖晃晃駕著馬車離開，赫庫芭不時扭過身子回望火堆。

走了一小段路，我看見安卓瑪姬踽踽獨行，她一定是沒跟上皮洛士和墨米頓人的隊伍。我呼喚她的名字，她回過頭，我說：「不如跟我們一塊走？車上還有位置。」她同意了，我拉她上車，卡珊德拉見了她的嫂嫂，態度相當冷漠，赫庫芭倒是熱情，伸手拉住安卓瑪姬的手。一顛一簸經過馬廄時，我看到不知道誰把烏檀的祭祀花環扯下來，踩在泥土中。

我和安卓瑪姬在女營外面下車，一同看著馬車緩緩駛進大門。

35

傍晚，天空開始下雨。說下雨太過客氣了，由於地面乾涸，無法吸收突如其來的豪雨，一個個水坑不知從哪裡冒出來，每一座小丘都流成了河，巨大的灰色雨柱掃過營地，狂風自海上呼嘯而來，威力絲毫不減。我好奇卡爾庫斯是否開始感覺緊張了，但隨即又想：不，他不用緊張。他還是可以責怪皮洛士未服從神意。雖然涕泗滂沱，我還是出門散步，只是走沒步路，頭髮就被雨水打濕，貼在頭皮上。我眨著眼睛，擠出流進眼中的雨水，險些撞上馬查恩。他愉快地揮揮手，踩著水花從我身邊走過。「我還是那句老話。」他雙手指著天空，回頭喊道：「**氣候！**」

那晚，整座軍營彌漫著焦躁不安的氣息，狂風依舊大作，如今又加上傾盆大雨，男人發現自己的處境更加艱辛。阿爾西穆斯回來，但馬上又出門走了，他必須帶領一隊工作人員到海岬，設法讓火堆繼續燃燒。必須有人將食物和酒送到大廳，不過我不信有誰能辦好這件事，所以把斗篷拉到頭頂，濺著水走去了大廳。回來的途中，我順道去看女孩子，她們垂頭喪氣，無聊急躁，我想那不歸我管，於是又去散步了。

走到哪裡都聞得到濕頭髮和濕羊毛的味道，男人用斗篷蒙著頭，縮在火堆旁，火堆竄著煙，劈啪作響，像是隨時要熄滅，肉頂多只能烤到半熟。酒成了唯一可靠的慰藉，他們也確實喝了不少。沒有

歌聲，沒有笑語，就算有，主要也是發牢騷。即便在這樣的時刻，萬不得已，他們還是會為皮洛士而

戰，不過皮洛士自稱比卡爾庫斯更明白眾神的旨意，他們很不高興，再怎麼說，卡爾庫斯也是軍隊的

首席預言家，大多數人寧可選擇犧牲烏檀。

雨下了整整一夜。圍著火堆的人群早早散去，男人踉踉蹌蹌，進小屋尋找任何找得到慰藉。不過這幾星期強風造成許多破壞，但幾乎沒做修復，漏水的屋頂讓人更覺得渾身不舒服。我散步回來時，發現我的小屋有三處漏水，便從院子拿了幾個水桶來接，又找來一個大碗，應付落到餐櫃的水滴。雖然一片混亂，我仍舊坐下來試著紡紗，只是羊毛摸起來微濕，到處都是難以去除的惱人小毛球。我從椅子上聽到水滴落入水桶和大碗中，滴滴答答，滴滴答答，但間隔有長有短，難以預料，每一次的聲音都略有不同。聽起來一定是芝麻綠豆大的煩惱，但是，相信我，一個小時後，我覺得自己快要發瘋了，就把羊毛擱在一邊，上床睡覺了。

破曉以前，我猝然驚醒過來，口乾舌燥，驚慌失措。我盯著黑暗，一時間甚至想不起自己身在何方。我側耳傾聽，想要分辨吵醒我的聲音。是阿爾西穆斯進來了？還是哪個女孩子在敲門？然後，我慢慢意識到我所聽到的是寂靜。肯定只是黎明前的寂靜吧，這幾星期來，每天都有新的希望折磨我們，但希望無一例外都幻滅了。幸運的話，或許能在起床前再睡一個小時，所以我翻了個身，把被子拉到下巴。可是，怎麼也睡不著。寂靜持續，始終持續，除了水落入水桶的滴答聲，再也沒有其他聲響。連搖籃都不再吱嘎作響。寂靜繼續著。

最後我下了床，伸手拿了斗篷，走到外頭。營區各處的門都打開了，男人搖搖晃晃走出來，神情

迷茫，對著光眨眼，動作笨拙僵硬，好像一套正在學習走路的盔甲。我往右一看，女孩子也跌跌撞撞走出小屋，站在臺階上張望，好像第一次看到這個地方。奇怪的是，沒有人說話——彷彿都害怕打破這一份極其脆弱的寂靜。

接著，某人大喊了一聲，劃破軟綢般的氣氛，其他人登時也喊了起來。他們跳舞，他們唱歌，他們在水坑中嬉戲，大腿上沾滿了泥漿，然後撒腿往船隻直奔而去。我聽到奧特米登大吼，要他們停下來，叫他們回來，東西還沒裝上船，有兩艘船需要修理，不能跳上船就開始划回家。過了一會兒，他們開始恢復理智——如果在沙灘上跳舞和翻筋斗算是理智的話。皮洛士出現了，頂著一頭參差不齊的短髮，有點像隻羽翼尚未豐滿的小雞。他身後站著赫勒諾斯，兩人都被煙燻紅了眼，他們一定結伴守了夜，甚至扒開灰燼，撿拾起普萊厄姆的遺骨。

皮洛士對奧特米登說了幾句話，就進屋換衣服。幾分鐘後，所有的活動都轉移到海灘上。一如昔日男人每天早上出征，女人獨留在營區，聆聽歡慶的呼喊，想像這之於我們的意義，是非常奇異的經歷。對於希臘人來說，意義顯而易見——他們就要回家了。那我們呢？我們又該何去何從呢？我看著安卓瑪姬，她在這裡一無所有，所愛的每一個人都已經離世，不過我知道她不想離開，她在這裡生子，她的親人葬在這片土地上，這就是家。

面對流放的孤寂，所有的女孩子都悶悶不樂。我不斷告訴自己，一切都還不確定，內心甚至有個聲音，仍然期盼風隨時再次吹起，只是我沒有告訴任何人。

最後，我們只是靠在一起，聽男人在沙灘喊叫，望著雨一滴一滴落下來。

36

奧德修斯率先啟航，他一直是最焦急的那個人，也是最渴望回家的那個人。

我看著赫庫芭被帶走，女人聚在沙灘上向她告別，但她始終只看著腳下的跳板，安全登船後，也只是站在船尾，從我們的頭頂上方望向燻黑的特洛伊城樓。我們大聲喊著：「再見，一路順風！」揮手送她離去，直到一小點的白髮完全消失在霧中。

女人四散時，我看到一個身材高大的男人優雅地穿過人群，如同一隻灰色蒼鷺走在一灘鴨子中。是卡爾庫斯，除了他還能是誰呢？但那是我從未見過的卡爾庫斯，沒有脂粉，沒有猩紅色幡帶，也沒有象徵官職的權杖。我正想走開時，他開口大聲問候我，我轉頭看著他，發現這是我頭一次看見他的臉，是我第一次見到他——就是這種感覺。可以看出他曾經非常俊美，但真正讓我驚訝的是，他非常害臊，我以前沒有注意到他也會害臊。

結結巴巴客套了幾句後，他說：「我會很想她。」

「我也是。」

我們一起往前走。我往下瞥了一眼，他穿著與希臘戰士同樣的短外衣，這也表示我是頭一次見到他的腿，由於長時間困在及踝長裙底下，那雙腿顯得細長蒼白——總之，有損特洛伊男子氣概，海勒的腿還更健壯一些。

我問：「你準備好離開了嗎？」

「我不走。」

「不走？」

「不走。」

我環顧了一下奧德修斯遺棄的營區，「可是這裡什麼也沒有了。」

「普萊厄姆的園子有很多食物，況且我想我也不會永遠待在這裡——我希望繼續前進。」他笑了一笑。「看看能不能找到一座沒有被阿基里斯洗劫過的城邦……」

「為什麼？」

「我為什麼留下？我想回到特洛伊，我被帶到神廟時只有——我不知道……十二歲吧？我的父母很窮苦，我和父親的關係不好，我想那是一個辦法——但不是我的選擇。現在我想回去。」

「真的回到特洛伊嗎？」

他聳了聳肩，我無需指出他在那裡將面臨怎樣的恐怖，他很清楚。

他說：「我只是想回家，這不正是所有人真正的心願嗎？讓時光倒流……？」

「沒錯，但通常我們認為那是不可能的。」

「唔，那麼我就注定會失敗。」

我們停下腳步眺望大海，就在那一刻，簡直像是奇蹟發生了，薄霧散去，我們看到了奧德修斯的船，男人恰好停止划槳，開始揚起風帆。

我說：「願她平平安安，潘妮洛普很善良——至少每個人都這麼說。」

「但這不是自由，對吧？」

我側頭一看，發現他哽咽了。他轉向我，想開口說話，但只是搖搖頭，然後匆匆行了一個禮，大步走上沙灘，朝小屋走去。

我再次望向大海，但薄霧捲了回來，奧德修斯的船又消失了。

現在我要打破我自己訂下的規則。至今，在回顧我年輕時的故事時，我儘量不提我日後才知曉的事實，有時如同奧德修斯和他的船的命運，故事直到多年之後才揭曉。但我認為我有理由為赫庫芭破個例，畢竟，若非迷霧再次籠罩，我或許就看到接下來發生的事。

在船帆升起的那一刻，原本蜷縮在一隅不引人注意的赫庫芭，猝然變成了一條瘋狗，嘴角垂涎，眼睛發紅，在任何人來得及阻止之前，爬上了最高的桅杆頂端，站在那裡，對底下的希臘人咆哮她的蔑視——然後縱身一躍，跳向了死亡。

似乎沒有人知道她是在甲板上粉身碎骨，還是墜入了大海。我想是後者。

沒有人來向海倫告別。我去送行，獨自站在沙灘，看著十幾個圓柱狀卷軸被小心翼翼地搬上梅涅勞斯的船，一個披著深色斗篷的高個子監督著這項工作——我以為是個男人，直到那人轉身面對我，我才看清楚原來是海倫，她要確定她的壁毯安全收好。我想，到頭來，對海倫而言，其他都不重要，她的女兒不重要，愛過她的任何男人當然也不重要，她只活在她的作品中，她只為她的作品而活。

阿伽門農動身的日子到底來了，我走過空蕩蕩的營地去看麗特塔，決定不要哭得讓她也跟著傷心。我在卡珊德拉的小屋外找到她，她正在監督幾個人，將日常用品裝上手推車。她朝我走來，往繫在腰上的麻布擦了擦手——這個動作熟悉得讓人心痛，不管她的手是否需要擦拭，她總是習慣先擦手。我們的離別，如同所有這樣的離別，尷尬不已，我們都希望一切早點結束，想要釋懷，讓一切成為過去，但同時又緊抓著流逝的每一秒。我還記得，當時有一群婦女在登船途中經過，我見到梅爾笨重的身影，嬰兒仍然緊緊綁在她的胸前，半掩在披肩裡。我認出她時，她回頭看了我們一眼，露出了笑容。不一會兒，她就不見了。

我轉過身，發現麗特塔看著我。

麗特塔說：「他們不會有事的，對吧？我會顧著他們。」

我不哭的決心堅持到不得不說再見的時候，我徹底地崩潰了，像小女孩一樣嚎啕大哭：「但我要你陪著！」——意思是分娩的時候。

「可以的話，我一定會陪著你，你知道的。」她拍拍我的肚子安慰我。「你會沒事的。」

返回皮洛士營區的途中，我先去拜訪了荷克米蒂。

內斯特的船隻也已準備好啟航，又一回的道別。對於荷克米蒂的未來，我比前一陣子更有信心，因為內斯特的健康漸有起色，只要這個老混蛋還能撐著一口氣，我想她不會有事的。我們擁抱在一起，接著我不得不讓她離開。

先是麗特塔，現在是荷克米蒂。我一步一步走遠，心裡明白此生可能再也不會相逢了。

為了減輕與朋友分離的痛苦，我直接走到海灘的岩石池，蹲下來尋找生命的跡象——縱使希望渺茫。與麗特塔分別很痛苦，但我仍感受到一絲的興奮，如同幼時牽著母親的手，在她的協助下，走過濕滑岩石的那種興奮。我只找到一隻海星，而且還是死的。我的母親非常喜愛海星，她喜愛海岸線上看得到的所有生命，尤其是海星，她把這份愛傳給了我。我俯身仔細檢查那具蒼白的屍體，這隻海星在死前受了重傷，一條腕足斷了，掉在離身體有一段距離的地方。我彎下身體時，影子落在水面上，海星居然立刻活了過來，朝著一圈懸垂的海草緩緩移動。不僅如此，斷足也開始蠕動，尋找庇護。我很想大笑，因為我想起來了：本來就該如此。我聽到母親的聲音向我解釋：海星母體將長出新的腕足，斷足會變成一隻海星——也就是說，從一個受傷的個體中，會長出兩個完整的生命。

這一幕帶給我希望——我知道很可笑，我和海星能有什麼共同之處呢？然而，我突然找到站起來的力量，最後一次望向阿基里斯的墳堆，然後快步走回營區。墨米頓人差不多準備好揚帆出海了。

女孩子把她們僅有的幾件東西裝進棉袋，聚在廊下，等待被告知去向。我走過去時，海勒對著我眨眨眼睛，雖然沒有說太多話，我們似乎建立了友誼，把女孩子交給她，我很放心。在隊伍中，我看不到安卓瑪姬，非常擔心，於是到處去尋找她。我的腳步聲在空曠的房間中回蕩，房間一下子顯得大了許多。正要沿著走廊走向她的臥室時，突然聽到後方院子有動靜，原來她正在採摘紫雛菊。這種雛菊在這個季節長得像雜草一樣茂盛，事實上就是雜草，從我房間的窗戶能看到一叢又一叢，不管是不是雜草，我從來都無法根除它們。

「安卓瑪姬？」

她抱了滿臂的雛菊，轉過身來，對我說了三個字：「阿米娜。」

「我不知道她埋在哪裡。」

或者她是否埋葬了，他們更可能直接把她的屍體從海岬扔下去。接著我心想：但我知道她死在哪裡。

於是，我們一起將雛菊編成花環，帶到洗衣間。還是老樣子：晾衣架隨風搖曳，一排浸泡染血上衣的水槽，屋子正中央是那張大理石檯面的大桌子，我曾在石板上清洗過帕特羅克洛斯、赫克特和阿基里斯的屍體。但我拋開那些記憶，這是屬於阿米娜的時刻。

我們把花環放在石板上，垂頭站了一會兒。我不知道我的禱告是否成功，但我確實記得她的樣子：一雙離得很開的眼睛，挺直的肩膀，還有堅定不屈的意志。

接著我們走出去加入其他女人。幾分鐘後，阿爾西穆斯出現，領著我們，一步一步走向船隻。

大師名作坊 ㉑⓪

特洛伊女人

作者—派特・巴克
譯者—呂玉嬋
編輯—張瑋庭
封面插畫—Sarah Young
視覺設計—Richard Bravery
美術設計—蔡南昇
內頁排版—宸遠彩藝

總編輯—嘉世強
董事長—趙政岷
出版者—時報文化出版企業股份有限公司
108019臺北市和平西路三段二四〇號三樓
發行專線—（〇二）二三〇六—六八四二
讀者服務專線—〇八〇〇—二三一—七〇五
（〇二）二三〇四—七一〇三
讀者服務傳真—（〇二）二三〇四—六八五八
郵撥—一九三四四七二四時報文化出版公司
信箱—（一〇八九九）臺北華江橋郵局第九九信箱

時報悅讀網—http://www.readingtimes.com.tw
電子郵件信箱—liter@readingtimes.com.tw
法律顧問—理律法律事務所 陳長文律師、李念祖律師
印刷—勁達印刷有限公司
初版一刷—二〇二四年七月二十六日
定價—新臺幣四五〇元
（缺頁或破損的書，請寄回更換）

時報文化出版公司成立於一九七五年，
並於一九九九年股票上櫃公開發行，於二〇〇八年脫離中時集團非屬旺中，
以「尊重智慧與創意的文化事業」為信念。

特洛伊女人/派特・巴克(Pat Barker) 著；呂玉嬋譯. – 初版. – 臺北市：時報文化, 2024.7
面；公分. –（大師名作坊;210）
譯自：The Women of Troy
ISBN 978-626-396-559-1

873.57　　113010287

ISBN 978-626-396-559-1
Printed in Taiwan